KB054470

김태영 著

119

선도체험기 119권을 내면서

Preface

『선도체험기』 119권을 내면서

현묘지도 화두수련을 마친 수련자 중 한 사람이 말했다.

"선생님 화두 수련을 끝내고 도호까지 받은 사람은 앞으로 어떤 수련을 또 해야 합니까?"

"도를 이미 깨달아버린 사람은 이제 와서 또 다시 똑 같은 수련을 할 필요가 있겠습니까?"

"그럼 앞으로는 무슨 공부를 해야 합니까?"

"진리가 무엇이라는 것을 알아버린 사람이 새삼스럽게 같은 공부를 할 필요는 없습니다."

"그렇다면 앞으로는 아무 공부도 할 필요가 없다는 말씀입니까?"

"그렇고 말고요. 도를 닦는 일에 관한 한 그렇습니다. 그런 사람을 보고 도를 더 닦으라는 것은 달걀 속에서 어미 닭의 도움으로 막 알을 깨고 세상에 나온 병아리를 보고 다시 알 속으로 들어가라는 것처럼 터무니없는 일이 될 수밖에 없습니다. "

"그럼 수련 대신에 무엇을 해야 됩니까?"

"어떤 사업가가 돈을 많이 벌어 억만장자가 되어 이제 더 이상 돈을 벌어들여야 할 필요가 없어졌다면 그 사람은 앞으로 무엇을 해야 하겠습니까? "

"지금까지 벌어들인 돈을 잘 관리해야 되겠군요."

"바로 그겁니다. 지금까지 열심히 수련하여 깨달은 진리를 잘 관리하고 가능하면 그 관리의 범위를 주변의 후배들에게도 단계적으로 확대하여 나가면 됩니다. 결국은 스스로 주변 수행자들에게 모범이 되어 그들로 하여금 제각기 진리를 깨닫게 하여 성통공완을 완벽하게 하도록 도와야 할 것입니다. 다시 말해서 천부경과 삼일신고 반야심경 금강경 등이 갈파한 진리를 깨달았으면 이를 몸소 실천함으로써 후배들의 등불이 되어야 할 것입니다."

"말씀이 나온 김에 여쭈고 싶은 게 있는데요, 이전에 나온 『선도체험기』에 실린 수련생의 수련기를 보면 주문(呪文)수련을 하는 경우가 많이 늘었음을 알 수 있습니다. 이에 대하여 선생님께서는 어떤 의견이신지요?"

"나는 선도수련을 시작한 이후 체험기에도 밝혔듯이 선도 이외의 어떠한 수련법이든지 차별하거나 선입견을 두지 않고 그것이 선도수련에 유익하기만 하면 무조건 채택하기로 한 일이 있었고 그대로 실천하여 왔습니다.

그런데 근래 제자들의 수련기를 보니 그러한 내 방침이 반드시 유익한 것만은 아니라는 것을 알게 되었습니다. 특히 주문수련이 선도의 경전 읽기와는 서로 어울리지 않는다는 것을 발견했습니다. 더욱이 이를 입증하듯 문하생들의 항의 여론을 듣기도 했습니다.

나는 그 이유를 곰곰이 생각해 본 결과 선도의 단전호흡과 주문 염송은 진리에 대한 접근 방법이 근본적으로 다르다는 것을 알게 되었습니다. 선도 수행은 한인 한웅 단군 시대 이후 지금(2019년)에 이르기까지 9218년 동안 파란만장한 장구한 세월을 겪어왔지만 주문수련은 언제 시작되었는지 모호합니다. 또 진리에 접근하기 위한 신체 운동의 한 방법인 단전호흡과 세속적이고 기복(祈福) 신앙 형태인 주문 염송은 근본적으로 서로 어울리지 않는다는 것을 알게 되었습니다."

이메일: ch5437830@naver.com

단기 4351(2019) 9월 11일

서울 강남구 삼성동 우거에서 김태영 씀

차 례

Contents

■ 선도체험기 119권을 내면서 _ 3

■ 모계사회의 선구자 _ 8
■ 무술연마는 어떨까요? _ 11
■ 한국의 앞날 _ 14
■ 우리도 핵보유국 되어야 _ 17
■ 베트콩의 운명 _ 22
■ 이승만은 미국의 괴뢰일까요? _ 25
■ 반공포로 대석방 _ 27
■ 인도군의 개입 _ 31
■ 자주국방의 계기 _ 33
■ 한일 경제 전쟁의 시작 _ 36
■ 고대의 한일 관계 _ 38
■ 일본을 가르친 한국 문화 _ 40
■ 한국, 북한, 이스라엘 _ 42
■ 국통맥(國統脈) 바로 세우기 _ 45
■ 홍익인간(弘益人間) 재세이화(在世理化) _ 47
■ 얄타와 38선 _ 48
■ 굶주림을 피해 한국에 온 모자가 굶어죽다니 _ 50
■ 국민이 대통령 뽑는 나라 _ 52
■ 장기화되고 있는 조국 사태의 해법 _ 54

【이메일 문답】

■ 서광렬 수련 체험기 _ 57
■ 강승걸 화두수련기 _ 116
■ 강경화 화두수련기 _ 182
■ 김동건 화두수련기 _ 193
■ 조광의 현묘지도 수련 완료 후 수련기 _ 247
■ 도성의 화두수련 완료 후 수련기 _ 277

모계사회(母系社會)의 선구자

2019년 2월 16일 토요일

참으로 오래간만에 여난옥 씨가 찾아왔다. 나에게 할 얘기가 있다는 것이다. 듣고 보니 모계(母系)사회에서나 있을 수 있는 그야말로 남녀관계와 연관된 희한한 얘기인데 우선 그녀의 이야기부터 들어보자.

"우리 회사에 근무하는 저보다 다섯 살 아래인 서른다섯 살의 여자 간부 사원에 관한 얘기입니다. 어쩌다 보니 그녀는 자기와 나이가 비슷한 동년배인 세 남자 사원과 한꺼번에 깊숙이 사귀게 되었습니다."

"그러니까 알아듣기 쉽게 말해서 한 여자가 세 남자를 동시에 정부(情夫)로 거느리고 산다는 얘긴가요?"

"말하자면 그렇습니다."

"그런 일이야 우리 시대의 보편적인 추세로서 최근 들어 남녀평등이 보편화되고 여성의 능력과 지위와 역할이 획기적으로 향상되면서 흔히 벌어지는 일이 아닙니까?"

"물론입니다. 그러나 그러한 경향이 점점 더 심화되고 가속화되어 경고음을 울려야 할 정도가 아닌가 하는 느낌이 들 정도입니다."

"그러나 한 여자가 세 정부(情夫)를 거느리는 것은 흔히 있는 일이고 요즘은 그럴만한 재력과 능력만 있으면 네 명 다섯 명 이상도 거느릴 수 있는 것이 아닙니까?"

"물론입니다. 그러나 남자 첩을 거느린 여자가 예상 외로 급속히 늘어나고 있습니다. 제가 지금 말씀드리는 주인공도 바로 그러한 경우입니다."

"어쨌든 간에 셋 이상의 남자 첩을 거느리고 산다니 보통 실력이 아닌데요. 그렇게 세 남자와 정기적으로 접촉을 하다가 보면 임신을 하는 수가 있을 터이고 거기에 대한 대비책은 세워져 있는가요?"

"그렇고말고요. 제가 지금 말씀드리는 주인공은 전문직 유모를 둘이나 고용하여 이미 낳은 세 아이를 남부럽지 않게 잘 키우고 있고 큰 애는 유치원과 초등학교까지 보내고 있다고 합니다."

"그럼 그 아이들은 현행법상 엄연히 아비 없는 사생아가 되는데 교육시키는데 별 지장이 없을까요?"

"그렇지 않아도 주위에서 아이들의 교육은 어떻게 할 거냐고 의문을 제기하면 자기는 엄연히 앞으로 닥쳐올 모계사회의 선구자(先驅者)니까 그런 것은 얼마든지 뚫고 나갈 자신이 있으니 염려말라고 말한답니다."

"하긴 우리 인류는 적어도 1만 년 전까지만 해도 모계사회를 겪었으므로 그렇게 말하는 것도 무리는 아닙니다."

"그럼 인류는 언제부터 모계사회에서 부계(父系)사회로 진입했는지 아십니까?"

"성씨(姓氏)라고 쓸 때 계집녀(女) 변에 날생(生) 자를 쓰는 것을 보면 한자를 쓰기 이전부터 모계사회는 이미 정착되지 않았나 생각됩니다.

우리가 지금도 그러한 성(姓)자를 쓰는 것을 보면 모계사회에서는 아비가 누구인지는 문제 삼지 않고 무슨 성을 가진 어떤 여자가 어떤 아이를 낳았으며 지금 갓 태어난 아이 역시 어떤 여자가 낳았느냐가 중요한 것이지 어떤 남자가 아이를 임신시켰는가 하는 것은 문제가 되지도 않았음을 말해주고 있기 때문입니다."

"그럼, 우리는 지금 하나의 부계사회 시대가 끝나가면서 새로운 또 하나의 모계사회가 시작되는 바로 그 전환기에 처해 있다는 것을 알게 되면 별로 놀랄 일도 이상한 일도 아니겠네요."

"과연 그렇겠는데요."

"그럼요. 지금도 고산지대인 티베트에는 일처다부제(一妻多夫制) 유습(遺習)이 그대로 남아있습니다. 큰 천막 하나에 주부 하나에 남자 서너 명이 여러 아이들을 거느리고 아무렇지도 않게 오순도순 잘도 살아가고 있다고 합니다.

지금은 그것이 모계사회의 유습으로 남아있지만 멀지 않은 장래에 지구촌 전체가 지금의 일부일처제(一夫一妻制) 사회처럼 일처다부제 사회가 보편화될 것입니다. 시대의 흐름은 그 누구도 어떻게 막거나 변화시킬 수 있는 일이 아니기 때문입니다."

무술연마는 어떨까요?

2019년 3월 14일 목요일

우창석 씨가 말했다.

"선생님, 저는 아무리 생각해보아도 깡패에게 갑자기 얻어터지는 굴욕을 사전에 막기 위해서라도 평소에 무술을 몇 가지 익혀 놓는 것이 어떨까 하는 생각인데 선생님 의견은 어떻습니까?"

"혹시 깡패한테 된통 당한 거 아닙니까?"

"네 좀 그렇게 됐습니다."

"그러나 불가피할 경우 매를 맞는 것이 낫지 방어를 위해서라고 해도 대항을 하는 것은 결국 손해가 됩니다. 국가대표급 격투기 선수는 비록 깡패에게 매를 맞는 일이 있어도 대항을 피합니다. 구도자가 그만한 굴욕도 못 참는다면 그게 무슨 구도자입니까?"

"죄송합니다. 결국 제 생각이 짧았던 것 같습니다."

"그럼요. 깡패를 손보았다가 그가 만약 조직 폭력배 끄나풀일 경우 그 뒷일을 어떻게 감당할 것입니까?"

"그래도 잘못한 일도 없이 얻어맞기만 하는 것은 너무 억울하지 않습니까?"

"구도자라면 억울해도 끝까지 참아 넘겨야지 맞상대를 하면 중생과 다른 것이 무엇입니까?"

"만약에 상대가 칼이나 권총으로 위협하거나 죽이려 하면 어떻게 하려고요? 비록 도망을 치는 한이 있어도 대항은 안됩니다."

"도망을 치다가는 총탄이나 칼에 맞아 죽을 수도 있게 될 텐데요?"

"죽게 되면 죽어야죠."

"그렇게 죽으면 억울해서 어떻게 합니까?"

"억울해 하면 구도자라고 할 수 있겠습니까?"

"어떻게 억울하지 않을 수 있습니까?"

"억울하지 않을 때까지 마음공부를 하여 깨달음을 얻어야죠."

"선생님 앞에서는 그 말씀이 지당하지만, 이 자리를 떠나면 도루아미타불이 되곤 합니다."

"내공이 모자라서 그렇습니다. 이 자리에서나 다른 자리에서나 변함이 없을 때까지 내공에 전념하세요."

"당연히 그래야 되는데 이 자리만 떠나면 생사불이(生死不二)를 뛰어넘지 못하고 막혀버리곤 합니다."

"그래도 그 고비를 넘어야 합니다. 알고 보면 죽음이란 처음부터 없는 것입니다. 그래서 사불사(死不死)이요 생불생(生不生)이 아닙니까? 다시 말해서 죽음은 죽음이 아니고 삶은 삶이 아니니까요."

"그럼 매일같이 화재와 교통 사고로만 수많은 사람들이 죽어나가는 것은 죽음이 아니고 무엇입니까?"

“우리 눈에 보이는 그러한 죽음에 마음이 실려 있지 않는 한 진정한 의미의 죽음은 아닙니다. 다시 말해서 원본이 살아있는 한 복사본의 죽음은 진짜 죽음이 아닙니다. 그러니까 생즉사(生卽死)요 사즉생(死卽生)이라고 말합니다.

다시 말해서 사는 것이 죽는 것이고 죽는 것이 사는 것입니다. 이 말을 처음 들을 때는 잘 이해가 되지 않지만 곰곰이 되새겨보면 모두가 주옥 같은 진리라는 것을 깨닫게 될 것입니다.

더구나 소주천 대주천을 하는 선도수련자가 상대의 급소를 잘못 가격하면 기절할 수도 있습니다. 이때 가격당한 상대의 급소를 신속히 찾아내어 회복시키지 못할 경우 낭패를 당할 수도 있다는 것을 명심해야 할 것입니다.”

한국의 앞날

2019년 3월 15일 금요일

우창석 씨가 말했다.

"요즘 돌아가는 정세를 보면 한국, 북한, 미국의 관계가 시시각각으로 변화하고 있는 것 같아서 어리둥절합니다. 세계적인 흥정의 달인으로 널리 알려진 트럼프 미국 대통령도 북한의 김정은의 술수에 별 수 없이 말려들어 진땀을 빼고 있습니다. 사태는 갈수록 자꾸만 꼬여드는 게 아닌가 걱정이 됩니다. 도대체 어떻게 하다가 일이 이 지경이 되었습니까?"

"1994년에 미국과 북한 사이에 핵문제가 야기되었을 때 끝까지 이스라엘식으로 시종일관 단호하게 밀어붙였어야 하는 건데 그렇게 하지 못한 것이 두고두고 후회가 되고 원한이 되어 가슴속에 쌓여 가는 느낌입니다."

"이스라엘은 핵문제를 어떻게 다뤘죠?"

"3억 인구에 아라비아반도 전체가 포함된 방대한 영토에 비해 겨우 6백만의 인구와 남한보다도 작은 영토를 가진 이스라엘은 적대국들에 비해 막강한 공군력과 정보력을 바탕으로 이란, 이라크, 리

비아 같은 나라들의 핵 시설을 만들려는 시도를 초창기에 포착하여 아예 초토화시켜버림으로써 두번 다시 손 쓸 엄두도 못 내게 만들어버렸습니다.

그러나 우리는 어땠습니까? 미국이 1994년에 영변을 비롯한 북한의 모든 핵 시설을 모조리 싹쓸이 할 계획까지 세웠었건만 당시 김영삼 대통령이 한반도 안에서의 핵전쟁만은 무슨 일이 있어도 용납할 수 없다고 결사반대하는 통에 어쩔 수 없이 그 계획은 취소될 수밖에 없었습니다. 구한말에 비하면 우리나라의 국제적 지위가 그만큼 향상된 것은 틀림없습니다. 그래서 김영삼 대통령은 2015년 임종을 앞두고 자신의 경솔한 결사반대를 후회했다고 하지만 이제 와서 생각해 보면 원님 지나간 뒤에 나발 불기요, 버스 떠난 뒤에 손들기였습니다.

바늘도둑은 바늘도둑일 때 아예 박살을 내버려야지 소도둑이 될 때까지 기다리는 어리석음은 무슨 일이 있어도 되풀이하지 말아야 합니다. 이리하여 마침내 북한의 김정은은 핵미사일 발사로 미국을 한반도에서 몰아내려고 막나니 칼춤 추듯 별별 짓을 다 꾸미는데 혈안이 되어 지금도 온갖 잔꽤를 다 부리고 있습니다."

"만약에 미국이 북핵에 대한 적절한 대책도 없이 베트남에서처럼 한반도에서 철수하면 한국은 어떻게 되죠?"

"한국의 안보는 핵보유국 북한의 위협하에 바람 앞에 촛불 신세가 될 수밖에 없는 거죠."

“그렇게 되면 결국 대한민국은 북한에 백기를 들어야 하는 것 아닙니까?”

“그럴 수밖에 다른 방도가 없지 않겠습니까?”

“그러면 제2차 세계 대전 후 식민지에서 일어나 유일하게 공업화에 성공하여 원조를 받는 나라에서 원조를 주는 나라로 탈바꿈하는 기적을 창출함으로써 세계 10대 무역국 반열에 오른 대한민국의 운명은 어떻게 됩니까?”

“비록 선진국 대열에 끼게 되었다고 해도 핵을 갖지 않은 한국은 핵보유국 북한에 흡수통일 되어 공산화되는 길밖에 더 있겠습니까?”

우리도 핵보유국 되어야

"그러나 하늘이 두쪽이나도 그럴 수는 없습니다. 어떻게 대한민국 국민이 갑자기 북한 공산주의 세습왕조의 신민(臣民)이 될 수 있겠습니까? 그리하여 1995년에 있었던 대기근 때처럼 한꺼번에 북한 주민의 3분의 1인 3백만 명이 굶어 죽었는데도 아무도 책임지는 사람이 하나도 없는 김정은의 공산주의 세습 독재 왕국에 예속되어야 한다는 것은 우리나라가 갑자기 아프리카 미개 족속이 되라는 말밖에 더 됩니까?"

"그러나 대한민국이 결과적으로 안보에 실패했으니 인과응보요 콩 심은 데 콩 나고 팥 심은 데 팥 나는 격이 아니겠습니까? 이걸 보고 어찌 말이 안 된다고 말할 수 있겠습니까?"

"그 길 외에는 다른 대안은 없을까요?"

"그렇게 되지 않으려면 뒤늦기는 했지만, 우리도 파키스탄이 인도에 맞서 핵개발을 하여 핵 균형을 이루고 있고, 지금도 평화를 누리면서 잘살고 있는 것처럼 핵보유국이 되는 길밖에 없습니다. 그 길만이 우리가 북한에 예속당하거나 적화되지 않고 독립국으로 당당하게 살아남을 수 있는 길입니다.

최근 우리나라에서도 야당 대표가 우리도 핵보유국이 되어야 한다고 주장했는데 오래간만에 정치인의 입에서 바른 소리를 들어보는 것 같습니다. 아무리 생각을 해 보아도 우리가 살 길은 그 길밖에 없습니다."

"그렇습니다. 대한민국이 북한에 적화통일 당하지 않으려면 우리도 무조건 핵 개발에 착수해야 합니다."

"그러나 북한과 친해지는 데만 전심전력을 기울일 뿐 핵무기 개발에는 애당초 관심조차 없을 뿐만 아니라 핵에 대해서는 무조건 신경질적인 반감을 품고 있어서 기존 원전 사업까지도 국내에서는 근절시키고 있을 정도로 안보 불감증에 걸려 있는 현 집권 좌파 정부가 아무런 대책도 없이 핵보유국이 되기를 완강하게 거부하고 있습니다. 그러한 우리가 핵보유국이 되기를 바라는 것은 까마귀 보고 황새가 되기를 바라는 것만큼이나 터무니없는 요구가 될 것입니다."

"옳은 말씀입니다."

"그럼 우리는 어떻게 해야 합니까?"

"대한민국을 살리기 위해서는 국민들이 들고 일어나 다음 대선 때 대통령을 갈아치운 다음에 우리도 핵보유국이 되는 길을 걷는 수밖에는 없지 않을까요?"

"그렇게 되자면 어떻게 해야 되겠습니까?"

"불행중 다행하게도 박정희 대통령 덕택으로 우리나라는 핵보유국이 거의 다 되었을 무렵 미국 CIA의 간섭으로 대통령이 서거하는

10.26사태를 겪게 되었습니다. 박정희 대통령이 비밀리에 프랑스와 캐나다의 도움으로 핵개발에 착수한 것은 카터 미국 대통령과의 격심한 불화로 그에게서 한국에서 미군을 철수하겠다는 정식 통보를 받고 나서 한국이 독자적으로 살아나갈 길은 핵을 보유하는 길밖에 없다는 것을 깨달았기 때문이었습니다.

그러나 그 비밀이 새어나가 미국의 간섭을 받게 되었습니다. 그때 한국의 핵 제조시설은 모조리 다 폐쇄되었지만, 핵 발전시설만은 보유할 수 있게 되었습니다. 그후 한국은 핵발전 강국으로 살아남게 되었지만 현 정부는 그것마저 없애버리려고 온갖 노력을 모두 다 기울이고 있는 중입니다. 핵 발전시설은 일본과 대만도 갖고 있습니다. 핵 발전 기술을 적용할 경우 약 2개월 정도면 핵무기를 제조할 수 있다고 합니다. 북한이 핵보유국이 될 경우 일본과 대만은 2개월 안에 핵보유국이 될 수 있습니다. 그러나 한국만 핵 발전시설을 없애버릴 경우 동북아에서 유일하게 핵 없는 나라로 남아있게 될 것이며 북한의 예속국이 될 수밖에 없게 될 것입니다."

"하늘이 두쪽이 나도 그럴 수는 없는 일이 아니겠습니까?"

"결국 대한민국이 사는 길은 우리도 핵을 보유하는 길밖에는 없습니다. 대한민국은 처음부터 국민의 선택에 따라 국민이 주인이 된 자유 민주주의 국가이기 때문입니다. 그 길만이 대한민국이 적화되지 않고 당당하게 살아나갈 수 있는 길입니다.

대한제국은 조선왕조의 마지막 임금인 고종이 빈국(貧國)의 군주

였기 때문에 제국주의 일본의 정치 책략가들에 의하여 가지가지 권모술수와 사기협잡의 대상이 되어 결국 나라를 빼앗기고 35년 동안 일본의 식민지 지배를 당할 수밖에 없었습니다. 그러나 지금의 대한민국은 엄연히 비밀 직접 투표로 대통령을 뽑아서 유권자들이 세운 나라이므로 국민들이 시퍼렇게 살아있는 한 그 누구도 주권 유지에 사기를 칠 수 없게 되어있다는 것을 알아야 합니다."

"그러나 국민들이 중남미 국가 국민들처럼 정치인들의 인기영합주의에 현혹되어버리면 우리도 그들처럼 맥을 못 추고 비실비실하는 3류 국가로 굴러떨어지는 건 아닌지 모르겠습니다."

"무상복지를 20년 동안 추구해 온 베네주엘라가 처한 참상을 생각하면 결코 남의 일 같지 않습니다. 더구나 한국의 현 정부가 베네주엘라와 같은 사회주의 노선을 그대로 따르고 있으니 말입니다."

"그럼 베네주엘라는 지금 어떻게 되었습니까?"

"차베스의 달콤한 사회주의 허상인 무상의료, 무상주택, 무상교육을 20년 동안 추구한 결과 빈곤은 잠시 줄어드는 듯했지만 결국 유력한 기업체들이 계속 도산하면서 수출이 급격히 줄어들어 지금은 물가가 170%나 치솟는 등 경제파탄을 초래했고, 남은 건 민간 기업 1만 2,000개가 4,000개로 줄어드는 대파국을 초래했을 뿐입니다. 문재인 정부가 지금 내년 총선을 앞두고 열심히 추구하는 각종 무상복지, 고교 무상교육 등이 베네주엘라의 뒤꽁무니를 그대로 따라가는 것 같아 심히 우려됩니다."

"그러나 과거의 역사를 살펴보면 우리 국민들은 포퓰리즘을 구사하는 정치인들의 술수와 농간에 그렇게 호락호락 말려들지 않을 정도로 지혜롭고 총명해졌으므로 국민들을 믿는 수밖에 없습니다."

"맞습니다. 그리고 요즘처럼 안보가 불안해서는 안 된다고 생각합니다."

"그러나 집권층은 그렇게 보지 않는 것이 문제입니다."

"그렇습니다. 그들은 북한 노동당이 지금도 당규 제1조에 '남조선을 해방시키는 것'을 첫번째 과제로 삼고 있다는 것을 전연 모르고 있는 것 같습니다."

"그렇습니다. 그 당규는 해방 후 지금까지 74년 동안 추호도 변함이 없이 시퍼렇게 살아있다는 것을 한 순간도 잊어서는 안 될 것입니다."

베트콩의 운명

“그건 그렇고 미군 철수 얘기가 나오니까 월남 전쟁에서 미국이 발을 뺀 뒤에 북 베트남을 위해 용감하게 월남공화국 군과 미군과 한국의 맹호 및 청룡 부대와 끈질기게 싸웠던 베트콩들은 지금 어떻게 되었는지 갑자기 궁금해집니다. 그들은 지금 어떻게 되었습니까?”

“미군이 철수한 후 베트콩은 북베트남 즉 월맹에 의해 남부 월남이 공산 통일된 직후 잘 싸웠다고 상을 받기는커녕 씨도 남기지 않고 북월남 공산당에 의해 싸그리 다 처단되고 말았습니다.”

“어떻게 같은 민족끼리 적어도 백만 이상은 되었을 한국의 종북 및 친북주의자들이나 주사파와 비슷한 베트콩들이 그렇게 잔인무도하게 제거될 수 있습니까? 도대체 그 이유가 무엇인데요?”

“이유는 지극히 간단합니다.”

“뭔데요?”

“그들이 비록 공산당원들이긴 했어도 지금은 지도에서 사라진 월남공화국 치하에서 자유 민주주의 맛을 톡톡히 본 이상 공산 통일이 된 후에도 기필코 월맹 공산당에 반기를 들 가능성이 충분히 있다는 것이 주된 이유였습니다.

육이오 때 적화남침 전쟁을 일으켰다가 실패한 북한의 김일성 일당은 같이 후퇴한 박헌영 남로당 일당을, 미제국주의자들의 간첩이라는 누명을 씌워 모조리 총살한 것을 보면 베트콩이 그렇게 숙청된 이유가 납득이 갑니다."

"아니 그럼 한국 내에서 왕년의 베트콩처럼 지금도 맹활약 중인 그 숱한 친북 및 종북주의자들과 주사파들도 미군이 철수한 뒤에 북한에 의해 남북이 공산 통일된다고 해도 베트콩이 숙청된 것과 같은 이유로 역사의 무대에서 감쪽같이 사라질 수 있다는 말이 아닙니까?"

"그렇고말고요. 공산주의자들의 사고방식으로는 그것은 지극히 당연한 일이죠."

"같은 민족끼리 어찌 그렇게 잔혹할 수 있겠습니까?"

"권력이란 원래 부모자식 사이에도 그처럼 냉혹한 거니까요. 결국은 토끼를 잡고 보니 거칫거리기만 하는 개는 삶아먹을 수밖에 없는 토사구팽(兎死狗烹)으로 결말이 나버렸군요."

"그렇습니다. 공산주의자는 한번 미쳐버리면 그처럼 공산주의 승리를 위해서는 죽음을 두려워하지 않는데 미묘한 데가 있으므로 공산주의자가 될 사람은 죽고 싶지 않으면 지금부터라도 극도로 조심해야 할 것입니다."

"그건 그렇다 치고 아까 이야기하던 북한이 끝내 정식으로 파키스

탄처럼 공인된 핵보유국이 된다면 일본과 대만은 어떻게 될 것 같습니까?"

"두 말 할 것 없이 그들도 자국의 안전을 위해서 이미 소유하고 있는 핵 발전시설을 즉시 가동하여 2개월 안으로 자위용 핵무기를 소유하게 될 것입니다."

"그렇게 되면 미국, 유엔, 중국, 러시아 등 동북아의 기존 핵보유국들이나 이해 당사국들이 가만히 보고만 있으려고 할까요?"

"그건 그들이 앞으로 해결할 문제고 핵발전소 가동을 중지 내지 축소하는 쪽으로만 악착같이 매달리고 있던 한국의 현 정부는 어떻게 됩니까?"

"그렇지 않아도 김정은으로부터 북한의 요구를 들어주지 않는다고 단거리 미사일 발사 위협을 받고 있는 문정부가 어떻게 나올지 계속 지켜보도록 합시다. "

"어디 그뿐입니까? 살상가상으로 문 정부는 지금 국민운동본부로부터 하야 요구까지 받고 있지 않습니까?"

이승만은 미국의 괴뢰일까?

2019년 3월 20일 수요일

우창석 씨가 말했다.

"도올 김용옥 한신대 교수가 지난 16일 방송된 KBS 1TV의 한 방송 프로에서 이승만 대통령을 미국의 '괴뢰'라고 지칭하면서 국립묘지에서 파내야 한다고 주장했다고 하는데, 이승만 대통령이 과연 그런 일을 당해야 할 만큼 미국의 괴뢰였을까요?"

"그건 아무리 생각해 보아도 좀 지나친 편견인 것 같습니다. 대한민국 초대 대통령을 12년 동안 지내면서 그가 독재를 하고 깡패를 동원하고 부정 선거를 했다는 비난은 숱하게 받아왔지만, 미국의 괴뢰였다는 비난은 처음 듣는 것 같습니다.

그래서 김용옥 씨가 말했다는 내용이 보도된 조선일보 2019년 3월 20일자 신동흔 구본우 기자가 쓴 신문 기사를 샅샅이 훑어보았더니 이승만 대통령이 미국의 요구대로 신탁통치를 반대했기 때문에 한국이 통일의 기회를 잃어버렸으므로 미국의 괴뢰였다는 것일 뿐 그 이외의 구체적인 사실 기사는 눈에 띄지 않았습니다."

"그렇다면 그 당시 김구를 위시한 수많은 애국투사들이 거의 다

신탁 통치를 반대했는데 그들도 전부 다 미국의 괴뢰이고 국립묘지에서 파내야 한다는 말인지 궁금합니다. 그건 그렇다 치고 김용옥 씨가 이승만 대통령이 주도한 '반공포로 대석방' 사건을 안다면 그가 제아무리 철면피한이라고 해도 미국의 괴뢰니 국립묘지에서 파내야 한다는 말도 안 되는 소리는 창피해서라도 다시는 입에 올릴 수 없을 것입니다."

반공포로 대석방

"반공포로 대석방이란 어떤 사건인지 좀 요약해서 말씀해주시겠습니까?"

"반공포로 대석방이란 1953년 6월 18일에 일어난 우리나라 근대사에 특이한 미묘하고도 결코 잊을 수 없는 미묘한 사건입니다. 그때 판문점에서는 3년 동안이나 유엔을 대표하는 미군과 공산측을 대표하는 북한과 중국 대표에 의해 포로교환 문제를 놓고 지루한 협상이 진행되고 있었지만 전쟁 당사자인 한국의 이승만 대통령은 북진 통일 외에 협상은 있을 수 없다고 하여 한국군 대표조차 휴전 회담장에 보내지 않았습니다.

그러나 일선에서는 회담 중에 단 한치의 땅이라도 더 차지하려고 치열한 육박전이 벌어지고 있었습니다. 문제의 핵심은 휴전 후 포로 석방시 북한군 출신의 반공포로들이 자국으로 송환되든 남한에 잔류하든 그들의 자유의사를 존중해야한 한다는 유엔측과 이를 반대하고 무조건 전원 송환만을 주장하는 공산측의 반대로 포로들의 자유의사를 보장할 수 있는 방법을 해결하지 못한 채 협상은 3년 동안이나 지루하게 난항을 거듭하고 있었습니다.

이때 난데없이 중립국이면서도 그 당시에는 다분히 친공적인 경향이 있던 인도가 불쑥 나서서 인도군 1개 여단을 파견하여 공정한 관리로 포로들의 자유의사를 보장해 주겠다고 제의했습니다.

그러자 이승만 대통령은 인도군이 한국에 파견되는 것을 단호히 반대하며 그들이 한국 땅을 밟는 것을 용납지 않을 것이라고 천명했습니다.

그때 유엔측은 남한 땅에 3만 5천명의 포로를 수용한 10여 개의 포로수용소를 운영하고 있었는데 수용소 운영과 경비 및 관리 일체는 미군이 담당하고 한국군 경비대는 수용소 외각 경비만 맡고 있었습니다."

"그런데 왜 하필이면 포로들의 석방시 그들의 자유의사가 그렇게 문제가 되었는지 이해를 할 수 없습니다."

"그럴 겁니다. 그건 그럴 만한 이유가 있었습니다. 2차 대전 때도 미군은 독일군이 보유하고 있던 4천 5백 명의 소련군 포로를 종전으로 인수하여 관리하고 있었는데 그들 역시 조국인 소련으로의 강제 송환을 반대하고 자유진영에 잔류하기를 희망했지만, 미군은 소련의 요구대로 그들을 전원 강제 송환했습니다. 그러자 포로들은 귀환 열차가 다뉴브 강 철교를 건널 때 대부분 열차에서 뛰어내려 강물에 투신 자살함으로써 세계를 놀라게 한 참담함 비극이 발생했습니다. 그러나 한국전쟁에서는 그때의 비극을 되풀이 할 수 없다는 국제 여론이 일면서 유엔측은 포로들의 자유의사를 존중키로 한 것입니다.

바로 이때 이승만 대통령은 중대한 결심을 하게 되었습니다. 그는 원용덕 계엄사령관에게 비밀 지령을 내려 1953년 6월 18일 미명에 반공포로 석방을 단행케 했습니다. 한국군 경비대는 포로수용소 미군 관리요원들을 일시 감금하고 북한으로 가기를 반대하는 포로들을 일제히 석방한 것입니다. 반공포로들이 북한으로 강제 송환되어 공산군에 의해 학살당하는 불행을 막기 위해서였습니다.

이 사건이 터지자 미국은 말할 것도 없고 온 세계가 발칵 뒤집히고 허를 찔린 공산측 대표는 펄펄 뛰고 야단법석을 떨었습니다.

이승만 대통령은 이 세상 어느 누구도 거부해서는 안 될 민족자존의 거사를 위해 맹방인 미국의 등에 잠시 비수를 들이댄 것입니다. 이로서 미국의 불신을 산 그는 4.19 때 드디어 하야를 단행해야 했습니다. 그러기 전에 그는 프란체스카 부인과 함께 하와이에 망명하여 장기체류하다가 귀국하여 공적 자금 한 푼 꿍쳐 놓는 법 없이 그 파란만장하고 청렴결백한 독립투사의 길을 쓸쓸하게 마감하게 됩니다.

세계 유일의 초강대국이고 우방인 미국에 맞서 민족자존을 지켰고, 일본이 패망한 후 소련 공산주의와 맞서 대한민국을 건국한 이승만 대통령의 공로는 누가 뭐라고 해도 제대로 평가받아야 할 것입니다.

이러한 이승만 대통령을 보고 정치인도 아니고 일개 대학 교수인 김용옥 씨가 감히 미국의 괴뢰라느니 국립묘지에서 파내야 한다느니 하고 말도 안 되는 정치성 발언을 서슴지 않고 떠벌이는 것 자체가 학생들 보기에 부끄럽지도 않은지 되묻고 싶습니다.

도올 김용옥 씨는 기왕의 자기 명예에 스스로 똥칠을 하지 말고 대학 교수요 학자답게 이승만 대통령의 공과에 대하여 제대로 공부를 착실히 더 한 후에 누구나 수긍할 수 있는 학자다운 평가를 내려야 할 것입니다."

인도군의 개입

"그건 그렇고 인도군 1개 여단이 과연 포로 설득 작업을 관리하려고 판문점까지 오기는 왔습니까?"

"그럼요. 이승만 대통령의 반대로 인천에는 상륙하지 못하고 유엔군의 안내를 받아 헬기 편으로 판문점에 도착하여 그럭저럭 임무를 완수했습니다."

"그때 인도군이 좀 색다른 점은 없었습니까?"

"그렇게 물으니까 생각나는 것이 있습니다. 인도군 장교의 화장실 문화가 좀 특이했습니다. 인도군 장교는 대변을 보려면 물을 한 그릇 든 당번병이 따르게 되어있는 것이 이상하여 포로들이 숨어서 유심히 살펴보았습니다. 장교가 대변을 보고 나서 항문에 붙어 있는 잔변을 손가락으로 찍어내어 당번병이 들고 있는 그릇의 물로 씻었습니다.

1300년 전 당나라 때 쓰였던, 변 보고 나서 항문에 붙어 있는 잔변을 찍어 바르는 긴 막대기가 있었는데, 이것과 견줄 만한 화장실 문화였습니다."

"그건 그렇고 결국은 3만 5천 명에 달하는 대부분의 반공포로들이 북한측의 설득에 귀도 기울이지 않고 남한에 잔류하기를 희망하였습니다. 그 의도가 그대로 실현되어 '돌아오지 않는 다리'를 통과하여 남한 땅을 밟았고 극히 소수의 인원만이 인도군을 따라가서 인도를 비롯하여 브라질 등의 중립국들에 정착했습니다."

"그때 남한 땅에 정착한 반공포로들은 몇 명이나 됩니까?"

"포로수용소를 거친 3만 5천 명 외에 일선에서 한국군에 투항하여 현지에서 한국군에 편입된 포로들까지 합하면 6만 내지 7만쯤 됩니다.

이러한 결과에 불만을 품은 북한측은 북한에 억류된 한국군 포로 1만 9천 명을 단 한 명도 송환하지 않고 오지의 탄광이나 광산에서 강제 노동을 시키는 것으로 앙갚음을 했습니다. 그로부터 수십 년이 지난 후에 노년기에 접어든 육군 장교 출신 조창호 소위 등이 그들의 감시망을 뚫고 구사일생으로 남한으로 탈출하는 데 성공했을 뿐입니다."

자주국방의 계기

2019년 8월 1일 목요일

우창석 씨가 말했다.

"선생님, 요즘은 북한이 연일 저고도 단거리 미사일 시험발사를 하느니, 잠수함 미사일을 발사하느니, 방사파 미사일을 쏘아 올리느니 하고 온통 매스컴에 도배를 하다시피 하고 있습니다. 그렇게 해서 노리는 것이 무엇일까요?"

"그래 보았자 별 실속도 없는 망나니 칼 춤추는 것 이상의 무슨 신통한 효과를 거둘 수 있겠습니까?"

"그래도 트럼프 미국 대통령은 미국에는 아무런 위협도 되지 않으니 상관없다는 소리만 하는 것을 보니 우방인 한국에 대해서는 과거의 다른 미국 대통령들과는 달리 전연 빈 말로나마 역성이라도 들어 감싸주는 말 한마디 없는 것은 섭섭한 느낌이 들지 않습니까?"

"트럼프가 그런 소리를 하는 것은 재선 효과를 노리는 것 외에 이제부터는 한국도 스스로 그 정도의 도발은 미국 도움 없이도 막아내야 한다는 것을 한국 당국자들이 알아차리기를 바라는 듯한 뉘앙스를 풍기고 있습니다.

나는 청와대 요원들이 트럼프의 말뜻을 알아듣고 자주국방 태세를 물샐 틈 없이 갖추었으면 합니다. 그와 함께 앞으로 우리나라도 김정은의 칼춤 정도는 능히 단독으로 막아낼 수 있는 능력을 하루속히 갖추어야 한다고 봅니다. 그래야 미국 국민들로부터 74년 동안 한국 방위를 맡아온 보람을 느끼게 될 것입니다. 한국은 북한에 비해 국민 소득이 20배나 되고 인구도 두 배나 되는 무시 못 할 나라입니다. 그러한 나라가 언제까지나 미국의 도움에 의지한다는 것은 이치와 도리에도 맞지 않는다고 봅니다.

소련과 미국은 1990년 전후, 별들의 전쟁이라는 미사일 방어 시스템 경쟁을 벌이고 있었습니다. 그 당시 소련의 고르바초프 서기장은 미국과의 경쟁에서 경제력으로는 도저히 미국을 따라잡을 수 없었습니다.

소련의 국가 자원을 총동원했지만, 식량난만은 극복할 수 없었습니다. 북한처럼 주류층 주민들을 굶기는 통에 청소년의 키기 남한보다 평균 20센티나 짧아지지는 않지 않았습니까? 이처럼 비록 경쟁을 해도 소련은 북한처럼 생억지를 부려 국민들의 키가 줄어들게까지 발악은 하지는 않았습니다. 북한은 고르바초프를 본받아 국민들부터 제대로 먹여 놓고 보아야 합니다.

국민들을 난쟁이로 만들어 놓으면서 핵탄두와 각종 미사일 개발에 매달려 망나니 칼춤을 추어 보았자 무슨 큰 보람을 느낄 수 있을지 깊이 생각을 해 보아야 할 것입니다. 소련은 식량난 때문에 생겨난 지 69년 만에 한 순간에 공중분해 되어 지구상에서 사라졌을 망정 국민들을 무리하게 장기간 굶겨 키가 줄어들게까지 억지를 쓰지는 않았습니다. 북한은 마땅히 소련과 러시아를 본받아야 할 것입니다.

김정은은 남한을 공산화하려고 망나니 칼춤보다는 북한 주민을 제대로 먹여 살리는 것이 국가로서 다해야 할 첫번째 소임이라는 것을 잊지 말아야 합니다."

한일 경제 전쟁의 시작

"그건 그렇다 치고 요즘 계속 고조되고 있는 한일간의 경계 전쟁은 어떻게 될 것 같습니까?"

"이번에 일본의 아베 신조 총리가 마음먹고 시작한 한국에 대한 경제 전쟁 강행은 아무래도 일본이 좀 경솔하지 않나 하는 느낌이 듭니다."

"왜 그렇게 생각하십니까?"

"수천 년 동안 진행되어 온 한일간의 과거 역사가 그것을 잘 말해주고 있기 때문입니다. 구한말처럼 한일간의 국력 차이가 워낙 엄청나게 벌어졌을 때는 결국 일본의 승리로 끝나고 말았지만 국력이 엇비슷했을 때는 양국 간에 무승부로 끝나거나 일본의 참패로 끝나고 말았습니다.

그 좋은 실례가 임진왜란이었습니다. 이 전쟁은 도요토미 히데요시라는 영웅에 의해 잘 준비된 의도적인 침략 전쟁이었습니다. 처음에 14만의 일본 육군은 조총을 주무기로 이용하는 등 살기등등한 기세였습니다. 육전에서는 부산서 서울에 이르기까지 한달도 채 안 되어 무인지경 같이 휩쓸었습니다. 그러나 조선군은 초전에는 패배를 거듭했건만 의용군이 전국에서 벌떼처럼 일어나 왜군을 치고 빠는 유격전을 전개하여 침략군에게 격심한 타격을 안겨 주었습니다.

그리고 이순신 장군의 수군은 바다에서 왜 수군을 발견하는 족족 포격으로 섬멸시킴으로써 26전 26승의 대승을 거두었습니다. 그리하여 육전에서 이름을 날렸던 가토 기요마사, 고니시 유키나가 등 유명한 장군들은 조선 수군과의 싸움에 뒤늦게 동원되어 모조리 수장(水葬)되는 통에 단 하나도 고국 땅을 밟지 못했습니다. 세계 최초의 잠수함인 거북선의 등장으로 그 기술적인 창의성과 독단성에서 일본은 도저히 조선의 상대가 될 수 없었습니다.

단재(丹齋) 신채호(申菜浩) 선생은 "역사를 모르는 민족에게는 미래가 없다"고 일찍이 갈파했습니다.

고대의 한일 관계

"그럼 한국과 일본의 최초의 접촉은 언제부터 시작되었습니까?"

"기록을 살펴보도록 합시다. 한단고기 중 단군세기 3세 가륵 재위 45년 무신 10년(서기전 2173년)에 보면 '두지주의 예읍이 반란을 일으키니 여수기에게 명하여 그 추장 소시모리를 배게 하였다. 이때부터 그 땅을 일러서 소시모리라고 하다가 지금은 음이 바뀌어 우수국이 되다. 그 후손에 협야노라는 자가 있었는데 바다로 도망쳐 삼도(三島)에 웅거하며 스스로 천황이라고 칭했다…. 그 후 36세 단군 매륵 재위 58년 조에 갑인 38년(서기전 667년) 협야후 배반명을 보내어 바다의 도적을 토벌케 하였다. 12월에 삼도(三島)가 모두 평정되었다….'"

여기서 삼도(三島)란 우리나라 상고 시대의 일본을 지칭하는 지명(地名)입니다. 따라서 삼도는 단군조선의 관리하에 있었음을 한단고기의 기록들은 말해주고 있습니다. 이처럼 단군조선의 통치를 받던 삼도 즉 지금의 일본 지역의 고사(古祠)들에는 지금도 단군조선에서 사용되던 지금 우리가 쓰는 한글의 원본인 가림토문으로 씌여진 고서(古書)들이 곳곳에 보관되어 있습니다. 이러한 삼도가 그 후 단군

조선의 멸망과 더불어 왜구(倭寇)가 되어 신라 고려 이조 그 밖의 주변국들을 괴롭혔습니다. 그러다가 이조 초기인 1419년에 병선 227척, 병력 1만 7천 명을 동원한 왜구의 소굴인 대마도에 대한 대대적인 정벌이 있었습니다.

그 후 왜구는 한동안 잠잠하다가 임진왜란과 같은 조직적인 침략 전쟁을 도발했습니다. 얼마 후에 유럽 열강들의 동진 정책의 앞잡이가 되어 오늘에 이르게 되었습니다. "

"임진왜란 때는 명나라의 지원을 받았습니까?"

"뒤늦게 명나라가 원군을 보내기는 했지만 거칫거리기나 했지 별 도움은 되지 못했습니다. 그러한 일본이 근대화되어 첫 번째로 착수한 일이 미국에 대한 전쟁 도발이었습니다. 그것이 바로 1945년 12월 8일 일요일에 미국의 하와이 진주만 미해군 기지를 기습 공격함으로써 태평양 전쟁을 도발하는 것이었습니다.

결국은 미국에 패배하여 오키나와까지 미군에게 점령당하고 1945년 8월에 히로시마와 나가사키에 원자탄 세례를 받고 미국을 위시한 연합군에 무조건 항복을 했습니다. 그러한 일본이 6.25 때의 병참기지로 돈을 벌게 되자 그 침략 근성을 조금씩 되살리기 시작했습니다. 그 첫 번째 목표가 한국이 된 것입니다. 가장 가까운 이웃이고도 만만한 한국을 건드리기 시작한 것입니다."

일본을 가르친 한국의 문화

“미국과 서구의 동양 학자들은 일본의 문화적인 국보의 90% 이상은 한국에서 약탈하여 간 것이거나 일본에 이민 간 한국인이 만든 것이라고 하는데 그게 사실입니까?”

“사실입니다. 일본이 지금도 사용하고 있는 문자 표현 방식은 안마려(安麻呂)라는 백제인이 7세기에 일본에 전수한 것입니다. 그 내용은 간단히 말해서 한자(漢字) 읽기쓰기와 히라가나와 가다가나를 그들이 쓰고 읽기 쉽게 만들어 보급한 것인데, 바로 그 방식이 지금까지도 그대로 사용되고 있습니다.”

“그 당시에 크게 유행했던 시가(詩歌) 모음인 만엽집(萬葉集)도 그렇게 만들어진 것이 사실입니까?”

“사실입니다. 그런데 문제는 그로부터 1300여 년이 지난 지금까지도 일본인들은 그때 전수받은 방식을 아무런 개선과 변경 없이 그대로 사용하고 있다는 것입니다. 그 때문에 실례를 들면 지금도 그들은 “기샤가 기샤데 기샤시다(기자가 기차로 귀사했다는 뜻)”로 씀으로써 반벙어리 비슷하게 언어 습관이 변해버리고 말았습니다. 그러나 그동안에 한국은 기록 방식을 한자와 토 달기를 쓰다가 불편을 느끼고 여러 차례 개선을 거듭한 끝에 세종대왕에 의해 한글이 만들어져 세계 언어학자들이 이구동성으로 찬양하는 세계에서 가장 과학적이고 실용적인 문자 체계를 갖기에 이른 것입니다. 요컨데 그들에게는 불편을 스스로 고쳐나가는 창의력이 없다는 것입니다.

동양문화와 그 중에서도 일본 문화를 전공한 미국 여성이며 세계적인 문화학자인 코벨 박사를 비롯한 대부분의 서구 학자들은 그러한 견해에 동의하고 있습니다. 그들 학자들은 이구동성(異口同聲)으로 일본 문화는 연구하면 할수록 한국 문화를 판에 박은 듯이 닮아가고 있다고 말하고 있습니다.

그들 서구 학자들뿐만 아니라 최근에는 양심 있는 일본 문화학자들도 서구 학자들을 닮아가고 있다고 합니다. 최근에 한 일본인 학자는 각계에서 두각을 나타내고 있는 자국 학자들의 유전자 검사를 해 본 결과 60% 이상이 한국인과 동일하다는 결과를 알아냈다고 합니다. 외국 유명 대학에 유학하는 일본인 유학생들의 학업 성적을 비교해보면 그 독창성과 창의성 면에서 도저히 한국 학생들을 따라갈 수 없다고 합니다."

한국, 북한, 이스라엘

"그럼 한국 학생들을 가장 가까이서 따라갈 수 있는 학생들은 어느 나라 출신이라고 합니까?

"이스라엘이라고 합니다."

"이스라엘인과 한국인이 그 독창성과 창의성이 막상막하(莫上莫下)인 이유가 무엇일까요?"

"아직은 그 이유를 밝힌 사람이 있다는 말을 들어본 일이 없습니다. 단지 북한인들은 이스라엘이 개발한 무기를 한국이 수입하는 것을 가장 싫어한다는 말은 그들의 대남 경고 방송으로 들어본 일이 있습니다."

"그럼 그 이유가 무엇일까요?"

"이스라엘보다 영토와 인구가 다 같이 백배가 넘는 아랍 국가들을 꼼짝 못하게 제압하고 있는 나라가 개발한 무기를 한국이 수입하여 실전 배치한다면 어느 쪽도 승패를 자신할 수 없다고 본 것이 아닐까요?"

"정확합니다. 그래서 김정은이가 망나니 칼춤 추듯 각종 단거리 미사일 개발에 열중하면서도 남한이 외국에서 수입한 신무기들의 실전 배치를 중단해야 한다고 항의하고 있는 것입니다."

"그렇다면 우리도 생각을 좀 달리해야 하는 것 아닙니까?"

"우리는 창의성과 독자성에서 이스라엘에 비견된다면 무엇 때문에 구태여 이스라엘까지 가서 풍토도 환경도 낯선 그들이 개발한 무기들을 구입할 필요가 있겠습니까?"

"맞습니다. 북한은 지금 자기네는 새로운 단거리 미사일들을 망나니 칼춤 추듯 다양하게 개발해내면서 우리보고는 외국에서 신무기를 수입하여 배치하지 말라는 경고까지 보내고 있습니다."

"그러고도 우리 보고는 두손 맞잡고 전방(廛房)이나 보라는 얘기가 아닙니까? "

"그럴 수는 없는 일이죠. 김정은이 제아무리 저렇게 칼춤을 추어보았자 다 헛수고라는 신호를 보냈건만 그 신호의 진의를 깨닫지 못한 것이라고 봅니다."

"그럼 어떻게 해야 될까요?"

"그것을 그들 스스로 깨달을 때까지 기다려 주어야죠?"

"그럼. 지혜면 지혜, 돈이면 돈으로 말입니까?"

"그렇고말고요. 또 인내력이면 인내력으로 맞상대를 해 주어야죠."

"단지 인민들의 인내력을 무리하고 과도하게 강요할 경우 북한 청소년들의 키가 남한 청소년보다 20센티나 줄어들어 이대로 나가다간 한민족 중에서 난쟁이 별종이 생성되는 민족의 비극은 무슨 일이 있어도 막아야 한다고 생각합니다."

“그렇고말고요. 그러자면 아무래도 9천년 한국사의 국통맥(國統脈)을 바로 세워야 합니다. 그래야만이 미래에는 어떤 일이 있어도 지금과 같이 어처구니없는 일이 다시는 되풀이되는 일이 없어지게 해야 할 것입니다.”

“물론입니다.”

국통맥(國統脈) 바로 세우기

"국통맥 바로 세우기에 가장 문제가 되는 것은 무엇입니까?"

"지금까지 밝혀진 것은 우리나라의 국통맥은 다음과 같습니다.

즉 환국, 배달, 조선, 고구려, 대진, 고려, 조선, 대한민국입니다. 일본제국의 한국 지배 책동으로 날조된 위만조선, 한사군, 낙랑 등이 문제입니다. 그동안 한국의 민족사학자 백암(白巖) 박은식(朴殷植), 단재(丹齋) 신채호(申菜浩), 위당(爲堂) 정인보(鄭寅普), 백당(栢堂) 문정창(文正昌), 임승국, 박참암 예비역 장군 등은 국사찾기 협의회를 만들어, 이미 한반도에서 사라진 일본의 잔존 세력의 암약으로 대한민국 문교부에서 만든 식민사학자들이 집필한 교과서를 중학생들에게 그대로 가르침으로써 국통맥 자해 행위를 저지르고 있음을 각계에 호소했었지만 아무런 효과도 거두지 못했습니다.

협의회는 그 어렵고도 힘겨운 교섭으로 국회 청문회까지 열었지만 식민사학자들은 비전문가들과는 상대할 수 없다는 억지 주장을 펴는가 하면 계속 쥐새끼들처럼 요리조리 피하는 데 이골이 났습니다.

할 수 없이 대법원에까지 호소했지만, 역사 문제는 현행법으로 판단을 내릴 수 없다는 최종 판결이 나왔습니다. 종내에는 박정희 대통령에게 직접 부딪혀 보았지만, 문교부의 한 실무자에게 조사를 맡기는 식으로 마무리를 하고 말았습니다.

이러한 일들을 진행시키는 데 드는 비용은 협의회 회원들이 제각기 조상적부터 물려받은 전답과 부동산 등을 처분하여 충당하는 바람에 결국에는 알거지가 되어 지금도 고생을 하고 있습니다. 지금은 모두가 작고한 한 세대 이상 전에 있었던 일입니다. 이 글을 쓰는 필자 역시 그때에는 협의회 심부름꾼에 지나지 않았습니다.

그러나 그렇다고 해서 우리 민족에게는 그럴수록 더 이상 소중할 수밖에 없는 국통맥(國統脈) 찾기를 중단할 수는 없습니다. 우리가 일제에게 국권을 송두리째 빼앗겼던 과거를 다시는 되풀이하지 않기 위해서라도 관심 있는 국민들은 단합하여 무슨 대책을 세워야 할 때입니다."

홍익인간(弘益人間) 재세이화(在世理化)

"우리 조상님들은 나라를 만들 때 홍익인간(弘益人間) 재세이화(在世理化)라는, 더 이상 숭고할 수 없는 이념을 첫번째로 내세웠습니다. 사람들을 널리 유익하게 하고 그들과 함께 상부상조하면서 이 세상을 지상 천국으로 만들겠다는 국가 이념을 생각하면 자손된 도리로서는 실로 부끄럽고 송구스럽고 창피하기 짝이 없는 일입니다."

"그럴수록 우리는 일본과 연합국 세력들이 엉망진창으로 만들어 놓은 난제들을 어떠한 일이 있어도 우리 민족 자신의 역량으로 해결하고야 말겠다는 의지와 지혜와 포부를 가다듬어야 할 것입니다."

"그래야만 결과적으로 얄타와 포스담에서 연합국들이 망쳐놓은 한반도 문제에 대해서도 조상들에게 낯을 바로 들 수 있게 될 것입니다."

"혹시 20세기에 미국의 루즈벨트와 소련의 스탈린이 저지른 사상 초유의 최대의 실수가 무엇인지 아십니까?"

"글쎄요."

얄타와 38선

"얄타에서 이들 두 거두가 그은 38선입니다."

"하긴 일리가 있는 말입니다. 38선이 없었더라면 6.25 남침은 일어나지 않았을 것이고 그로부터 74년이 지나도록 민족 분단이라는 사상 초유의 비극이고 사실상의 세계 3차 대전인 육이오도 일어나지 않았을 테니까 말입니다."

"어디 그것뿐입니까?"

"그럼 뭐가 또 있습니까?"

"있고말고요. 북한은 지금도 수백 개의 소나기탄을 일정 지역에 뿌릴 수 있는 새 미사일을 또 개발했는데 이 소식을 듣고 제일 당황해야 할 청와대 요원들은 꿈쩍도 않는데 도리어 이것을 개발한 북한측이 청와대가 개꼬리 삼년 묻어놓아 봤자 여우꼬리 못 된다고 제 정신 못 차리고 있다고 안달복달입니다. 이건 뭔가 단단히 잘못된 거 아닙니까?"

"내가 보기에는 청와대 쪽에 뭔가 믿는 구석이 있는 게 아닌가 생각됩니다."

"저 역시 얼른 이해가 되지 않습니다."

“전쟁이란 아군과 적군이 전쟁 준비 상태가 비등할 때는 일어나지 않게 되어있습니다. 실례를 들어보겠습니다. 임진왜란, 병자호란, 6.25 때처럼 적군은 준비 상태가 잘되어 있는데 아군은 그와 반대라면 적군이 쳐들어오면 별수 없이 패배하게 되어있습니다. 그러나 육이오 휴전 이후는 양쪽 전쟁 준비 상태가 비등합니다. 그런 때는 전쟁이 일어나지 않게 되어있습니다. 북한이 신형 소나기탄을 개발해 놓고 이 사실을 알려주었는데도 청와대가 북한이 원하는 대로 자기네에게 백기를 드는 것 같은 특이 반응을 보이지 않는 것은 다 그럴 만한 이유가 있기 때문입니다.”

“그것이 바로 대기 상태라든가 그 밖의 등등이 아닐까요?”

“물론입니다.”

굶주림을 피해 한국에 온 모자가 굶어죽다니

2019년 8월 13일 화요일

10년 전에 입국한 42세의 탈북 여성이 한국에서 낳은 여섯 살 난 아들과 하께 살던 셋집에서 숨진 채 2개월 만에 뒤늦게 발견되었다고 매스컴에서 화재가 되고 있습니다. 일반 독자들이 읽고 수긍이 갈 정도로 구체적인 상황 언급이 없어서 이해가 되지는 않습니다만 사람이 그렇게 쉽게 굶어 죽을 수 있을까요? 선생님의 견해를 듣고 싶습니다 하고 우창석 씨가 말했다.

"나도 그 기사를 신문에서 읽고 많은 생각을 해 보았습니다. 첫째로 생각나는 것은 그들 모녀의 남편이요 애비 되는 사람은 도대체 무엇 하는 사람이며, 어떻게 되었는가 하는 겁니다. 두번째 의문은 대한민국 특히 서울과 같은 대도시에서는 죽을 결심을 단단히 하지 않은 이상 굶어죽는 일은 좀처럼 있을 수 없다는 겁니다. 굶주린 사람에게는 쓰레기통을 비롯하여 사방에 먹을거리가 지천이기 때문입니다. 그런데도 불구하고 어떻게 그렇게도 어이없이 굶어죽을 수 있을까 하는 것입니다.

실제로 삼풍 고층 백화점이 설계 결함으로 개업한 지 2년 만에 무너졌을 때도 미처 빠져나오지 못하고 잔해 속에 갇힌 채 14일 동안이나 살아남았던 소녀가 구조대에 의해 목숨을 건진 일이 있었으니까요.

틀림없이 그들 모자가 굶어 죽었다는 것은 겉으로 본 추측일 뿐 그들이 죽을 수밖에 없었던 진짜 피치 못할 이유는 다른데 있었던 것이 아닌가 합니다. 이 글을 지금 쓰고 있는 필자도 20년 전에 21일 동안 단식 수련을 하는 동안 아무것도 먹지 않고 배겨낸 일이 있습니다. 21일뿐만 아니라 40일, 100일 이상도 음식을 먹지 않고 살아남은 실례가 있습니다. 이것을 보면 그들 모자에게는 굶어 죽는 것 이외에 다른 피치 못할 이유가 있었을 것입니다. 우리는 그들 모자가 죽어간 진짜 이유를 알아내는데 정성을 다하여 반드시 그 이유를 찾아내어 올바른 대책을 세워야 할 것입니다."

국민이 대통령을 뽑는 나라

2019년 8월 31일 금요일

우창석 씨가 말했다. “요즘은 조국 법무부장관 후보자의 국회 청문회를 앞두고 온갖 유머들이 제멋대로 날뛰고 있어서 한치 앞을 내다 볼 수 없는 오리무중(五里霧中) 속에 갇혀, 온 국민들의 눈과 귀가 막혀 있는 느낌입니다. 더구나 설상가상으로 한일 한미 관계도 순탄치 않아 계속 악화일로를 걷고 있는 형국입니다.”

“그러나 그것은 현 정권이 출범하기 전부터 예상되었던 노선이 아닌가 생각됩니다.”

“그렇다면 현 정부의 미래 노선은 친북, 반일, 반미로 나가자는 것 아닙니까?”

“누가 아니랍니까?”

“그럼 한국은 육이오 이전의 상태로 되어 한반도 전체가 통째로 애치슨라인 이전의 형국으로 되돌아가는 것이 아닌가 하는 의심을 누구나 일으키게 한다는 얘기가 아닙니까?”

“그렇습니다. 김일성은 그 당시 그것을 보고 미국이 한국을 극동 방위선 밖으로 밀어내어 버린 것으로 착각하고, 그 당시 소련의 스탈린과 중공의 모택동의 승낙을 받아내어 이들을 등에 업고 두 강대국의 전폭적 지지를 얻어 남침 적화 전쟁을 도발한 것입니다."

"그럼 이번에도 북한이 러시아의 푸틴과 중국의 시진핑의 도움을 받아 북측이 제2차 적화남침 전쟁을 시도하리라고 보십니까?"

"그건 지금 상태로는 아무도 예단할 수 없습니다. 그러나 푸틴과 시진핑이 비록 찬성을 하든지 말든지 간에 한반도 적화 노선은 국외에서보다 한국 자체 안에서 먼저 제동이 걸릴 것이 틀림없습니다."

"한국 자체 안에서 먼저 제동이 걸린다는 말이 무슨 뜻인지요?"

"한국은 국민 투표에 의해 대통령을 뽑는 제도가 시행되는 나라입니다. 따라서 집권자가 아무리 친북적이라고 해도 민심이 대한민국이 공산화되는 것을 허용할 것이라고는 상상도 할 수 없다는 얘기입니다. 하긴 여론 조사 결과를 보면 그래도 현 정부의 대북 정책을 지지하는 국민이 40% 내외라고 하지만 말입니다. 다시 말해서 민심이 원하지 않는 한 이 나라에서는 그 나머지 60%가 반대하는 한 그 누구도 대통령이 된다는 것은 꿈도 꿀 수 없기 때문입니다."

장기화되고 있는 조국 사태의 해법

2019년 9월 6월 금요일

우창석씨가 말했다.

"선생님이 현 정권의 실권자라면 조국 사태를 어떻게 처리하시겠습니까?"

"우리가 민주주의를 신봉하는 한 조국 법무장관 후보자처럼 한번 크게 말썽이 난 사람은 이유 여하를 막론하고 당장은 기용을 유보할 것입니다."

"그렇게 되면 만사 제쳐놓고 기용되기만을 잔뜩 기다리고 있던 당자에게 너무나 큰 실망만 안겨 주지 않겠습니까?"

"그래도 그렇게 할 수밖에 없습니다. 그것이 비록 야당이나 반대자들의 기만술의 결과로 일어난 현상이라고 해도 일단 지금과 같은 사단이 벌어진 것은 그 사람에게만이 있을 수 있는 남모르는 이유가 있을 수도 있기 때문입니다."

"그 남모르는 이유가 무엇일까요?"

"그것이 바로 그 문제와 관련이 있는 당자들 외에는 그 누구도 모르는 하늘만이 아는 것일 수도 있습니다. 그래서 왕조 시대에도 한번 크게 말썽이 났던 사람은 이유 여하를 막론하고 당장 기용하는 일은 없었습니다. 민심은 천심일 수도 있기 때문입니다. 그렇게 밀려난 사람이 과연 탁월한 인재라면 당장 그 문제의 직이 아니라도 뻗어나갈 수 있는 다른 길은 얼마든지 있을 수 있을 것입니다. 또 꼭 어떤 사람만이 그 자리에 꼭 앉아야 된다는 법은 없습니다. 왜 그러냐 하면 우리나라는 그렇게 해야 할 만큼 인재가 척박한 나라는 아니기 때문입니다. 이것이 한 사람을 희생해서라도 국민 전체를 살리고 안정시킬 수 있는 지름길입니다."

"요컨대 소수를 희생하더라도 다수의 안정을 도모하는 것이 정치의 요체라는 말씀같이 들립니다."

"그렇습니다. 대통령에게 있어서 인사는 만사이기 때문입니다. 국민의 국민에 의한 국민을 위한 민주 정치를 지구촌 대부분의 나라들이 채택하고 있는 이상 가능하면 그럴 수 있어야 한다고 봅니다. 비록 자기를 믿고 따르는 심복인 한 사람의 인재 때문에 국민 대다수에게 불편과 불신을 사는 것보다는 그렇게 하는 것이 훨씬 더 효율적이고 현명하기 때문입니다.

그리고 그 인재가 그렇게 소중하게 여겨진다면 아무리 다급하다고 해도 그로 인한 소란이 가라앉을 때까지라도 당분간 기다리게 하여 당자로 하여금 두문불출(杜門不出)하는 성찰의 기회를 주었다가 기회가 더 성숙해진 다음에 처리해도 늦지 않을 것입니다. 그렇게 되면 국민의 어느 층이나 개인에게도 상처를 주는 일 없이 원만

하게 수습할 수 있을 것입니다. 이렇게 하는 것이 민주주의의 본질이 아니겠습니까?"

"그렇군요. 꼭 금과옥조처럼 소중한 말씀 잘 들었습니다. 고맙습니다."

"천만에 말씀입니다. 누구나 다 할 수 있는 말인걸요."

"그래도요."

【이메일 문답】

서광렬 수련 체험기

불초제자 서광렬 인사올립니다.

작년 말에 스승님께서 일주일 정도 연가를 내서 집중수련을 받는 것이 좋겠다고 하셨습니다. 그 당시 제가 연가를 내기는 어렵고 대신 소주천을 목표로 21일 집중수련을 하겠다고 말씀드린 적이 있습니다. 그런데 그 기간 동안 수련한 결과가 보잘것없어 '수련일지를 보내드려야 되나 말아야 하나' 고민하였습니다.

그래도 보내드리는 것이 순서이고 도리일 것 같아 첨부합니다. 읽어보시면 아시겠지만, 수련성과가 미미합니다. 결론은 축기 부족입니다. 따라서 지금까지 축기를 목표로 수련을 하고 있습니다. 1개월 전에 적림님이 운영하는 현묘지도 카페에 가입하여 수련하고 있으며 제 개인적으로는 4월 1일부터 100일 동안 축기를 목표로 정하고 정진하고 있습니다.

축기가 가장 중요하다는 것을 새삼 느낍니다. 평생을 선도수련을 하기로 작정한 이상, 조금 늦게 가더라도 기초를 굳건히 하고 싶습니다. 축기가 어느 정도 완성되면 제 자성이 저에게 이를 알려줄 것이라 생각합니다. 그러면 그때 스승님께 말씀드리고 소주천 인가를 부탁드릴까 합니다.

스승님께 메일을 드리기로 작정하고 글을 쓰는 순간부터 밀린 숙제를 끝마친 것처럼 마음이 편해짐을 느낍니다. 오늘 오후에 방문을 허락하신다면 찾아뵐까 합니다.

감사합니다.

단기 4352년 4월 20일

제자 서광렬 올림

2018년 12월 13일 목요일 눈

오늘부터 매일 일기를 쓸까 한다. 주목적은 항상 깨어있기 위함이다. 오늘 하루를 반성해 보고 다가오는 하루를 어떻게 잘 살아갈까 연구해 보기 위함이다. 수련한답시고 밀린 숙제 하듯이 성의 없이 해치우기보다는 내가 앞장서서 주체적으로 내 생활을 이끌어가 보았으면 하는 게 소망이다.

내 생애 최대 목표를 성통공완으로 두고 이 목표를 위한 수련을 21일, 49일, 100일 순으로 시간을 정해서 긴장감 있게 진행해가기로 했다. 우선 오늘인 2018년 12월 13일부터 2019년 1월 2일까지 21일간 수련 일정을 잡았다. 이번 21일 수련의 목표는 소주천 완성이다. 일간, 주간 단위로 해야 할 일을 기록해 둔다. 지금 이 글을 쓰는 순간에도 눈이 오고 있다. 나의 결심을 축하하듯.

매시간 단전을 의식하면서 생활하려고 노력했다. 그러나 항상 그러했다고 장담은 못 하겠다. 동료와 차를 마시며 이야기할 때, 점심을 먹는 시간, 심지어 화장실에서 일을 보는 순간에도 온전히 깨어있었다고 말하기는 어려울 것 같다.

생식은 한다고 하였으나 아침에는 꼭 생식을 하였지만 점심 저녁은 그때그때 형편에 따라 화식을 겸했다. 휴직 기간에는 아내와 맛집 견학을 가기도 하였다. 하지만 이제는 사정이 달라졌다. 스승님께 메일을 보내고 21일 집중수련을 하겠다고 말씀드린 시점부터 소화가 잘 안 된다. 변이 무르게 나오기도 하고 설사를 하기도 했다.

마치 몸에서 소화에 소요되는 에너지조차 아까우니 최소한도로만 배분하겠다는 표시로 보인다. 그렇다면, 생식으로 3끼를 모두 하고 반찬도 소량으로만 먹는 것이 좋을 듯하다.

오늘 점심은 구내식당에서 밥 대신 생식을 먹었으나, 저녁에는 동료들과 함께 사무실 근처 식당에 갔는데 준비해 둔 생식을 깜빡하고 가져가지 않았다. 낙심천만이었으나 어쩔 수 없었다. 시작한 날부터 화식을 하게 되다니! 다시 그런 실수를 저지르지 않기를 다짐한다. 이런 일을 방지하기 위해서는 미리 사무실에서 생식을 먹고 나서 회식 자리 등에 참석해야겠다. 저녁에 먹은 화식은 소화가 잘 안 되었는지 화장실을 두 번이나 가야 했다.

저녁에 집에 도착하여 도인체조를 하였다. 그러고 나서 칠기상을 깨끗이 닦은 다음, 백두산에서 추출했다는 물을 질박한 그릇에 담아 상에 올려놓고 환인, 환웅, 단군께 9배를 드렸다. 절하는 것이 습관이 되지 않아 어색했다. 절하는 방법을 잘 몰라 삼공재에서 다른 도우들이 절하는 것을 보고 따라 한 기억이 난다. 인터넷에서 동영상을 볼 필요가 있어 보인다. 단전호흡을 하자 따스한 기운이 느껴졌다. 30분가량 하면서 집중이 흐려질 때마다 하얀 사기그릇에 담긴 물을 지긋이 쳐다보면서 단전에 의식을 두려 노력했다.

신기한 것은 스승님에게 메일을 보낸 시점부터 머리가 아픈 것이 싹 가셨다는 점이다. 지끈지끈 아파 오는 것이 여간 신경이 쓰이는 것이 아니었는데 언제 그랬냐는 듯이 나았다. 아마 스승님의 가피력이 아닌가 싶다.

2018년 12월 14일 금요일 눈

새벽 4시에 기상하여 1시간 달리기 후 샤워한 다음, 이번에는 한라산 물을 떠 놓고 9배를 하였다. 상에 오직 물만 있으니 죄송한 마음이 들어 내일부터는 과일이라도 함께 올려놓아야겠다. 절하는 것은 무슨 의미가 있을까 마음속으로 물어보았으나 아직 이거다 하는 확신이 들지는 않는다. 그냥 이렇게 하면 단군 할아버지가 왠지 예쁘게 봐 줄 것 같은 기분이 든다.

1시간 정도 단전호흡하였다. 30분 정도 반가부좌한 상태에서 있으니 다리가 저려 다리 위치를 바꾸어 진행하였다. 평소보다 1시간 일찍 일어나서 그런지 졸음이 와서 30분 정도 누워있다 출근하였다.

1시에 사무실에서 조퇴하고 지하철을 타고 삼공재로 이동하였다. 너무 오랜만이었는지 아파트 호수도 까먹어 사모님에게 전화로 문의할 수밖에 없었다. 근처 과일가게에서 빨간 딸기를 사 들고 현관 앞에 도착하였는데, 긴장해서 그런지 40분이나 일찍 왔다. 3시까지 뭘 하지? 현관 앞에서 입공 자세로 단전호흡을 하였다.

마지막으로 뵌 지 2년여 시간이 흘렀는데 사모님은 별로 달라진 게 없으신 것 같은데 스승님의 안색이...! 세월의 무게가 느껴졌다. 마음이 아팠다. '악수나 한번 합시다!'고 스승님이 말했다. 간만에 방문한 제자에게는 악수를 청하시나 보다. 1주일 연가를 내기는 어렵지만 자주 오겠다고 말씀드리니 1달에 2번이라도 와서 수련하라고 하신다.

큰 절을 올리고서 자리에 앉으려니 소주천 회로도를 보여주신다. 기운을 돌리는 방법을 설명해 주신다. 휴대폰 카메라로 한 컷 찍었다. 「경혈도 하편」을 보여 주시며 책을 사서 보고 익히라 하신다. 멀찌감치 떨어져 앉게 한 후 '기운을 보내 줄 테니 돌려보세요'라고 하신다. 자리를 잡고 단전호흡을 한 지 10분쯤 지났을까 스승님께서 '한 바퀴 돌았는데'라고 말씀하셨다. 나는 기운이 일주(一周)한 감각이 없는데. 여지껏 소주천이 되려면 뭔가 확실한 기운이 뭉클하게 감지되어야 하는 것이라고 생각하고 있었는데 아무 느낌이 없으니! 난감했다.

잠시 후 스승님이 '기운이 지금 어디에 있는지 알겠어요?'하고 물으시기에 '잘 모르겠습니다. 제가 감각이 좀 둔한 것 같습니다.'고 말씀드렸더니 '무딘 것은 괜찮아요'라고 위로하신다. 이때 기운이 한 바퀴 돈 것은 나의 힘이 아닌 스승님의 기운의 작용임에 틀림없을 것이라고 생각된다. 생체에너지인 기를 본인의 건강을 돌보시지 않고 제자의 공부에 아낌없이 쓰시다니! 높으신 은혜에 보답하는 것은 오로지 열심히 수련하는 것뿐임을 실감했다.

삼공재에서 1시간 정도 수련한 후 내일 다시 오겠다고 말씀드렸다. 선생님이 '내일 꼭 오세요'라고 하셨다. '꼭'이란 단어가 가슴에 와서 꽂힌다. 사모님이 쌍화차를 타 주며 자주 오라고 하신다. 선생님과 사모님! 감사합니다!

오늘 삼공재 다녀온 것은 아내에게 비밀로 하였다. 내심 미안하긴 했지만 괜히 얘기했다가 말다툼만 생길 것 같았다. 전에 삼공재 방문 얘기가 나오자 아내는 '집에서 조용히 해 줄 테니 방에 들어가서 수련하면 되지 뭣 때문에 지옥철을 타고 고생을 해 가며 그 할아버지에게 가서 수련을 해야 하느냐'는 주장이다. 와이프는 눈에 보이지 않는 기(氣), 영혼 등을 믿지 않는 주의다. 거기다 대고 단전호흡에 대해 자세히 설명했다가는 서로 날만 세울 가능성이 있으니 이럴 때는 살짝 물러나서 예봉을 피하는 게 상책이다. '한번 가 보고 효과가 없으면 안 갈 거야'라고 대충 둘러댔다.

2018년 12월 15일 토요일 맑음

새벽 5시 40분에 북한산 의상봉에 오르기 시작했다. 눈이 쌓인 곳은 하얗게, 나머지는 까맣게 보여 흑백TV를 연상케 한다. 새하얀 눈에서 나오는 빛이 사물을 어렴풋이 비춰주어 랜턴은 켜지 않아도 되었다. 북한산성 매표소에서 의상봉에 오르는 길은 바위가 대부분이고 경사진 등산로를 50분 정도 계속 올라가야 하는, 꽤 힘든 코스라서 컨디션이 좋을 때를 제외하고는 중간에 1~2회 정도 쉬는 경우가 대부분이다. 평평한 바위 위에 대자로 누워 하늘을 쳐다보니 북두칠성이 정중앙에 보인다. 순간, 서쪽 하늘에 유성이 반짝 빛을 발한다. 유성을 오랜만에, 그것도 삼공재에 가는 날 아침에 보다니, 왠지 좋은 일이 생길 것 같은 느낌이 들었다.

용출봉, 용혈봉, 나월봉을 지나서 평소 같으면 문수봉을 찍어야 하지만 시간관계상 건너뛰고 바로 대남문을 거쳐 계곡 코스로 하산했다. 쌓인 눈 때문에 바위를 제대로 타지 못해 아쉬움이 남았지만 아름다운 설경을 볼 수 있어 좋았다.

집에 와서 샤워하고 점심식사후 약간의 휴식을 취한 다음 대중교통으로 삼공재로 향했다. 토요일 수련이라서 도우님들이 여러분 계셨다. 여성 도반님도 한 분 오셨다. 함께 수련하시는 분들이 있어서 그런지 한결 편안한 기분으로 앉아 단전호흡을 하였다. 어제보다 단전에 느껴지는 따뜻함이 더했다.

수련후에는 도우분들과 함께 근처 빵집에서 커피를 마시면서 여러 가지 이야기를 나눴다. 수련 후 뒤풀이는 처음이라 얼떨떨하면서도 평소 궁금했던 질문도 하고 단전호흡 관련한 얘기도 들을 수 있어 매우 유익했다. 자통님은 익살스런 표정과 풍부한 제스처를 섞어가며 말씀하시는데, 말이 살아 움직이는 듯 했다. 타고난 재담꾼에다 분위기 메이커다. 조광 선배님은 내 손을 잡아보고서는 대뜸 '아직 축기가 안 되어 있다'고 하셨다. 갑작스런 돌직구에 내상을 입었다. 2년 남짓 축기한다고 했는데 물거품이란 얘기인가? 단전이 그냥 따뜻하기만 해서는 부족하단다. 뜨거워 못 견딜 정도가 되어야 축기가 되는 것이라 한다. 일주일 동안 하루에 2~3시간씩 시간을 확보해서 꾸준히 축기하고 매주 토요일 삼공재에는 '내가 수련한 걸 점검

받는다'는 마음가짐으로 오면 좋을 것이라고 하신다. 그리고 단전에 집중이 안 될 때에는 평지에서 천천히 걸으면서 수식관을 해 보면 많은 도움이 될 것이라고 한다. 후배를 생각하는 따뜻한 마음이 느껴진다. 약간의 카리스마와 함께! 오늘 새벽에 유성을 본 것은 기라성 같은 선배님들을 만나기 위한 전조였음이 밝혀졌다.

6시경에 도반님들과 헤어져 집에 도착, 저녁을 들고 나니 기진맥진했다. 오늘 선배들을 만나 여러 가지 얘기를 나눴던 게 좋았다고 와이프에게 얘기하니 '다음에는 집안일에 신경쓰지 말고 늦게까지 있다 와도 좋다'고 한다. 내 마음을 알아주다니 고마웠다. 은연중에 내 표정에서 행복했던 느낌이 묻어났나 보다. 눕자마자 단잠에 빠져 들었다.

2018년 12월 16일 일요일 약간 눈

평소보다 늦게 일어나 아침 운동 후 1시간 정도 단전호흡 실시. 단전호흡 시 집중이 잘 안 되어 어제 자통님이 알려준 팔 동작을 가미하여 호흡을 하니 단전에 기운이 쌓이는 느낌이 든다.

밖에 눈이 내린다. 『선도체험기』 116권에 나오는 조광 선배님의 현묘지도 체험기를 읽고 단전호흡을 의수단전 1, 의수단전 2, 의수단전 3… 식으로 해 보았다. 훨씬 잡념이 덜하다. 단전호흡이 정착될 때까지는 수식관을 활용해 보는 것도 좋을 것 같다. 이번 주 열심히 축기하고 나서 토요일에 다시 삼공재에 방문할 것을 다짐한다.

2018년 12월 18일 화요일 맑음

아침에 눈을 떠 보니 6시 20분이다. 늦잠을 잔 것이다. 깜짝 놀라 서둘러 아침 운동을 마치고 나니 출근 시간이 얼마 남지 않아 수련 시간을 많이 확보하지 못했다. 21일 집중수련의 결의가 벌써 느슨해진 것인가? 부족한 수련시간을 벌충하기 위하여 업무 시간에 단전에 의식을 두려고 노력했다. 점심시간에는 일산 호수공원에 심어진 낙락장송 아래에서 천천히 걸으며 단전호흡에 열중하였다. 출퇴근 운전시 신호대기 중에 마음속으로 숫자를 세면서 단전호흡을 하였다. 단전의 열감이 조금씩 더해가고 있음이 느껴진다.

2018년 12월 19일 수요일 맑음

수면 시간이 충분했음에도 불구하고 새벽에 뒹굴뒹굴 하다가 5시가 훨씬 지나서야 일어났다. 4시에 알람 소리에 잠깐 눈을 떴으나 다시 잠들어버린 것! 어제에 이어 오늘도 늦게 일어나다니! 안락한 수면 욕구에 져서 나 자신과 한 약속을 어겨버린 것이다. 스승님이 보내신 메일 회답을 계속 읽으면서 각오를 새롭게 다진다. 앞으로는 계획대로 꼭 수련하자! 점심시간에는 사무실 근처 정발산에 올라 스트레칭을 하고 단전호흡하다.

2018년 12월 20일 목요일 맑음

달리기 후 정좌하고 천부경 10회, 삼일신고 3회, 대각경 10회 암송하였다. 단전이 달아오르기 시작한다. 마치 천부경, 삼일신고, 대각경을 외는 것이 아궁이에 풀무질을 하는 것처럼 더 활활 타오르게 하는 역할을 하는 것처럼 느껴진다. 나의 경우 암송을 하면서 단전호흡을 할 경우에는 그나마 집중이 잘되는데, 암송을 하지 않은 채 단전호흡만을 하는 경우에는 어김없이 잡념이 침투하여 방해를 놓는다. 그렇다면, 집중을 하기 힘든 나 같은 수련자들은 천부경 등을 끊임없이 암송하면서 단전호흡을 하면 되지 않을까 하는 생각이 든다. 앞으로 시험해 보고 효과가 있는지 여부를 지켜보려 한다.

저녁에는 사무실에서 회식이 있어 생식 과립을 그대로 씹어먹고 참석하였다. 1차가 길어질 것 같아 중간에 빠져나왔다. 언제부터서인가 술자리에서 내가 낯선 이방인처럼 느껴져 2~3시간씩 앉아있기가 고역이다. 아직도 술 권하는 문화가 남아있어 어쩔 수 없이 폭탄주 1잔에 소주 4잔 정도 마셨더니 머리가 약간 띵하다. 집에 도착하여 도인체조 후 일찍 잠자리에 들었다.

2018년 12월 22일 토요일 맑음

새벽 2시경에 깨어 미세먼지 상황을 보았다. 미세먼지는 나쁨, 초미세먼지는 매우 나쁨 단계다. 토요일은 원래 등산을 가는 날이지만, 고민하다 일요일에 가기로 했다. 폐가 좋지 않은 나로서는 여간 신경 쓰이는 게 아니다. 건강을 위해서 하는 건데 오히려 건강에 해가 되지 않을까 하는 우려 때문이다. 등산 대신에 오전에 집에 있는

러닝머신을 이용해 40분가량 뛰었다. 실내에서 달리기를 하면 지루해서 오래하기가 어렵다. 역시 달리기는 공기가 차갑긴 하지만 나무가 우거진 곳에서 주변의 경치를 감상하면서 해야 제맛인 것 같다.

오전에 화장실 청소를 하고 나서 점심을 먹은 후 대중교통으로 삼공재로 향했다. 강남구청역에서 조광 선배님과 자통님을 만났다. 두 분 모두 인상이 좋으시다. 오늘 두 번째 만남이지만, 오랜 기간 알고 지낸 듯한 느낌이 드는 것이 이생만의 인연은 아닌 듯싶다. 삼공재에서는 이미 다른 도우분이 3분 와 계셨다. 스승님은 이분들 중 한분에게 소주천 인가, 백회 개혈 및 벽사문 설치를 일사천리로 진행하셨는데 『선도체험기』에서 글로만 읽다가 실제 상황을 두 눈과 귀로 접하니 충격적이면서도 그 도우님이 부러웠다. 그만큼 열과 성을 다해서 수련을 했기 때문에 인신(人神)이 도운 것일 거다. 그리고 다음 순서를 정해 주셨는데 나를 2번째로 지목하셨다. 부담이 된다. 열심히 수련해서 이 기회를 놓치지 말아야 하리라.

2018년 12월 23일 일요일 맑음

오늘 늦잠을 자서 등산을 크리스마스 날 가기로 하고 대신 1시간 달리기를 하고 단전호흡 수련을 하였다. 단전이라는 모닥불에 불이 붙은 것처럼 느껴진다. 불씨를 꺼뜨리지 않도록 항상 신경 써야 할 것 같다. 아내와 아이들이 사우나에 가 있는 동안, 먼지가 쌓인 집안 곳곳을 깨끗이 닦아낸 후 햇볕이 드는 거실에서 가부좌하고 편안한 마음으로 단전호흡하다.

2018년 12월 24일 월요일

새벽 4시에 일어나 1시간 달리기한 후 샤워하고 정화수를 떠 놓고 환인, 환웅, 단군 할아버지에게 9배 후 천부경, 삼일신고 및 대각경을 암송하였다. 단전호흡을 2시간 동안 할 생각이었으나 중간에 피곤하여 1시간 정도 취침 후 출근하였다. 사무실에 도착하여 급한 일을 처리하고 나니 재채기에 콧물이 나고 머리도 약간 아픈데다 몸이 으슬으슬 한기가 드는 것이 감기몸살기가 있어 조퇴를 하였다. 온수매트를 켜 놓고 누워서 쉬다가 좀 좋아졌다 싶으면 일어나 단전호흡을 하였다. 그러다 피곤하면 다시 쉬는 과정을 되풀이하였다. 변화된 기공부 상태를 몸에서 아직 온전히 받아들이지 못하는 것이 아닌가 하는 희망 섞인 추측을 해 본다.

2018년 12월 25일 화요일

날씨가 그리 춥지 않고 미세먼지도 거의 없어 등산을 하기에 좋은 날씨였다. 더욱이 북한산에 쌓인 눈이 거의 녹은 상태라서 살얼음이 낀 몇 군데를 제외하고는 바위를 타기에도 그리 어렵지 않았다. 이제 다시 눈이 온다면 겨울 내내 눈이 녹지는 않을 것이므로 내년 3월이 될 때까지는 바위를 타는 즐거움은 잠시 접어두어야 할 것이다. 대신 상고대가 낀 설경을 바라보며 아쉬움을 달래야 하리라.

집에 도착했더니 아내가 아이들을 돌보다 허리를 삐끗하는 바람에 거동을 제대로 못한다. 와이프 대신 내가 아이들 점심을 챙겨주었다. 그러고 나니 졸음이 밀려와 한숨 자고 나서 일어나 단전호흡 수련했다. 당분간은 책은 보지 않을 작정이다. 내가 제일 미진한 게 기수련이고 내 수준이 축기 단계인데 이에 필요한 지식은 이미 충분히 알고 있다고 생각된다. 지금 필요한 건 오직 실행뿐!

2018년 12월 26일 수요일

바람끝이 차다. 새벽 달리기로 하루를 시작한다. 조깅 후 씻고 나서 환인, 환웅, 단군 할아버지에게 9배 후 천부경 등 암송하다. 굳이 9배를 하는 의미를 따지자면, 오늘 하루도 열심히 수련하겠다는 나에 대한 다짐이다. 점심때는 일산 호수공원 낙락장송 및 잣나무 아래서 천천히 거닐며 단전에 의식을 집중하였다. 걸을 때 바닥의 흙과 낙엽의 푹신함이 기분 좋게 전해져 온다. 연말연시 및 인사이동 임박 등으로 사무실 분위기가 어수선하다. 이럴 때일수록 분위기에 휩쓸려 의미없이 시간을 흘려버리지 말고 근무시간 중간중간에도 단전을 의식하기 위해 노력하자고 다짐한다.

2018년 12월 27일 목요일

최근 와이프도 허리를 다치고, 첫째 딸은 넘어져서 발가락에 금이 가서 기부스를 하는 등 좋지 않은 일이 연달아 일어났다. 아이들을 위해 아침, 저녁 차리기 및 설거지 등을 도와주고 딸아이 학원에서 귀가하는 것을 도와주고 있다. 그로 인해 신경 써야 할 것들이 많아졌다. 평소 아이들에게 헌신하는 와이프에게 항상 감사하는 마음을 가져야겠다.

2018년 12월 28일 금요일

웬일인지 새벽 1시경에 잠에서 깨었다. 잠이 충분하지 않은데도 정신이 몽롱하지는 않아 수련하라는 의미로 생각하고 가부좌하고 단전을 지긋이 응시하였다. 그러나 이내 혼침이 와서 안되겠다 싶어 다시 수면을 취하였다. 6시 30분경에 일어나 조깅 후 출근하였다. 오늘 관서장 퇴임식과 취임식이 동시에 있어 사무실은 분주히 돌아갔다. 점심때에는 정발산에 올라 스트레칭 운동을 하였다. 최강 한파라 춥기는 하였지만 몸은 오히려 가벼워진 느낌이다.

2018년 12월 29일 토요일

오전 6시, 북한산 자락에 붙었다. 반달이 보름달보다 더 환하게 산기슭을 비쳐준다. 기온이 낮은 데다 칼바람이 옷깃을 파고든다. 체감온도 영하 20도란다. 그러나 미세먼지가 기승을 부리는 날보단 훨씬 낫다. 추워야 옷을 한겹 더 입으면 되지만 미세먼지는 폐 속에 차곡차곡 쌓여 수명을 단축시킨다고 하니까 겁이 난다. 기 수련을 열심히 하면 폐 속에 쌓인 미세먼지도 배출시킬 수 있을지 궁금해진다.

위험도가 높은 바위를 탈 때는 장갑을 벗고 맨손으로 오르내린다. 장갑을 낀 채 타면 감각이 둔해지고 미끌어질 가능성이 있기 때문이다. 바위의 거칠고 차가운 느낌이 맨살을 통해 바로 전해져 온다. 세찬 바람에 손의 감각이 무뎌져 손등이 바위에 스쳐 긁혀도 아무 느낌이 없다. 안 되겠다 싶어 일부 바위는 건너뛰고 하산할 수밖에 없었다.

집에 와서 샤워 후 점심을 먹고 잠깐 누워 휴식을 취했다. 깜짝 놀라 눈을 떴는데 12시 48분이다. 낮잠을 잤다 하면 2시간은 보통인데 오늘은 왠일인지 1시간만 자고 일어난 것이다. 필시 보호령이 삼공재에 수련하러 가라고 깨운 것이다. 기분이 상쾌하다. 여러 선배님들을 뵐 생각을 하니 마음까지 설렌다. 얼른 채비하고 버스에 올랐다. 강남구청역에서부터 뛰다시피 아파트 1층 로비에 도착하니 선배님들이거의 다 와 계신다. 처음 뵌 분들이 많았지만 하나도 낯설지 않다. 구도자라는 공통분모가 자리하고 있어서가 아닐까 싶다. 내가 가야 할 길을 먼저 가신 분들이니 이 분들에게 많이 배워야 하리라.

오늘 삼공재 수련은 현묘지도 수련에 통과한 분들에 대해 축하하는 자리를 겸했다. 하지만 공교롭게도 사부님이 편찮으셨다. 조광 선배님의 건의에 따라 제자들이 '우주의 기운, 사랑의 기운, 치유의 기운'을 모아 스승님께 보내드렸다. 나의 육체를 낳아준 이는 부모이지만 나의 정신을 재탄생케 한 이는 스승님이시다. 사제 간의 정이 느껴져 뭉클해졌다. 여자 선배님들이 몇 분 눈물을 보인다. 여자건 남자건 사부님을 향한 마음은 매한가지이리라. 거기다가 기라성 같은 선배 도인에게서 뿜어져 나오는 기운의 중후함이란! 말로 표현할 수 없는 경지다.

2018년 12월 30일 일요일 맑음

평소보다 늦게 일어나 아침 운동하고 내내 집에 머물다. 좌공과 와공을 번갈아가며 수련하다. 20분 이상 앉아있으면 오른쪽 다리가 저려와 와공을 하다 잠이 오면 다시 좌공을 하는 식으로 수련하다.

2018년 12월 31일 월요일 맑음

5시에 일어나 아침 조깅 후 오전수련하다. 점심때 일산 호수공원 낙락장송 아래를 거닐며 단전호흡하다. 사무실에서 처음으로 팀장 자리에 앉아 결재를 하다. 직원들과 어떻게 하면 잘 소통할 수 있을까 고민하다.

2019년 1월 1일 화요일 맑음

아침 햇살이 나무들 사이를 비집고 황금색 자태를 나타내기 시작할 즈음, 공원의 숲길을 거닐기 시작했다. 평소 같으면 조깅을 했을 테지만 출근의 압박감이 없으니 템포가 느려졌다. 날씨가 추우니 운동하는 사람도 거의 없다. 공기는 차갑고도 상쾌했다. 잎이 다 떨어져버린 앙상한 나뭇가지들을 바라보며 걷는 것도 나름의 운치가 있다. 천천히 걸으며 단전을 의식했다. 자통 선배님이 알려준 대로 팔동작을 가미하여 단전호흡을 하니 단전에 기가 쌓이는 느낌이 든다.

아이들은 며칠 전부터 방학이 시작되어 학원을 가는 때를 제외하고는 거의 집에 있다. 오후에는 오랜만에 아내가 친구와 쇼핑을 가는 바람에 아이들과 함께 시간을 보냈다. 두 딸 모두 지금 상태가 행복하다 하니, 항상 아이들에게 헌신하는 아내에게 고마운 마음이 든다.

해질녁부터 도인체조 후 축기에 힘쓰다. 좌공과 와공을 번갈아 가며 수련하다. 지금까지 축기한 것을 바탕으로 소주천을 시험해 보기 위해 회음에 집중하였으나 대맥유통은 되는 것 같으나 회음으로 이동하는 것은 실감하지 못하였다. 선배님들은 소추천이 되면 확연히 느낌이 온다고 하는데 제발 그 느낌을 느껴보았으면 하는 게 지금의 소원이다.

2019년 1월 2일 수요일 맑음

21일 집중수련기간의 마지막 날이다. 오늘은 소주천을 실험해 보아야지. 아침 운동 후 출근시 천부경, 삼일신고, 대각경, 태을주 등을 암송했다. 사무실은 새해인사 및 시무식 행사 등으로 분주했다. 쉼없이 돌아가는 사무실 업무를 보다 보면 수련과는 너무나 동떨어져 있는 것처럼 느껴진다. 내가 선택한 구도자의 삶이 정답이 맞는가? 대다수의 사람들처럼 돈과 명예를 쫓아 필부의 삶을 사는 것이 맞는 것인가? 아니면 영화 〈매트릭스〉에서처럼 매트릭스에서의 삶은 가짜이고 세트장일 뿐인 것인가? 정답을 알고 있는데 가끔씩 헷갈릴 때가 있다.

저녁 8시쯤 퇴근하여 가족들과 약간의 시간을 가진 후 방으로 이동, 약 50분간의 수련시간을 확보하고 소주천에 도전해 보기로 했다. 먼저 소주천 회로도에 있는 혈자리 이름을 반응이 올 때까지 계속 부르는 방식으로 진행했다. 회음, 장강, 명문, 척중, 신도, 대추, 아문, 강간, 백회, 인당, 인중, 천돌, 전중, 중완 순으로 불렀다. 반응이 오지 않으면 올 때까지 수십 번이고 불렀다. 인당까지는 약한 전류 같은 게 흐르는 게 느껴졌지만 그 이후인 인중, 천돌, 전중, 중완은 아무 느낌이 없다. 어느 선배님의 말씀으로는 일단 기가 인당에 이르면 임맥을 따라 내려오는 것은 순식간에 이루어질 수도 있다고 한다. 그런데 이는 수련자에 따라 달리 나타날 수 있으니 꼭 그렇다고 단정하기는 어려울 것이다.

21일 수련에 대해 전체적으로 평가해 보자면 마음만 앞선 것이 아니었나 싶다. 마음은 벌써 소주천을 넘어 대주천으로 가고 싶은데, 기 수련은 축기도 제대로 되지 않은 상태에서 진행되나 보니 결과는 뻔하지 않은가. 다시 초심으로 돌아가 축기를 하는 수밖에 없다. 충분히 축기를 한 후에 다시 도전해 보기로 결심했다. 시간은 충분하다. 급한 마음은 도움이 되지 않는다고 스스로 위로를 해 본다.

Ⅰ. 축기 집중수련 기간 들어가기 전 준비 기간

2019년 3월 23일 토요일, 비

늦잠을 자고 7시 40분경에 일어나 운장주를 거쳐 천부경을 외고 있는데 가족들이 일어나는 바람에 중단했다. 오늘 놀이공원을 가기로 했는데 둘째 딸이 열이 나서 다음에 가기로 하였다. 그 바람에 나는 삼공재 수련을 갈 수 있게 되었다! 좋아해야 할지 말아야 할지 모르겠지만 우선은 기쁘다. 둘째 딸은 주말 동안 푹 쉬면 나을 것이다.

아파트 로비에서 여러 선배님들을 뵙고 함께 입실했다. 삼공 스승님의 안색이 좋아 보여 다행이다. 운장주, 천부경, 반야심경, 태을주를 각각 10분 정도씩 할애하여 암송하고 나머지 시간은 단전호흡에 집중했다. 수련하면서도 선생님이 소주천이 되는지 물어보실까 봐 내심 걱정이 된다. 지난번에 물어보셔서 '아직 준비가 안 되어 있습니다'라고 말씀드렸었는데… 아직 미숙한 제자이기에 부끄럽다.

수련 후 뒤풀이 장소에서 자통님이 삼공재에서 구입한 생강차를 한 박스 주면서 '서 도반님은 이생에서 수련과 사랑을 다 같이 성취하세요!'라고 한다. 그러고 나서 축기의 중요성에 대해 언급했다. 기운을 돌리는 게 급한 게 아니라 한다. 어찌 보면 자성을 알아가는 현묘지도 수련보다 더 중요한 게 축기라고 강조하였다. 내가 너무 성급하게 소주천을 하려고 했던 것은 아닌가 반성했다. 오늘 낼 수련하고 그만둘 게 아니라 평생을 수련하고자 한다면 급할 게 없지 않은가. 날마다 하는 운장주, 천부경, 반야심경, 태을주 암송 외에 1시간을 더 할애하여 오롯이 단전호흡에 집중하여 축기하는 시간을 가지기로 했다. 기간은 4월 1일부터 100일간이다.

2019년 3월 24일 일요일, 맑음

8시경에 일어나 상쾌한 아침 공기를 마시며 공원을 산책하다. 단전을 의식하며 걸으니 자연히 축기가 되는 느낌이다. 집에서 밀린 빨래도 하고 햄스터 집도 청소해 주고 아이들과 휴대폰 게임도 하고 시간을 보냈다. 카페에 올라와 있는 수련기도 읽고 답글도 달았다. 오후에는 아내와 함께 집 근처 심학산에 올랐다. 미세먼지가 걷혀서 그런지 임진강 너머 북한 개풍군에 있는 산까지 보인다. 스승님도 고향인 저기를 가보고 싶으실 텐데 하는 생각이 든다. 오래 사셔서 고향도 가보고 후배들 수련도 미련 없이 시킬 수 있기를 기원해 본다.

2019년 3월 25일 월요일 맑음

오전수련시 하단전에 최대한 집중하려 노력했다. 현재 나의 수련 단계가 축기 상태이기 때문이다. 죽자사자 하단전을 붙들고 늘어져야 한다. 태을주를 외울 때에는 피곤이 밀려와 좌선에서 와공 수련으로 대신했다. 전체적으로 몸의 컨디션이 다운된 느낌이다. 축기가 완성될 무렵에는 마귀가 몰려와 수련자를 시험한다고 했는데 약간 무섭기도 하다. 한번은 넘어야 할 산이라면 두렵더라도 기어 올라가야 한다.

오후 5시경 사무실에 앉아서 업무에 몰두하는 와중에도 단전에 기감이 있다. 마치 '나도 좀 봐 달라'는 것 같다. 기회는 이때다 싶어 퇴근후에 일산 호수공원을 걸으며 단전호흡을 하였다. 배꼽 아래에 조그만 핫팩을 붙여놓은 듯 따끔거리기도 하고 근처 살갗이 간지럽기도 하다. 가끔씩 단전 자리에서 박하사탕을 입에 머금었을 때의 화~한 느낌도 난다. 축기를 한 단계 올려놓을 호기가 온 것이다. 이번 기회를 놓치지 말고 반드시 레벨업시켜야 한다. 저녁에 가족들과 이야기를 하는 중에도 단전호흡을 놓지 않으려 애썼다.

2019년 3월 26일 화요일 맑음

어제 저녁에 허기가 져서 밥을 많이 먹고 자서 그런지 아침에 일어났는데 단전에 별 느낌이 없다. 수련에 호기가 왔을 때에는 두문불출하고 물동이를 이고 가는 아낙의 심정으로 조심조심 수련에만 매달린다고 하였는데… 어제 시장기만 면할 정도로 식사를 했어야 하는데 그걸 알면서도 자꾸만 손이 가서 많이 먹게 되었다. 아는 것과 실천하는 것은 별개인 것 같다. 이제 어떻게 하지? 다시 불씨를 살려내야 한다. 수련시 하단전에 계속 집중하려 노력했다. 반야심경이 끝날 즈음 다시 단전이 어제 오후 상태로 다시 돌아가 가동되기 시작한다. 다시는 과식·과음을 한다든가 화를 낸다든가 방사를 한다든가 하는 실수가 없어야겠다.

2019년 3월 27일 수요일 흐림

평소와 다름없이 4시 40분경에 일어나 수련에 임하다. 오늘 세종시 출장이 잡혀 있어서 그런지 수련시 집중력이 떨어진다. 챙겨야 할 것들이 자꾸만 생각난다. 사무실에 일찍 출근하여 수련기를 카페에 올린 다음 KTX로 세종시로 향했다. 시간 여유가 있어 금강과 세종 호수공원을 둘러보았다. 개나리, 매화, 목련꽃 등이 꽃망울을 터뜨리기 시작하는 즈음이라 봄기운을 물씬 풍긴다. 집에 와서 씻고 가족들과 이야기하다 보니 벌써 11시다. 도인체조도 생략하고 서둘러 잠자리에 누웠다.

2019년 3월 28일 목요일 맑음

오전수련시 반야심경 암송이 끝나갈 무렵 너무 졸려서 와공으로 대체, 태을주를 암송하다 깜빡 잠들었다. 어제 잠이 바로 들지 않아 휴대폰으로 유튜브를 보다 늦게 잠들어서 그런지 푹 잘 잤다는 느낌도 없고 자꾸만 야한 여자 이미지들만 머릿속에 떠올라 수련을 방해한다. 자나깨나 조심 또 조심해야 한다. 특히 앞으로 100일 동안은 각별히 유념해야 한다.

점심시간에는 정발산, 저녁시간에는 일산 호수공원을 걸었다. 어제 많이 걸은 탓에 다리근육이 뭉쳐 있는 게 느껴져 일부러 무리를 하지 않고 천천히 주변 풍경을 감상하며 산책했다. 게다가 어제 대중교통을 이용하며 사람이 많은 곳을 다녀와서 그런지 몸과 마음이 무거운 느낌이다. 자꾸만 컨디션이 처진다. 더군다나 사무실에서 박모 씨가 나에게 다가와 서류를 보여주며 의견을 물어오는데 갑자기 현기증이 일어났다. 종이에 인쇄된 숫자가 흐릿하게 보여 식별하기가 어렵다. 그 직원만 다가오면 그런 증세가 일어난다. 전생에 내가 빚을 진 것을 갚는 것이라고 애써 생각해 본다.

2019년 3월 29일 금요일 맑음

아침수련시 단전에 집중하려 노력했다. 수련 마치고 사무실에 출근하여 책상에 앉아 수련일지를 정리하고 있으니 단전이 정상으로 돌아온 것 같다는 느낌이 든다. 단전에 신호가 왔을 때 어디 한적하고 풍경 좋은 곳에 틀어박혀 단전호흡에만 열중하고 싶은데 그렇지 못하는 것이 아쉽다. 하지만 지금 나에게 주어진 환경도 수련하기에 그리 나쁘지 않다고 스스로 위안을 삼는다.

2019년 3월 30일 토요일 비

아침 7시경에 일어나 7시 30분부터 8시 40분까지 수련을 하였다. 아내와 아이들이 9시경에 일어나 오늘 할 일에 대해 이야기를 나눴다. 원래 계획은 일산 킨텍스 근처 어드벤처 놀이장에 가기로 하였었다. 그런데 간밤에 비가 온 데다 날씨가 영하와 영상을 오르내리는 추위다. 비도 좁쌀 같은 우박이 섞여 내린다. 그래서 놀이장은 다음 주에 가기로 하였다. 대신, 와이프가 두 딸들과 함께 처형네 집에 가서 하룻밤 자고 일요일 찜질방에 다녀오는 걸로 낙찰되었다. 나에게는 혼자 집에서 조용히 단전호흡할 수 있는 시간이 생긴 것이다.

오후에 공원에서 간단히 몸을 풀고 집 거실에 혼자 앉아 단전호흡에 열중하였다. 단전에 집중한 상태에서 되도록 천천히 들이마시고 내쉬기를 반복하였다. 처음에는 평소 아침 수련처럼 주문수련을 할까도 망설였지만, 아직 천부경과 반야심경을 신경 쓰지 않고 암송하기가 어려운 상황에서 단전에 집중하기가 사실 어렵다고 판단하였다. 수식관을 이용, 1에서 330까지 세는 데 총 2시간 정도 걸렸다. 벽돌을 한장한장 쌓는다는 느낌으로 정성을 들여 축기하였다.

저녁에는 카페에 들어가 도반님들 수련기를 읽고 댓글도 달았다. 이렇게 수련할 수 있고 여러 선배 도반님들과 소통할 수 있어 참 행복하다.

2019년 3월 31일 일요일 흐림

푹 자고 7시 30분에 일어나 8시부터 9시 10분까지 계곡 물소리를 들으며 수련했다. 그냥 단전호흡하는 것과는 달리 수련시 주문을 외우면 기운이 많이 들어오는 것을 알겠다. 시원한 청량감도 느껴진다.

9시 30분부터 11시까지 집 근처 공원에서 산책하다. 날씨가 추워서 그런지 사람들도 별로 없고 한산하여 좋다. 목련은 추운 겨울을 견뎌낸 봉오리들을 막 펼치기 시작한다. 매화꽃도 하나 둘 꽃피우기 시작한다. 소나무 주위를 돌며 의수단전하다.

어제에 이어 거실에서 단전호흡하다. 수식관으로 300까지 세다. 그런데 지루하다. 게다가 인당이 조여온다. 상기된 듯한 느낌이다. 이럴 때는 등산을 하고 나면 풀리는데… 이제 등산을 재개할 때가 된 것 같다. 근 2개월 정도를 쉬었는데, 다시 산자락에 달라붙어 온몸 운동을 할 때가 된 것이다. 등산을 하고 나면 손끝, 발끝까지 뿌듯해져 오는 것이 기혈이 도는 것이 느껴진다. 간당간당했던 배터리가 100% 충전되는 느낌이다. 카페에 적림님이 올해 1월 몸공부에 대해 카페 회원들에게 일갈하신 내용을 읽다보니 충격요법으로 몸공부를 시키기 위한 것임을 알겠다.

저녁에 와이프와 두 딸이 집에 도착했는데 둘째 딸이 찜질방에서 사내아이와 부딪혀 발가락이 아프다고 한다. 근처 응급실에 가서 엑스레이를 찍어봤는데 뼈에는 별 이상이 없다고 한다. 다행이다. 걱정했다가 긴장이 풀려서인지 시원한 맥주가 당긴다. 밤 10시쯤 집에 와서 맥주 1캔을 마시고 잠자리에 들었다. 도인체조도 생략했다.

Ⅱ. 100일 축기 집중수련 기간

2019년 4월 1일 월요일 맑음

어제 맥주를 마시고 잠들어서인지 머리가 무겁다. 그러나 수련을 거를 수는 없지! 정화수를 칠기상에 올렸다. 어제 사배심고 동영상을 보고 배운 대로 사배를 정성을 다해 하고 나서 '태부님, 태모님 수련 시작합니다'라고 고하고 수련을 시작하다. 태을주를 외울 무렵에는 좌공에서 와공으로 대체, 비몽사몽간에 수련을 마쳤다.

오늘은 100일 축기수련을 시작하는 날이다. 집에서 저녁을 가족들과 함께 먹고 나서 정좌하긴 하였으나 단전호흡에 열중하기가 쉽지 않다. 두 딸들도 가만히 앉아서 눈 감고 있는 아빠가 이상하게 보이나 보다. '그거 하면 뭐가 나와?' 하면서 휴대폰 게임을 같이 하자고 한다. 아무래도 저녁 시간에 따로 시간을 내기는 어려울 것 같고 가족이 잠들어있는 새벽에 좀 더 일찍 일어나서 하든가 아니면 집이 아닌 다른 장소를 택해서 해야겠다. 그래도 첫날인데 아예 안 할 수는 없어서 잠들기 전 수식관 20까지 센 다음 잠을 청했다.

2019년 4월 2일 화요일 맑음

5시부터 6시까지 수련을 하다. 방석 숙제하다 깜빡 잠이 들었는데 꿈에 사무실 여직원이 나타나 깜짝 놀랐다. 마음수련이 부족한 것이 아닌가 반성했다. 애증에서도 벗어나야 하건만 아직 미흡한 마음공부의 현 상태를 말해 주는 것 같다.

점심시간에는 정발산에서, 퇴근후에는 일산 호수공원에서 산책을 하다. 해가 붉은 빛으로 물들어가는 것을 보며 호수 전망이 내려다 보이는 공원 벤치에서 단전호흡을 하기 위해 정좌했다. 그런데 춥고 배고프다. 아직 저녁에는 쌀쌀한 데다 점심을 먹은 지 오래되어 허기가 져서 집중이 안된다. 수식관으로 20까지 세다가 일어났다. 이래선 안되겠다 싶다. 그렇다고 집에 가서 조용히 수련할 수 있는 상황도 아니니 난감하다. 생각 끝에 저녁에는 호수공원에 와서 수련하기로 하되, 추위에 떨지 않도록 완전무장을 하고 플라스틱 용기에 생식을 가져와서 먹으면서 수련하기로 했다.

귀가해서 보니 집안 분위기가 싸~하다. 와이프가 둘째 아이 수학을 가르치다 폭발한 것이다. 아빠를 닮아 수학에 잼뱅이인 것을 어떡하랴. 난 학력고사를 볼 때도 수학 문제의 70% 정도만을 맞춰 대학에 간신히 턱걸이를 했다. 반면 아내는 국어, 영어보다 수학, 과학 과목이 적성에 맞아 수학 문제를 푸는 것이 재미있어 날을 샌 적도 있다 한다. 그러니 둘째 딸이 수학을 잘못하는 것을 이해할 수가 없는 것이다. '우리 애가 다른 아이들에 비해 늦을 뿐이지 나중에는 잘 할 것'이라고 무마했다. 아내가 저녁을 차리기도 싫다 하여 쟁반짜장을 시켜 먹은 다음 재활용 쓰레기를 버렸다. 이런 날은 도인체조하는 것도 눈치가 보인다. 조용히 침실에 들어가 단전호흡을 수식관으로 40까지 세다가 잠들었다.

2019년 4월 3일 수요일 맑음

새벽에 알람소리에 깨긴 하였으나 20분 정도 늦잠을 자는 바람에 지체되어 5시 15분부터 6시 20분까지 수련을 했다. 운장주, 천부경까지는 반응이 없었는데 반야심경을 외는데 머리와 등줄기가 시원해진다. 구도자 성향에 따라 본인에게 맞는 주문이 있을 텐데 나에게는 반야심경을 암송할 때가 가장 좋은 것 같다.

오전에 사무실에서 업무를 볼 때도 의수단전하다. 어제 수련기를 카페에 올린 후 여러 선배 도반님들과 소통해서인지 단전이 따스해짐을 느꼈다. 아마 물이 위에서 아래로 흐르듯 기운이 강한 선배님들로부터 기운이 약한 나에게 온 것이리라. 오후 3시경에도 단전이 따뜻해지면서 목에 임파선 부은 것이 거의 정상으로 돌아온 것처럼 느껴진다.

사부님께 생식을 주문하기 위해 계좌로 대금을 입금했다. 메일도 보내드려야 하는데 수련 진도가 더디어서 어떻게 해야 할지 고민된다. 아무래도 작년 연말에 소주천을 목표로 21일 수련을 하겠다고 말씀드린 적이 있으니 그 결과가 궁금하실 것이다. 21일 수련기와 함께 최근의 수련 상황을 정리해서 보고드리기로 마음을 먹었다.

100일 축기수련을 어떻게 실행할 것인가를 생각해보았다. 일단 평일에는 많은 시간을 내기가 사실상 어려울 것이다. 하루에 수식관 200까지 세는 것을 목표로 정하고 시간상으로는 60분이 소요될 것으로 예상, 오전시간, 점심시간, 저녁시간의 각각 20분 정도를 할당하기로 하였다.

오전에 출근해서 단전호흡 60회를 실시했다. 그런대로 집중이 잘된다. 점심시간에 정발산에서 40회, 저녁 퇴근후 일산 호수공원에서 100회 수식관을 해서 하루 일일 목표량 200회를 채웠다. 정발산 정상 부근에 있는 벤치에서는 점심시간에 운동하러 나온 사람들 때문에 제대로 집중을 하지 못했다. 정발산 내 한적한 다른 장소를 알아보아야겠다. 호수공원에서는 준비해 간 생식을 먹고 단전호흡에 집중을 했다. 바람이 약간 차긴 했지만 근처 산수유나무에 앉아 지저귀는 새소리를 들으며 호흡하니 기분이 좋다. 막 피어나기 시작하는 목련도 구경하고 낙락장송 사이를 천천히 걸으며 단전에 집중했다.

2019년 4월 4일 목요일 맑음

아침수련시 천부경을 외우고 있는데 입술 밑 근육이 움찔한다. 지난번에는 콧등을 타고 물이 흐르는 것처럼 느껴진 적이 있었는데… 조금씩 기운이 유통되고 있음이 실감된다. 손과 발에도 약한 전류가 흐르는 느낌도 난다. 그러나 당분간은 축기 기간이니만큼 단전에 집중해야 함은 물론이다.

오전 업무 시작 전 사무실에서 40회, 오후 퇴근 시간 후 일산 호수공원에서 160회 수식관을 하다. 호수공원에서 구름 한 점 없는 청량한 날씨라서 석양노을이 그라데이션으로 곱게 물드는 것을 감상하며 산책을 했다. 벤치에 앉아 단전호흡을 하고 있는데 청춘남녀가 근처 흔들의자에 앉아 키득거리며 노닥거린다. 슬슬 짜증이 나기 시작했지만 무심히 그냥 흘려보낸다. 그쪽에서도 나를 의식했는지 이내 자리를 떠난다. 해가 완전히 져서 어둠이 깔린 후 호수공원에 형형색색의 가로등이 들어왔을 때 자리에서 일어났다.

2019년 4월 5일 금요일 흐림

알람소리에 깼지만 조금만 더 누워 있는다는 것이 20분이나 흘렀다. 수련을 밥 먹듯이 해야 하는데 아직은 완전히 몸에 적응이 안 된 상태이다. 자꾸만 사무실 일, 가족친지들이 떠올라 수련에 지장을 받는다. 스승님은 그럴 때 관을 하라고 하였는데, 역시 효과가 있다. 내가 수련 외에 다른 생각을 하고 있다는 것을 알고 나면 다시 수련에 집중하는 것이 쉬워진다. 전에 가르침을 주던 국선도 사범은 잡념이 떠오를 때 '나중에 (다시 생각하는 걸로)'라고 의념하고 그 생각 자체를 제끼라고 하였다. 이 방법도 내가 딴생각을 하고 있다는 것을 알아차린 후에 그 생각에게 비켜달라고 하는 것이니 관하는 것과 크게 달라 보이진 않는다.

아침에 사무실에 일찍 출근해서 30분 정도를 할애, 수식관 110회를 실시했다. 낮에는 사무실에서 정신없이 일하다 귀가해서는 피곤하여 일찍 잠들었다. 오후 들어서는 머리가 아프고 몸의 컨디션이 전체적으로 처지는 느낌이다.

2019년 4월 6일 토요일 비

5시에 일어나 수련을 시작했건만 중간에 너무 졸려 침대로 이동하여 더 잤다. 어제 평소보다 일찍 잠자리에 들어 수면시간이 충분하다 생각했는데 오산이다. 8시 30분에 다시 일어나 거실 청소하고 오늘은 아이들과 체험놀이장에 가기로 했다. 최근 들어 아이들과 많은 시간을 보내지 못한 것 같아 내심 미안하다.

저녁 8시에 오전에 못한 수련을 마저 하려고 반야심경을 외우기 시작했다. 머리가 지근지근 아픈 게 심상치 않다. 이럴 땐 접는 게 좋겠다는 생각에 20분도 채 안되어 드러누워 잠들어버렸다. 오늘은 삼공재도 가지 않고 수련도 하지 않았다. 하루를 그냥 날려버린 것 같아 허무하다. 그러나 왠지 내일 등산을 하고 나면 원래의 컨디션으로 돌아올 것 같다.

2019년 4월 7일 일요일 맑음

북한산성 탐방지원센터를 5시 20분 통과, 의상봉, 용출봉, 나월봉, 문수봉 코스로 북한산에 올랐다. 2달여 만에 북한산에 다시 왔지만,

이 코스는 2년 동안 꾸준히 다닌 곳이라 익숙하다. 어제 비가 내린 덕분에 새벽 공기중에 습기가 촉촉이 느껴진다. 산 초입의 진달래들이 여명 속에서 나를 반겨준다. 8시경 문수봉 평평한 바위 위에서 정좌하고 수련을 하려고 하였으나 바람이 아직 차다. 땀이 식어 추위가 느껴져 10분 만에 일어나 계곡쪽으로 내려왔다. 아직 남아있는 얼음 사이로 흐르는 계곡물 소리가 상쾌하다. 이틀 동안 앞머리가 아픈 것이 싹 가셨다. 기 수련도 몸 공부와 연관되어 있음을 알겠다.

오후에는 첫째 딸에게 그만 화를 내고 말았다. 둘째가 좀 발달이 늦다 보니 미숙하여 여러 가지 실수를 하는데 첫째가 자꾸만 이럴 때마다 '그것도 못 한다'면서 무안을 주고 깔아뭉개는 얘기를 많이 한다. 그래서 '그래도 하나밖에 없는 동생인데 좀 감싸주면 안 되냐' 라고 나무랬다. 그런데 첫째는 '사실을 사실대로 얘기한 건데'라며 눈을 똑바로 쳐다보며 혀를 낼름거린다. '아빠가 얘기하는데 버르장머리가 없다'며 버럭 화를 내고 나니 후회막급이다. 좋은 말로 알아듣게 타일러도 되는데… 가부장적인 면이 나에게 많이 남아있는 모양이다. 나의 마음 수련은 아직 갈 길이 첩첩산중이다.

오후 8시 30분부터 11시 20분까지 수련을 하다 잠들었다. 명문혈에 열기가 느껴지며 명문과 단전이 일직선으로 서로 연결된 듯한 모양이 그려진다.

2019년 4월 8일 월요일 맑음

4시 15분부터 5시 20분까지 수련하다. 수원에서 일주일간 교육이 있어 매일 출퇴근하기로 작정하고 6시에 출발하다. 교육원에 도착하여 광교산을 오르려 하였으나 도로공사 때문에 등산로가 막혀 있다. 어쩔 수 없이 근처 경기인재개발원에서 산책하며 개나리, 매화, 목련, 벚꽃을 감상하다. 교육 중간중간에 나무 옆 벤치에 앉아 짬짬히 수식관을 하다.

2019년 4월 9일 화요일 비

4시 15분경에 일어나 수련일지 정리하여 카페에 올린 후 5시부터 6시까지 수련을 했다. 카페에 수련기를 올린 날은 기운이 평소와 달리 유달리 강하게 느껴진다. 삼공 스승님에게 메일을 드리거나 생식을 주문할 때 느껴지는 기운과 비슷하다. 아마 선배 도반님들의 기운으로 인한 것일 거다. 마음속으로 합장을 한 채 감사드린다.

교육받는 중간중간 산책하며 단전호흡으로 수식관 60까지 세다. 오후에 첫째 딸애가 어제 머리에 열이 있어 병원에 가 보았더니 B형 독감이란다. 최근 독감이 유행인데, 20명 남짓한 반에 5명이 독감으로 결석한다고 한다. 이 정도면 '유행'이란 말이 나올 법하다. 감기 바이러스는 갈수록 독해지는데다 전염성도 높아지면 나중에는 심각한 지경에 이르는 것이 아닌가 약간 걱정이 된다.

2019년 4월 10일 수요일 비

새벽 4시에 알람소리에 깨긴 하였으나 다시 잠들어 5시가 넘어 일어났다. 운장주, 천부경, 반야심경을 외는데 기운이 느껴지지 않는다. 삼단전이 꽉 막혀 있는 느낌이다. 태을주는 하는 둥 마는 둥 하고 일어나서 출근 준비하다.

교육원에 빨리 도착하여 잔디 운동장을 몇 바퀴 뛴 다음 천천히 걸으며 단전에 축기하다. 최근 들어 미세먼지가 가장 좋은 날이다. 단전호흡 시 숨을 들이마시면 뼈 속까지 정화되는 느낌이 든다. 오후에는 다시 단전에 신호가 오기 시작한다. 핫팩을 단전 자리에 대고 있는 것처럼 따뜻하다.

2019년 4월 11일 목요일 흐림

오늘은 늦잠을 자는 바람에 수련을 하지 못했다. 카페에 가입 후 처음 있는 일이다. 어제 교육 후 사무실에 들러 업무를 보다 늦게 귀가하여 피곤이 쌓인 듯하다. 당분간은 축기에 우선순위를 두고 사무실 업무를 적절히 배분해서 회사 일이 수련에 악영향을 주는 것을 경계해야겠다. 운전 중 의수단전하려 노력했고 교육원 근처를 산책하며 수식관하다.

2019년 4월 12일 금요일 맑음

적림님이 오전수련과 오후수련을 당분간 폐지한다니 충격적이다.

어떻게 해석해야 할지 모르겠다. 수련일지 올라오는 것을 보고 향후 재개 여부를 결정한다고 했다. 따라서 카페 회원들이 오전과 오후수련을 충실히 이행하고 있는 것으로 확인이 되면 다시 시작한다는 의미일 것으로 해석된다. 그래서 평소대로 계속 오전수련을 하고 오후수련은 집에서 상황을 봐 가며 실행하기로 했다.

오후에는 아내가 사용중인 경차가 문제가 있다 하여 같이 카센터에 가서 정비 후 세차하고 음식물 쓰레기를 버리고 설거지 등을 했다. 딸도 아프고 배우자도 컨디션이 안 좋은 상황에서 미리 점수를 따 둬야 주말이 편하다.

2019년 4월 13일 토요일 맑음

아침 6시에 북한산 의상봉에 오르기 시작했다. 지난 주 등산했을 때보다 더 힘들었다. 이번 한 주 동안 수원에서 교육받기 위하여 파주에서 수원까지 날마다 왕복 운전하느라 피곤이 쌓인 듯하다. 중간중간에 쉬면서 봄의 기운을 느꼈다. 문수봉에 도착, 내가 즐겨 찾는 바위에 올랐다. 바위가 평평하고 중간에 약간 움푹 들어간 곳이 있어 엉덩이를 거기에 대고 누우면 딱이다. 거기에 드러누워 휴식을 취했다. 청명한 하늘에 구름이 옅게 드리워져 있다. 그런데 무지개가 보인다. 날씨는 화창한데 무지개가 있을 리가 없는데… 자세히 보니 해무리다. 해는 바위에 가려져 보이지 않고 해를 중심에 두고 가장자리에 원의 모양이 생긴 것이다. 해무리를 직접 육안으로 보기는 처음이다. 신기하기도 하고 아름답다. 좋은 일이 있을 전조라고 내 나름대로 해석을 내려 본다. 꿈보다 해몽이다. 인터넷에 찾아보니 해무리나 달무리가 있으면 비가 온다는 속담이 있단다. 아니나 다를까, 내일 일기예보는 비다. 선조들의 지혜가 엿보인다.

어제 저녁에 설거지를 하며 와이프에게 '서울 다녀와도 될까?'라고 물어봤는데 표정이 좋지 않다. 첫째 딸이 아픈데다 아내가 생리통이 있어 다음 주에 가라고 한다. 이 상황에서 내 고집을 피운다면 가정불화는 불 보듯 뻔한 일이다. 아쉽긴 하지만 '다음 주에는 갈 수 있으니 다행이다'라고 위안을 삼아본다.

오후에는 첫째 딸을 데리고 이비인후과에 다녀오고 집안청소, 설거지, 빨래 등을 하며 보냈다. 저녁 8시 30분경 아내에게 잠깐 명상하겠다고 얘기하고 안방에 들어가 정좌하고 앉았으나 수식관 30까지 세기 전에 잠들고 말았다.

2019년 4월 14일 일요일 비

느즈막히 일어나 7시 50분부터 9시까지 수련하다. 집 앞에 핀 매화꽃이 좋아 창문을 활짝 열어놓았다. 그런데 아직 아침공기가 차갑다. 콧물이 흐른다. 얼른 창문을 닫았지만 멈출 줄 모른다. 도반님이 삼공재 수련 중 콧물이 흘러 난감했다는 이야기가 생각난다.

첫째 딸 독감이 많이 좋아져서 가족들과 함께 아파트 단지 내 벚꽃을 감상하고 아이들과 공놀이 및 잡기놀이를 하며 시간을 보냈다.

초저녁에 잠깐 잠이 들었다가 밤 늦게 일어났는데 다시 자려 했지만 잠이 안 온다. 도인체조로 몸을 풀고 수련을 했다. 자정이다. 시간까지도 멈춘 듯 고요하다. 조용한 가운데 하단전에 집중, 축기에 전념했다.

2019년 4월 15일 월요일 맑음

5시 10분부터 6시까지 50분간 수련하다. 운장주를 외는데 앞뒤로 상체가 까딱까딱한다. 수면 부족인가 의심스러웠으나 그런 것 같지는 않다. 의식적으로 멈추려고 했지만 마음대로 잘 안된다. 내 의지와는 상관없이 이루어지고 있는 듯하다. 이게 진동인지 잘 모르겠다. 다른 사람들은 수련 초기에 진동을 자주 경험한다고 했는데 나는 아직까지 그런 경험이 없어서 어떤 느낌이고 어떻게 진행되는지 구체적으로 알지 못한다. 천부경을 암송할 즈음에는 상체가 좌우로 흔들흔들한다. 이 증세는 반야심경으로 넘어갈 즈음에 멈췄다. 간밤 꿈에 삼공 스승님이 나타나 회음을 촉지하셨는데 천백억화신의 나툼인가? 당분간은 지켜볼 일이다. 오늘 평소보다 늦게 일어난 탓에 태을주는 생략했다. 대신 근무중 수시로 암송했다.

퇴근후 일산 호수공원에서 걸으며 의수단전하다. 호수공원은 고양 꽃축제 준비로 공사가 한창이고 사람들은 절정의 벚꽃을 즐기기 위해 공원에 쏟아져 나왔다. 황금색 석양에 비친 꽃잎이 더욱더 화사하다. 단전도 덩달아 뜨거워진다. 뛰거나 빨리 걸어도 힘든 줄을 모르겠다. 허벅지 근육에 힘이 실리는 느낌이다.

2019년 4월 16일 화요일 맑음

4시 45분경에 일어나 도인체조로 몸을 이완시킨 다음 수련에 임했다. 지금까지 아침에 일어나자마자 바로 수련에 들어갔었는데 옆구리가 결리는 등 부작용이 있었다. 그래서 앞으로는 도인체조로 워밍업 후에 실시하기로 했다. 국선도에서 행공을 하기 전에 실시하는 기혈순환유통법은 약 20분 정도 소요된다. 4년 정도 거의 매일 한 탓에 몸에 프로그래밍되어 있어 굳이 머릿속으로 떠올리지 않아도 몸이 자동적으로 동작을 하게 된다. 또한 호흡에 맞춰 동작을 하고 있어 축기효과도 있을 것이다.

수련시 어제에 이어 앞으로 까딱까딱, 좌우로 흔들흔들거리는 현상이 나타난다. 하지만 어제보다는 그 강도가 덜하다.

점심시간에 직장 상사 및 동료들과 일산 웨스턴돔 식당가에 가서 편백찜을 먹었다. 편백찜은 편백나무로 만든 찜기에 소고기 슬라이스를 넣어 수증기로 쪄서 먹는 것인데 맛집이라 그런지 10분 이상이나 기다려서 먹었다. 사무실에 돌아와 화장실에 들러 양치를 하는데 머리가 띵하고 어질어질하다. 하얀 세면대가 흔들리는 것 같다. 당분간은 육류를 되도록 피하고 과식을 삼가야겠다. 저녁 퇴근후에는 평상시와 같이 일산 호수공원에서 산책하며 의수단전하다. 허벅지와 발 등에 따스한 물이 흘러내리는 듯한 느낌이 전해진다.

오늘 수련일지를 카페에 게시한 후 적림님이 '현묘지도 11가지 호흡중 일부'라 하시면서 꾸준히 정진하면 올해 안에 현묘지도 수련이 가능할 것 같다고 축하 겸 격려를 해 주신다. 지금까지 기 수련에 이렇다 할 진전이 없었는데 그 얘기를 들으니 새로운 희망이 샘솟는다. 여러 선배님들과 도반님들도 아낌없는 응원을 해 주신다. 감사하다. 초발심을 잊지 않고 용맹정진할 것임을 다짐한다.

2019년 4월 17일 수요일 맑음

5시 30분부터 수련하다. 단전의 열감이 손에 잡힐 듯이 느껴진다. 일생에 수련의 호기가 몇 번 오지 않는다고 스승님이 말하셨는데 그 중 하나가 지금인 것 같다. 이 봄에 씨앗을 뿌려 올가을에 열매를 맺어 보리라 다짐한다.

점심시간에는 정발산에 올라 스트레칭 및 철봉운동하고, 저녁 퇴근후에는 일산 호수공원에서 약간 빠른 템포로 걸으며 의수단전했다. 평소에는 공원 일부만 걸었는데 오늘은 공원 전체를 한 바퀴 돌았다. 벚꽃잎이 바람에 흩날려 눈처럼 내린다. 오늘 산책의 피날레는 붉게 물든 석양이다. 내 단전에 붉은 태양을 담고 싶다.

2019년 4월 18일 목요일 흐림

간밤에 몇 번 깨다가 다시 자는 바람에 아침에 늦게 일어났다. 약간 수련에 대한 조급증이 생긴 것 같다. 이 또한 경계해야 할 것 중의 하나인데… 출근시각을 약간 뒤로 미루고 수련을 50분간 시행했다. 오늘은 팔, 다리에 기가 흐르는 것이 느껴진다. 그래서 그런지 보통 때에는 20분 정좌해 있으면 다리가 저려오는데 그런 증상이 없다! 30분이 지나서 다리 위치를 바꿔준 다음 수련을 마무리할 때까지 다리저림 없이 마칠 수 있었다. 기운이 전신에 유통되니 수련이 지루한 줄을 모르겠다. 선배님들이 2시간이고 3시간이고 수련에 몰입하여 집중할 수 있는 노우하우가 바로 기에 있음을 알겠다. 기운을 타느냐 못 타느냐가 관건인 것이다.

점심시간에는 정발산, 저녁 퇴근후에는 일산 호수공원에서 산책하며 의수단전하다.

2019년 4월 19일 금요일 흐림

적림님이 일주일 만에, 정확히는 평일 기준 4일 만에 오전수련을 재개하였다. 반갑다. 댓글을 달고 참여한다. 수련시 다리저림 현상도 다시 발생하고 몸도 처진다. 오늘은 기운을 못 탄 것이다. 어제 저녁에 생식을 이미 먹었는데도 직장 동료가 김밥을 권하길래 거절을 못해 먹었더니 과식 증세가 나타났다. 게다가 집에 가서 과자, 바나나 등 군것질을 했더니 몸이 제대로 소화를 못 시켜 다음날 아침까지 영향을 준 것이다. 식탐이 문제다. 관을 통해 지혜롭게 대처해야겠다.

점심식사후 사무실에서 앉았는데 앞이마 왼쪽 근육이 실룩실룩한다. 수련 시작한 후 몸 곳곳에 미세하게 경련이 일어난 적이 있는데 이마는 처음이다. 이마 근육과 핏줄이 제자리를 찾아가는 느낌이다. 이 증세는 30분 정도 지속되다 멈췄다.

우해 누님이 현묘지도 카페를 떠난다니 서운하다. 그런데 본인이 그렇게 결정한 것에는 분명한 이유가 있을 것이다. 더 밝고 더 높은 경지에 올라 다시 후배들을 이끌어주기를 내심 바란다.

2019년 4월 20일 토요일 흐림

어제 밤에 와이프랑 새벽 3시까지 시간가는 줄 모르고 이런저런 얘기를 하는 바람에 오전 8시에 다 돼서야 일어나 삼공 스승님께 21일 집중수련일지(2018년 12월 13일~2019년 1월 2일)를 보내드리고 현재 수련 상황을 간략하게 보고드렸다. 진작 수련일지를 보내드렸어야 했는데 수련 결과가 미미하다 보니 차일피일 미루다가 벌써 3개월 이상 훌쩍 지나버린 것이다. 그런데 메일 전송한 지 채 2시간도 지나지 않아 선생님으로부터 답메일이 답지한다. 스승님 왈, '체험기 잘 읽었습니다. 수련은 순조롭게 잘 진행될 것입니다'라 하신다. 제자의 수련에 용기를 주시려는 마음이 느껴진다.

삼공재에서 직접 스승님을 뵈니 안색이 유달리 좋아 보여 마음이 놓인다. 선생님이 '소주천이 되면 나에게 즉시 말해 달라'고 하셨다. '네! 말씀드리겠습니다'라고 큰 소리로 대답했다. 30분 정도는 주문수련을 하고 나머지 시간은 단전에 집중하여 호흡하다. 따뜻한 기운이 단전에 와 닿는 느낌이 든다. 자통님과 도우 한 분과 함께 빵과 음료를 마시며 도담을 나누다 헤어졌다. 자통님은 오늘도 축기에 대해 강조한다. 귀에 못이 박힐 지경이다. 하지만 전혀 지루하지 않다.

2019년 4월 21일 일요일 안개 및 이슬비

6시 30분부터 북한산에 오르기 시작하다. 안개가 짙게 끼어 있다. 일기예보에는 비 소식이 없었는데 빗방울이 하나씩 떨어진다. 중간에 돌아갈까도 생각해 보았는데 이미 산에 왔으니 바위는 생략하고 트래킹만 하기로 작정하고 오르다. 목적지에 도착하여 준비해 간 생식을 먹고 나서 문수봉 바위를 만져보니 물기가 거의 다 말라있어 괜찮아 보인다. 문수봉을 오르기 시작, 바위를 모두 타고 하나만 남겨놓았다. 50도 정도 경사진 면이 15m 정도 이어지는 바위다. 그런데 이 바위는 비가 오면 빗물이 흘러내리는 곳이라 군데군데가 젖어 있다. 그렇다고 다시 돌아가기는 싫었다. 조심조심 물기가 덜한 곳으로 가려 밟으며 내려왔다. 이제 한 발만 디디면 중간지점이고 그 뒤로는 큰 위험이 없다.

그런데, 왼발을 내딛는 순간 쭉 미끌어졌다. 홀드도 내 체중을 실을 만한 완전한 것이 아니라서 속수무책이었다. 남은 7~8m 바위 경사면을 무방비로 미끌어져 내려와 바위 아래 관목에 처박혔다. 의식을 잃지는 않았지만 처음 당하는 슬립이라 무척 당황했다. 일어나 몸을 움직여 보니 다행히 부러진 곳은 없으나 손목, 팔꿈치, 무릎,

정강이 등이 심하게 바위에 긁혀 피가 나고 멍이 들었다. 아내가 제일 먼저 떠올랐다. 혼날 일만 남은 것이다. 이 일을 알면 분명 등산을 못하게 할 것 같은데 어떡하지? 생각 끝에 비밀로 하기로 했다. 얼굴이나 손, 발에는 다행히 상처가 없으니 들키지 않고 잘만 넘어가면 될 것 같다. 집에 도착해서는 평소와 다름없이 설거지도 하는 등 자연스럽게 행동하기 위해 노력했다.

밤에 잠을 청하면서 곰곰이 생각해 보았다. 그 놈의 욕심이 문제다. 바위를 탈 때의 스릴감을 만끽하기 위해 위험을 감수한 것이다. 비가 와서 바위가 젖어 있는 날에는 바위를 타서는 안 된다는 불문율을 어긴 것이다. 이를 어겼으니 혹독한 대가를 치른 것이다. 그나마 많이 다치지 않고 찰과상, 타박상만 입은 것은 인신이 도왔기 때문일 것이다. 내 보호령에게 감사드린다.

2019년 4월 22일 월요일 맑음

5시 5분부터 6시 15분까지 수련하다. 어제 사고 여파로 몸은 부자연스러웠으나 그런대로 수련을 마칠 수 있었다.

사무실에는 높으신 분이 온다 하여 업무보고 자료를 만들고 어떻게 환영해야 할지 대책을 세우느라 분주하다. 이런 일에 보고서상 문구를 만드느라 머리를 짜내야 하다니 비효율의 표본이다. 나는 이런 허례허식이 싫다. 자성을 알아가는 수련에 비하면 그런 일은 그저 그런 하찮은 일로 여겨진다. 그래도 먹고 살아야 하고 부양해야 할 가족이 있으니 밥값은 해야 한다.

관절 부위의 찰과상이 아직 아물지 않아 동작이 부자연스럽다. 하여, 평지를 천천히 걸으며 의수단전하다.

2019년 4월 23일 화요일 맑음

5시 10분부터 6시 15분까지 수련하다. 상처가 쓰라려서 100% 집중하기가 힘들다. 하지만 누구를 탓하랴. 내 잘못인 것을. 매사 항상 깨어있어 살펴보는 습관을 들여야겠다.

오늘 점심시간에는 사무실 일로 분주하여 산책을 못했다. 대신 저녁 퇴근시간후 일산 호수공원을 천천히 걸으며 마음에 안정을 찾는다. 일상의 행복이 따로 있을까 싶다. 마음을 편안하게 하고 온갖 걱정을 잠시라도 내려놓으면 된다. 호수공원은 4월 26일부터 개막하는 고양꽃축제 준비하느라 분주하다. 행사차 심어놓은 갖가지 꽃들을 감상하다.

2019년 4월 24일 수요일 비

5시부터 1시간 남짓 수련하다. 자꾸 사무실 일들이 수면위로 떠오른다. 딴 생각을 하고 있는 나 자신을 관한다. 반야심경을 암송하니 전신에 기운이 조금씩 유통되고 있음이 느껴진다. 다리저림이 훨씬 덜하다. 50분 정도 지나자 다리가 저려온다. 다리저림 상태를 보면 그날 수련시 기운을 탔는지 못 탔는지 알 수 있는 것 같다. 50분 동안 다리저림 현상이 없었으니 오늘은 기운을 조금 탄 것이다. 현재 나의 수련이 축기 단계임을 감안, 단전에 집중하려고 노력했다.

오늘 사무실에 높으신 분이 오신 탓에 각종 행사로 정신없이 보내다. 조직의 수장 자리에 올랐으면서도 겸손하다. 덕장의 풍모가 물씬 풍긴다. 높은 자리에 올랐으면서도 으스대지 않고 겸양의 미덕을 지닌 분에게는 자연 존경심이 인다. 배워야 할 점이다.

저녁에는 체육대회 행사가 있어 참석하느라 제대로 산책을 하지 못했다. 많은 사람들과 어울려 시간을 보내고 식사를 같이 했더니 귀가후 급피곤해진다. 수련에 대한 아쉬움을 뒤로 하고 서둘러 잠을 청했다. 적림님의 주문수련과 자통님의 단전축기를 어떻게 접목시킬 수 있을까 생각하다 꿈나라로 넘어갔다.

2019년 4월 25일 목요일 흐림

평소보다 조금 늦게 일어나 5시 20분부터 1시간 10분 동안 수련하다. 정좌하고 수련에 임하였으나 사무실 일들이 자꾸 머릿속에 떠오른다. 과거 내가 한 조사업무에 대한 감사가 진행중이다. 감사관은 내가 사실관계를 제대로 파악하지 않은 채 결론을 성급하게 내렸다고 보고 인사상 조치를 취하겠다고 한다. 그래봐야 부서를 옮기는 것뿐이긴 하나 내심 걱정이 되었나 보다. 수련시 떠오르는 것을 보니… 아직 마음공부의 수준이 얕은 게 드러났다.

반야심경을 외울 즈음에는 전신에 기운이 돌며 머리가 상쾌해지는 느낌이 든다. 반야심경 암송의 효과를 절감한다. 반야심경의 문구 하나하나가 의미 있게 다가온다.

오후에 사무실에서 직원에게 화를 내고 말았다. 오랫동안 외국에서 학교를 다녀서 그런지 한국어로 보고서를 쓰는 것이 서투르다. 리포트가 마음에 들지 않아 다시 써 오라고 했는데 오십보 백보다. 좋은 말로 가르쳐주면 되는데 벌컥 화를 내고 말았다. 더군다나, 이 직원의 멘토인 상급 직원에게도 화살을 날리고 만 것이다. '반장 어딨어? 대체 반장은 뭐하라고 있는 거야!' 사무실 분위기가 순간 얼음장처럼 싸~ 하다. 순간 후회했으나 주워담을 수는 없다. 잠시 후에 '미안하다'고 했으나 이미 화살은 그 상급 직원 마음에 가서 꽂혀 있다. 아직 내 마음속에 에고가 겹겹이 쌓여 있음을 실감한다. 정신수양이 부족하다. '다음주에 소주 한잔 하자'고 하면서 분위기를 애써 정상화시키려 노력했다.

2019년 4월 26일 금요일 흐림

오전수련 개시글에 11개의 댓글이 달렸다. 최근 들어 가장 많은 회원들이 참석한 날이다. 분위기가 좋다. 더구나 적림님이 요새 카페 기운이 매우 좋은 상태라고 하신다. 회원들이 모두 수련에 매진하니 기운이 날로 좋아지는 것이리라. 나도 뒤처지지 않고 열심히 삼공공부에 매달리리라 다짐한다.

점심시간에 일산 호수공원에서 천천히 걸으며 의수단전하다. 고양

꽃축제 첫날이라 비가 간간히 내리는 와중에도 사람들이 제법 있다. 사람들 많은 곳을 피해 산책했다. 퇴근해 집에 와서는 너무 피곤하여 8시부터 잠을 자다 12시 넘어 일어나 아무 생각 없이 TV를 보고 있는데 '녹두꽃'이란 사극이 나온다. 극 중에 동학교도들이 모여 '시천주 조화정 영세불망 만사지 지기금지 원위대강'을 소리내어 외는데, 찡~하고 전율이 느껴진다.

2019년 4월 27일 토요일 흐림

8시부터 9시 10분까지 수련하다. 수련 내내 머리가 찌끈찌끈 아프고 멍하다. 어제 TV를 보다 늦게 잠든 영향도 있는 듯하다. 그러나 그보다 몸이 경직되어 있는 것처럼 느껴진다. 최근 바위에서 미끄러진 후 도인체조나 스트레칭을 안 해서인지 기운이 안정이 되지 않는 것 같다. 또한 이번 주 회사일로 스트레스를 많이 받은 영향도 있어 보인다. 전체적으로 상기된 느낌이다.

기혈순환 유통법을 조심스럽게 해 보았다. 무릎을 바닥에 대는 것을 빼놓고는 불편하지 않다. 근린공원에 가서 철봉운동 등 스트레칭도 했다. 몸이 조금 풀리는 느낌이지만 머리 아픈 것은 여전하다. 이 경우 해결책은 단 하나, 등산뿐이다. 내일 일찍 북한산에 가기로 마음먹다.

오늘 날씨가 너무 좋아 아이들과 어디든 밖에 나가 놀려고 계획을 잡았으나, 두 딸들이 친구들과 통화하더니 쓱 나가버린다. 나와 아내는 서로 한참을 말없이 쳐다보다 둘이 근처 공원으로 산책나갔다. 4월 마지막 주의 산야는 온통 연두빛으로 빛난다.

2019년 4월 28일 일요일 오전 약간 비온 후 오후 맑음

여명이 틀 무렵 의상봉에 오르기 시작하다. 지난주 등산 때처럼 비가 조금씩 오고 있다. 아무 생각 없이 오르다 보니 다시 바위 쪽으로 가고 있는 나 자신을 발견한다. 다시 트래킹 코스로 돌아서 간다. 자연은 내 안에 있는 욕심을 내려놓으라 한다. '나는 다르다'라는 분별심도 내려놓으라 한다. 매사에 겸손하라고 한다.

문수봉에 이르러 지난번 미끄러진 바위 아래서 위를 올려다 보았다. 최근 내린 비로 빗물이 흥건하다. 바위는 무심히 그 자리에 있건만 인간인 나만 욕심을 부렸구나.

중흥사 근처 계곡에서 경치가 너무 좋아 물소리를 들으며 10여분 정좌하다. 넓은 바위 위로 계곡물이 흘러내린다. 초록의 향연 속에 군데군데 진달래꽃, 벚꽃, 오얏꽃이 예쁜 모습을 뽐낸다. 고운 단청을 입힌 정자에서는 언제든 시 한구절이 흘러나올 것 같다. 청량한 기운이 몸 안에 스며든다. 두통이 간 데 없이 사라졌다.

저녁식사후 안방에서 수련을 하는 도중 40분 정도 지났을까 아내 눈초리가 심상치 않아 와공으로 전환, 태을주를 외다가 잠에 빠져들었다.

2019년 4월 29일 월요일 맑음

5시 10분부터 6시까지 수련하다. 천부경, 반야심경을 암송 중에도 운장주가 무심결에 튀어나온다. 지금 나에겐 운장주가 필요해서 그런가? 오늘 회사에서도 운장주를 계속 외워봐야겠다. 수련 도중 배에 신호가 와서 수련을 중단했다. 어제 가족들과 스파게티 먹으러 간 것까지는 좋았는데, 음료수가 공짜다 보니 음양식을 하지 않고 사이다를 많이 마신 탓에 제대로 소화를 못 시킨 것 같다.

2019년 4월 30일 화요일 맑음

5시 10분부터 6시 5분까지 수련하다. 어제에 이어 다시 배에서 신호가 온다. 어제 귀가후 저녁을 먹은 후 얼마 되지도 않았는데 아내가 오렌지를 까서 입에 넣어주었다. 안 먹는다 하기도 곤란하여 그냥 먹은 게 소화가 잘 안된 것 같다. 어제 산책하며 생식을 먹었는데 귀가후 다시 저녁을 먹고, 그리고도 아쉬워 바나나를 먹고 거기다가 물기 많은 오렌지까지 먹었으니 제대로 소화가 될 리가 없다. 아침수련을 위해서라도 저녁 과식은 삼가야겠다.

오늘 사무실에서 외빈 초청행사가 있어 분주하게 보내느라 점심 산책도 못했다. 행사후 상사 및 동료들과 저녁식사후 한숨 돌리고 호수공원에서 걸었다. 몸이 전체적으로 무겁다. 가능하면 사람들 많은 곳을 피하고 싶은데 직장생활에서 쉽지 않다. 그럴수록 수련에 전념하여 운기를 강화하는 수밖에 없다.

저녁 9시경 집에 와서 재활용 쓰레기를 분류하여 버리고 카페에서 잠깐 댓글 달다 보니 벌써 12시다. 피곤하여 도인체조도 생략하고 잠자리에 들었다.

2019년 5월 1일 수요일 맑음

늦잠을 자다 5시 30분경에 일어나 50분 정도 수련하다. 운장주를 외우니 하단전에서 반응이 온다. 반야심경에서는 몸 전체가 통전되는 느낌이다. 수련 내내 사무실 일 등 잡념이 일어 수련에 온전히 집중하기가 쉽지 않다. 하지만 수련하고 나면 몸과 기운이 리셋되는 것 같아 좋다. 하루하루를 의미 있게 살아가자고 다짐한다.

업무감사시 지적된 조사 미흡 건에 대하여 답변서를 작성하여 보냈다. 답변서는 감사관이 감사처분을 하기 전에 피감사자로부터 받는 것인데, 별로 마음이 흔들리지 않는다. 바람결에 이는 잔파도일 뿐이라 생각된다. 삼공 스승님이 말씀한 '넓고 깊은 바다에 잠시 일어났다가 사라지는 포말'일 뿐이다. 바다는 어제도 오늘도 내일도 여여히 존재할 것이다.

사무실에서 근무하는 와중에도 간간이 태을주를 외다. 아침수련 중간에 화장실에 가는 바람에 태을주를 제대로 못 외웠으니 보충한다. 점심 때에는 정발산에 올라 운동시설에서 스트레칭하고 저녁 퇴근후에는 일산 호수공원에서 걷다. 단전이 따뜻하게 달아오르니 내심 뿌듯하고 남부러울 게 없다.

저녁에 생식을 먹었는데도 귀가후 아구찜이 당겨 양껏 먹고 소스에 밥까지 비벼먹었다. 설거지를 하고 나니 급피곤하여 손발만 씻고 잤다.

2019년 5월 2일 목요일 맑음

늦잠을 잤다. 5시 40분경에 일어나 1시간 남짓 수련하다. 무릎에 까진 상처가 나으려는지 간지러워 제대로 수련에 집중이 되지 않는다. 그래도 수련을 쉬는 것보단 앉아있는 것이 훨씬 좋아서 시간을 채운다. 반야심경에서 기운이 느껴진다. 반야심경을 외우니 빙의령이 줄지어 나갔다는 우광님의 말씀이 떠오른다.

집앞의 은사시나무에 갓 나온 잎사귀들이 바람에 흔들려 초록빛으로 반짝인다. 출근 운전시 적림님이 이메일로 보내준 운장주, 천부경을 들으니 마음이 편안해진다. 점심시간에는 정발산, 저녁에는 일산 호수공원에서 산책하다.

9시쯤 귀가하여 집안분위기를 살피니 썩 좋지 않다. 와이프에게 무슨 일 있냐고 물어보니 '예전에는 어쩌다 한번씩 늦게 오더니 요즘에는 대놓고 늦는다'고 한다. 아내의 어깨를 주물러주며 웃으면서 은근슬쩍 넘어가려 했지만 어림도 없다. 집에서 아이들 건사하는 본인을 위해서라도 빨리 와서 집안일도 거들고 해야지 아무 생각이 없다고 나무란다. 변명을 하려면 할 수 있었으나 그러고 싶지 않아 참았다. 나에게도 잘못이 있으니… 전에는 늦으면 '늦는다'고 문자를 넣었는데 요즘에는 그게 일상이 되다 보니 문자 보내는 것을 편의상 생략한 것이다. 아내 입장에서는 연락도 없이 맨날 늦게 들어오니 밉상스럽게 보였을 것이다.

앞으로 '저녁에 빨리 오겠다'고 했다. 그러려면 저녁 산책을 하지 않고 귀가해야 한다. 대신 아침 달리기로 바꾸기로 마음먹었다. 작년까지는 아침 달리기를 해 왔었는데 다시 그 패턴으로 복귀하는 것이다. 다음 주부터는 아침 4시에 일어나 달리기로 몸을 푼 다음 5시 오전수련을 하는 것으로 계획을 세웠다. 분위기도 안 좋은 상태에서 도인체조를 하면 눈총을 받을까 봐서 설거지만 끝내 놓고 조용히 침실에 가서 잠을 청했다.

2019년 5월 3일 금요일 맑음

5시부터 6시 10분까지 수련하다. 사무실 일, 집안일들의 잔상이 머릿속에 남아있어 제대로 집중이 안 되는 모양새다. 점심시간에는 정발산에 올라 스트레칭하고 저녁에는 퇴근하는 대로 빨리 귀가하였다.

2019년 5월 4일 토요일 맑음

새벽 4시에 일어나 도인체조로 몸을 푼 다음 1시간 남짓 수련하다. 내일이 어머니 생신이라 나주에 다녀와야 한다. 연휴라 도로가 막힐 것을 감안하여 가족들과 5시 30분에 출발하자고 했는데 준비하다 보니 7시가 다 되어서야 집을 나섰다. 어찌나 도로가 막히던지 경기도를 빠져나가는 데만 5시간이 걸렸다. 가는 길에 무창포 해수욕장에 들러 가족들과 점심으로 회를 먹고 바람을 쐬다. 나주 집에는 오후 5시 30분에야 도착하여 어머니, 형제 자매들과 마당에서 고기를 구어 먹고 고스톱을 치며 이런저런 이야기를 나누다. 중간중간에 집밖에 나가 청보리밭을 감상하며 만보를 채우려 했지만 역부족이다. 장시간 운전을 하여 피곤한 데다 술을 한 잔 마시니 몸이 처지는 느낌이다.

2019년 5월 5일 일요일 맑음

아침을 먹고 어머니, 형제자매들과 생신 축하파티를 하고 11시경에 나주집에서 나서다. 어머니 생신이 음력으로 4월 1일인데, 장모님 생신도 공교롭게도 음력으로 4월 1일이다. 두 분 사돈의 생일이 같을 확률은 365분의 1로 엄청 낮은데 어쩜 같을 수가 있을까? 천생연분이라 그런가? 그런데 생일이 같으니 어느 쪽을 먼저 갈지 양쪽 눈치를 보아야 한다.

장모님이 사시는 충남 아산집에 들러 장모님과 처남 부부를 만나 평택호 근처 횟집에서 식사하고 근처 공원에서 시간을 보내다. 파주집에는 도로가 막히는 시간대를 피해 한밤중에 이동, 자정이 훨씬 지난 1시경 도착하여 씻고 잠들다.

2019년 5월 6일 월요일 맑음

마음 같아서는 등산을 가고 싶었지만 몸이 무거워 포기하고 집에서 쉬었다. 10시가 지나서야 일어나 거실 청소하고 설거지를 했다. 예전에 아내가 물기 있는 베란다에서 미끄러져 아킬레스건이 세로로 찢어진 적이 있었는데 지난주 그곳에 염증이 생겨 부어올라 움직이는 것이 부자연스럽다. 의사 왈, 가능하면 움직이지 말고 푹 쉬라고 했단다.

저녁에는 근처 공원에서 산책하며 오랜만에 혼자만의 시간을 가졌다. 군데군데 철쭉이 예쁘게 피어 있다. 이번 연휴에 제대로 수련을 하지 못해 아쉽다. 100일 수련중 벌써 40일이 다 되어 간다. 다시 마음을 다잡고 열심히 수련할 것을 다짐한다.

2019년 5월 7일 화요일 맑음

4시 일어나 공원에서 달리기를 30분가량 하다. 오랜만에 새벽 달리기를 하니 예전 생각이 난다. 손가락 마디마디가 뿌듯해져 오는 것이 기혈이 유통되고 있음이 느껴진다. 달리기 후 샤워하고 수련에 임하다. 그런데 간만에 달리기를 해서 그런지 피곤하다. 반야심경을 외울 즈음에 와공으로 전환 비몽사몽간에 시간을 채우다. 잠드는 시간을 더 빨리 해서 수면시간을 확보해야겠다.

카페에 올린 수련일지를 보고 적림 선배님이 기운이 '아주 좋다'고 하시니 기분이 좋아진다. 지난주 제대로 수련을 하지 못한 것 같아

자못 걱정이 되었는데 불안감이 날아가 버렸다. 이번 주에는 한 눈 팔지 말고 수련에 임할 것을 다짐한다. 카페 도반님들의 기운 덕분인지 하루 내내 단전의 열감이 유지되었다.

점심시간에는 정발산에 올라 스트레칭하다. 퇴근후에는 일찍 귀가하다. 아내가 좋아하는 빛이 역력하다. 그동안 '내가 너무 무심했나' 하는 생각이 들어 내심 미안하다. 미역국에 밥을 먹고 견과류와 수박을 먹었다. 두 딸들이 종이로 만든 카네이션과 연필로 또박또박 쓴 편지를 건네주는데 정말 사랑스럽다. 설거지 후 도인체조를 하고 카페에 댓글을 달다가 10시경 잠들다.

2019년 5월 8일 수요일 맑음

4시경 일어나 달리기를 30분 하고 수련에 임했다. 수련중 졸린 증세가 나타나는 것으로 보아 잠을 더 충분히 자야 할 것 같다. 수련이 깊어지면 수면시간도 자연 줄어든다는데 그런 날이 빨리 왔으면 좋겠다. 중간중간 졸리기는 했지만, 단전이 달아오르고 반야심경에서는 머리가 시원한 것을 보아 컨디션은 괜찮은 편이다. 또한 팔과 다리에 따뜻한 물망울이 떨어지거나 약한 전류가 흐르는 느낌이 든다. 방석숙제하다 잠깐 잠든 것 같다.

점심시간에 정발산에 올라 스트레칭하다. 6시 무렵 사무실에 악성 민원인이 있어 대기했다가 퇴근하느라 집에 조금 늦었다. 오늘은 와이프에게 먼저 '조금 늦는다'고 문자를 보낸다. 아내가 '민원 잘 해결하고 오라'고 한다. 부부간에도 지켜야 할 예의가 있다는 생각이 든다. 그간 늦어도 문자도 안 보내고 얼렁뚱땅 넘어가려 했던 것이 잘못임이 드러났다. 아내에게 처음 '좋아한다'고 고백했을 때의 심정을 잊지 말아야겠다. 참전계경 제2절 약(約)이 생각난다. '약은 믿음의 좋은 중매요, 믿음의 엄한 스승이요, 믿음의 출발점이요, 믿음의 신령한 넋이다.' 평생 행복하게 해 주겠다는 그 약속을 부부생활에서 항상 지켜 아내에게 믿음과 신뢰를 주어야 한다. 그렇게 하면 가정의 행복은 따놓은 당상이다.

2019년 5월 9일 목요일 맑음

평소보다 조금 늦게 일어나 근처 공원에서 달리기를 하다. 반년 정도 하지 않던 달리기를 최근 해서 그런지 다리근육이 약간 당긴다. 몸은 정말 정직하다. 20분가량 달리기를 하자 차가웠던 손이 따뜻해진다.

오전수련시 태을주를 외는데 단전뿐 아니라 명문 쪽도 따뜻하다. 따뜻한 기운이 허리를 감싸안는 것처럼 느껴진다. 뒤에서 누군가 안아주는 것처럼 따스하다. 따뜻하면서 시원한 이 느낌을 어떻게 설명해야 할지 모르겠다. 머리에도 약한 전류가 흐르는 것처럼 느껴진다. 마치 감동적인 장면을 보고 몸이 전율하는 것과 비슷하다. 얼굴의 양 볼이 화끈거린다. 창밖 살구나무에 황금빛 아침햇살이 드리워진다. 이렇게 마냥 앉아 있고 싶다.

연초에 기공부에 진전이 없어 몸공부, 마음공부를 당분간 접어두고 오로지 기공부에만 매달려 보기로 작정했었다. 달리기, 등산을 하지 않고 『선도체험기』도 거의 읽지 않았다. 그런데 그 생각이 잘못된 것임이 드러났다. 아침에 일어나 바로 수련하는 것보다는 달리기나 도인체조로 몸을 이완시킨 다음 수련에 임하는 것이 훨씬 효과적인 것 같다. 다만, 달리기를 하더라도 몸을 푸는 정도로 해야지 욕심을 부려 과도하게 하여 기진맥진해지는 경우가 없도록 조심해야겠다. 적림 선배의 말대로 생식, 등산을 꾸준히 하는 등 자기관리를 철저히 해서 자신만의 일정한 기운을 유지해야겠다. 점심시간에 정발산에 올라 스트레칭 운동하다.

2019년 5월 10일 금요일 맑음

30분 달리기 후 수련하다. 오늘은 금요일이어서 그런지 마음이 다른 평일에 비해 느긋하다. 태을주 외는 시간을 20분 정도 더 늘려 수련하다. 운장주, 천부경, 반야심경을 외는데 자꾸 사무실 일들이 떠오른다. 그 생각들을 떨쳐버릴려고 해도 자꾸 달라붙는다. 누군가 머릿속 빈틈에 딴 생각을 찔러넣는 느낌이다. 생각 자체가 아니고 누가 옆에서 이야기해주는 것 같다. 어제 수련이 잘되나 싶었는데 차려놓은 음식 냄새를 맡고 손님이 왔나? 그 손님이 누구인지 잠시 집중해보지만 감감무소식이다.

태을주를 외다가 피곤하여 방석숙제하면서 잠깐 졸다가 다시 일어나 태을주를 암송한다. 어제에 이어 명문 쪽 등이 따뜻해졌으나, 그 느낌은 어제에 비해 약하다. 백회에 동그라미 모양의 기감이 느껴진다. 양손의 노궁에 찌르르 반응이 온다. 왼팔의 팔꿈치에서 약한 전류가 흐르는 것 같다. 단전의 열감은 수련 내내 유지되었으나 아직 단단하게 뭉쳐져 있다거나 이물감은 없다. 아직 한참을 더 가야 한다.

오후 들어 머리가 아프고 목이 따끔거리고 가끔씩 잔기침이 나온다. 사무실에 감기 환자가 많아 감기 바이러스로 인한 것인지 아니면 빙의령 때문인지 모르겠다.

사무실 일로 자꾸만 짜증이 난다. 신참 직원에게 일을 맡겨 놓았더니 조그만 일 하나에도 자꾸 신경이 쓰인다. 다시 지시하려다가 내가 직접 타 부서 담당자와 만나 일을 매듭지었다. 내 안에서 울화가 치밀어 오르는 것을 알아채고는 있으나 무심히 관하거나 방하착하는 것은 아직 어려운 것 같다.

오늘 둘째딸 생일이라 딸이 좋아하는 스파게티 식당에 가서 저녁을 먹고 집에 돌아와 케익 파티를 하다. 내일 등산가기 위해 도인체조도 생략하고 일찍 잠들다.

(『선도체험기』 120권에서 계속됨)

강승걸 화두수련기

많은 세월을 어영부영하다가 그나마 손에서 놓지 않았던 『선도체험기』 덕분에 이제 겨우 제대로 된 길을 걷게 되었다. 2017년에 적림님의 블로그를 접하고, 수련에 대한 갈증이 다시 시작되었다. 그리고 같은 해 6월에 여러 도반님의 도움으로 삼공재를 처음 방문하였다.

이제 곧 모든 것이 금방 이루어질 것 같았지만 현실은 생각만큼 호락호락하지 않았다. 지금 돌이켜보면, 참으로 터무니없는 생각이다. 노력과 정성 그리고 경험을 통해서 체득해야 하는데, 지난 세월 동안 생각만 많았다.

첫 방문 이후로 2주에 한 번씩 삼공재를 다니면서 매일 수련을 시작하게 되었다. 수시로 변하는 마음으로 어려운 날들도 있었지만, 시간이 지나면서 조금씩 안정이 되었다. 2018년 11월부터는 선생님의 격려와 배려로 좀 더 수련에 매진하고자 매주 찾아뵙게 되었다. 그리고 그 해 12월 22일에 대주천 인가를 받고 현묘지도 화두수련에 들어가게 되었다.

2018년 12월 22일 토요일 맑음 : 대주천, 1단계 천지인삼매

6시 30분 아침수련 1시간 20분. 정화수, 사배 후 몸을 풀고, 대각경 3회, 태을주를 외운 후 호흡에 들어간다. 단전이 뜨겁게 달아오른다. 소주천을 하면서 대추혈을 넘은 것을 다시 확인하고 천부경을 암송한다. 기분이 좋아서 그런지 기운으로 팔이 덩실덩실 움직인다. 춤 같기도 하고 기공 같기도 하다. 마음이 편안해지는 것 같다.

어제 전화를 드렸지만, 통화가 안 되어 생식 주문 메일을 보내면서 방문 문의도 했는데, 아직 답변이 없으시다. 일단 아침 생식을 먹고, 기차역으로 이동하여 출발 전에 통화가 되어 방문할 수 있게 되었다.

오늘은 아침부터 기분이 좋고 몸도 가볍다. 택시를 탔지만 중단전은 심하게 답답하지 않고, 금방 풀려 마음이 느긋하고 여유가 생긴다. 기차를 타고 가는 내내 긴장과 걱정이 없이 편안하다. 아침수련을 하면서 소주천 일주를 확인하고 되든 안 되든 점검을 받기로 마음을 먹었다. 만약에 아직 부족하다면 다시 또 준비를 하면 된다.

아파트에 도착하여 정자에서 점심 생식을 먹고 소주천을 다시 더 확인하면서 40분 정도 수련을 하였다. 삼공재에서 선생님께 인사를 드리고, 자리에 앉아 단전에 집중을 하자 얼굴에 열기가 가득하다. 하단전이 뜨겁게 달아올라 소주천을 서너 번 돌려 보면서 한동안 축기와 점검을 계속하였다.

선생님께서 소주천이 안 되는 사람 중에 자신 있는 사람 손들어

보라고 하셔서 손을 들고 방석을 챙겨 앞으로 나가 자리에 앉았다. 잠시 설명을 들으면서 가슴만 벌렁벌렁하여 단전에 집중이 안 된다. 심호흡도 하고, 몸도 풀고, 한참 만에 소주천을 돌리고 말씀을 드렸다.

이후 대주천과 백회를 열고, 벽사문을 달면서 위치가 오른쪽으로 치우친 것 같아 왼쪽으로 두 번 이동을 하여 고정이 되었다. 잠시 후 온몸이 전기가 감전된 듯 찌릿찌릿해진다. 마치면서 인적 사항을 적는 것으로 473번째로 대주천 인가를 받게 되었다.

지금부터는 몸조심을 하라는 말씀과 함께, 현묘지도 화두수련에 대해 잠시 설명을 들었다. 1단계 화두를 종이에 적어 보여주셔서 암기를 하고 3배를 드렸다. 모든 과정을 마치고 자리에 앉자 조광 선배님께서 축하를 해주시니, 그제서야 실감이 나는지 울컥거려 억지로 참았다.

마치고 나오면서 얼떨떨하기만 하였는데, 뒤풀이 중에 백회에 기운과 하단전이 계속 달아오르니 조금씩 실감이 난다. 모든 작업을 마치고 흐뭇하신지 웃으시는 선생님 모습이 생각이 나서 또 울컥하였다. 마음속으로 선생님과 현묘지도 카페 모든 분께 감사의 인사를 드렸다.

모든 일정을 마치고 버스를 타고 출발을 하면서 하단전에 집중을 하니 불같이 뜨거워진다. 대주천 이전과는 확연하게 차이가 나고, 백회에 파이프가 꽂혀 있는 듯하다. 하단전이 활활 타오르면서 인당도 계속 같이 반응을 한다. 1단계 화두를 암송한다. 한참 만에 하늘에 별자리가 작게 심안에 떠오르다가 점점 커지면서 다가온다. 잠시 후 작은 조각으로 나뉘어 하늘에서 별이 쏟아져 내린다. 버스 안이라서 좀 더 집중을 못 한 것이 아쉬웠다. 집에 도착하여 자기 전에 1시간 정도 집중을 하지만 좀 전보다는 기운이 약하게 느껴진다.

2018년 12월 23일 일요일 맑음

6시 30분 아침수련 1시간. 정화수, 사배를 하고 몸을 풀고 자리에 앉았다. 1단계 화두를 암송하니 하단전에 열기는 어제보다 뜨겁지 않고, 백회로 기운은 계속 들어온다. 집중을 하자 멀리서 흐리게 겹쳐져 있는 산이 잠시 스쳐 지나간다.

'마음의 빗장이 좀 더 열려야 한다'는 생각이 들면서 중단전이 달아오른다. 수련 중에 『선도체험기』에 선배님들의 1단계 수련내용을 보면서 천지인 삼매가 무엇인지 생각하면서 30분을 더하고 마무리하였다.

크게 불편함은 없는데, 오전에 가슴이 묵직한 것이 안개가 진하게 낀 듯이 무겁게 느껴진다. 자주 가던 산 정상에 도착하고 보니 답답함은 풀렸다. 오가는 사람들과 인사를 나누고, 2시간 정도 등산을 하면서 입가의 미소와 몸도 마음도 너무나 가볍다.

오후에 백회에 집중을 하니 기운이 느껴지고, 지름이 오백원짜리 동전 크기의 짧은 파이프가 서 있는 듯하다. 하단전도 쉽게 달아오른다. 아내를 안고 싶은 생각이 수시로 들어 독맥으로 기운을 돌리면서 무사히 잘 넘겼다.

23시 30분. 자리에 앉아 화두에 들어가니 백회에 기운의 기둥이 생긴다. 독맥을 타고 대추혈을 강하게 압박하더니 굵은 기운이 하단전으로 들어오는 느낌이다.

2018년 12월 24일 월요일 맑음

5시 50분 아침수련 1시간. 정화수, 사배 후 몸을 풀고 앉았다. 대각경 3회, 천부경 3회를 암송하고 화두에 들어간다. 기운은 어제 저녁보다 많이 약하다. 수련 중에 사람들에 대한 잡념들이 계속 떠오르면서 얼굴들이 스쳐 지나간다. 화두와 관련이 있는 걸까?

후반부에 이전과는 다른 별자리가 하늘에 반짝인다. 그리고 화면 가운데 로켓이 불을 뿜으면 발사되는 장면이 심안에 떠오른다. 순간 끝인가? 한다. 너무 민감하게 반응을 하는 건 아닌지, 너무 급하게 서두르고 있는 건 아닐까. 욕심과 자만심을 경계하며, 모든 것을 내려놓고 순수하고 냉정하게 지켜봐야겠다. 좀 더 느긋하게 지켜보자. 마치면서 모든 분께 감사 인사를 드렸다.

종일 가스가 가득 찬 것처럼 배가 부르고, 뱃속이 거북하고, 입맛도 떨어진 상태이다. 저녁에 아내와 퇴근을 하면서 그 어느 때보다 사랑스러워 자꾸만 안아주고 싶은 충동이 생긴다. 혹시나 자제가 안 될까 봐 조금의 거리를 두고 있다.

저녁 늦게 30분 정도 화두에 집중하다가 선배님들의 1단계 수련기를 읽으면서 마친 것 같은 느낌이 든다. 이렇게 너무 간단히 욕심인가!

2018년 12월 25일 화요일 맑음

6시 30분 아침수련 1시간. 경구(대각경 3회, 천부경 3회)와 화두 암송에 들어간다. 한참을 지나도 기운의 큰 반응은 없고, 많이 약해진 상태이다. 하단전의 열기는 있고, 인당은 계속 집중이 지속되어 콧등까지 시큰거린다. 산 아래 강과 들판이 있는 풍경이 아주 잠깐 스쳐 지나간다. 화두를 마쳤는지 감이 없어 선배님들의 1단계 수련기를 다시 읽어보니 마친 것 같다. 더 큰 뭔가를 기대했는데, 자꾸만 미련이 생긴다. 이 또한 나의 욕심이자, 자만심이다. 이 두 녀석과 정면으로 대면하여 살펴봐야겠다.

2018년 12월 26일 수요일 맑음

오후에 출근을 하여 집중을 하니 하단전이 뜨거워진다. 피곤했던 몸도 회복이 조금씩 되고 있지만, 왠지 힘든 하루가 될 것 같은 느낌이다. 퇴근 무렵 갑자기 삐~~ 하는 소리가 들려온다. 평소에도 가끔 들리는 소리인데 장비에서 나는 소리와 구분이 모호했는데 오늘은 조금 다르다. 현묘지도 카페의 답글을 읽으면서 온몸이 찌릿하고 기운이 몸을 감싸는 느낌이 든다. 몸 전체가 기운에 반응을 하는 것 같다. 답글 남겨 주시는 분들의 기운인가보다.

2018년 12월 27일 목요일 맑음

5시 20분 아침수련 1시간. 정화수, 사배 후 몸풀기, 대각경 3회,

천부경 3회, 화두 암송. 별다른 기운이 느껴지지 않는다. 마치면서 삼일신고를 읽었다. 점심을 생식으로 먹고, 몸이 찌부등하여 소주천을 돌린다고 의념을 하니 스스로 돌아가는 느낌이 든다. 잠시 후 몸이 후끈하며 하단전이 달아오른다. 운장주도 수시로 암송하고 있다.

2018년 12월 28일 금요일 맑음

5시 30분 아침수련 1시간. 정화수, 사배 후 몸풀기, 대각경, 천부경 암송 후 운장주를 외운다. 빙의령 때문인지 조금 피곤한 상태이다. 하단전에 반응이 없고 앉아있는 것이 힘이 든다. 대주천에 관련 글을 읽으면서 수련에 각오를 다시 다진다.

오후에 방 청소와 설거지 후 피곤해져서 잠시 쉬었다. 저녁 늦게 자리에 앉아 잠시 집중을 해본다. 아들은 감기로 인한 열이 아직 내리지 않고 있다. 항상 씩씩하던 녀석이라 풀이 죽은 모습이 안쓰럽다. 저녁에 아내가 아들도 아프고, 다음날 출근하여 처리해야 할 일이 많다고 한다. 내일은 서울을 안 가고 아이들을 좀 봐줬으면 하여 고민이 된다. 미안한 마음에 저녁 설거지를 하고, 딸아이와 산책을 다녀왔다.

2018년 12월 29일 토요일 맑음 : 2단계 유위삼매

6시 30분 아침수련 1시간. 경구를 외운 후 운장주를 계속 암송하였다. 시작하면서 피곤하여 집중이 어려웠지만, 시간이 지날수록 정신이 맑아지고, 하단전도 은근하게 열기가 오른다. 아들의 체온을 재어보니 정상이라서 편한 마음으로 집을 나선다. 빙의령 때문에 조금 힘들었는데, 기차를 타고 상경하면서 집중을 해본다.

서울에 도착하여 아파트 1층에서 다른 분들과 같이 올라가 일배를 드렸다. 선생님께서 빤히 두 번씩이나 쳐다보시니 민망하기만 하다. 이번에 현묘지도 수련을 마치신 선배님들의 도호 수여식과 축하의 자리를 마치고, 나오기 전에 2단계 화두를 받았다.

내려오는 버스 안에서 화두에 집중을 하니 하단전에 포근한 기운이 쌓인다. 지난번 1단계 화두의 기운과는 사뭇 다르다. 그렇게 단전만 한참 달아오르다가 기운이 더 이상 느껴지지 않는다. 집에 도착하여 다시 집중을 해봐도 반응이 없다. 끝난 느낌이 드는 건 뭐지, 뭔가 잘못된 건가? 화면도, 천리전음도, 기타 반응이 아무것도 없었는데.

2018년 12월 30일 일요일 맑음

몸 상태가 안 좋아 아침수련은 쉬고, 등산도 쉬었다. 오전에 휴식을 취하면서 성적 충동이 심하여, 자리에 앉아 독맥으로 소주천을 몇 번 돌린 후 조금 사그라진다. 오늘따라 충동이 심하지만 잘 참고 넘겼다. 저녁에 잠시 걸은 후 늦게 자리에 앉아 화두에 집중을 하지만, 기운이 전혀 들어오지 않는다. 자꾸만 끝난 것 같은 느낌이 드는데, 자만심인지 빙의령인지 다시 점검을 해보자.

2018년 12월 31일 월요일 맑음

5시 35분 2018년 마지막 아침수련 1시간. 정화수, 사배 후 몸을 풀고 자리에 앉았다. 끝났다는 생각은 자꾸 올라오고, 기운이 전혀 들어오지 않아 조금 걱정이 된다. 시간을 두고 천천히 살펴볼 생각이다.

대각경 3회, 천부경 3회, 화두에 들어가지만, 백회와 단전은 전혀 반응이 없다. 중간에 졸았는지 심안에 화면이 몇 장면 지나간다. 큰 판에 여러 종류의 동물들이 빼곡히 있는 모습이 아주 잠깐 스쳐 가지만 화면도 흐리고 명확하지 않다. 2단계 화두가 마무리된 것 같은 느낌이 드는 건 무엇일까? 아마도 욕심이 앞서는 것 같아 좀 더 지켜봐야겠다. 하단전이 아프며 단단해지는 것 같다.

수련을 마치고 선배님들의 2단계 화두 수련기를 보던 중, 하단전이 은은하게 부드러운 기운이 느껴지고, 익숙한 감정이 떠오른다. 아! 이 느낌! 온몸이 전기가 오르는 듯 찌릿해진다. 특이한 것은 몸의 오른쪽만 반응이 있다. 평소에 생활하면서 불편한 마음이 생기면 “역지사지 방하착”, “애인여기”, “여인방편 자기방편" 문구를 자주 떠올렸다. 그런데 선배님들 수련기를 읽으면서 그 생각들이 떠오르자, 전율이 생기고 눈물이 흐른다. 맞아 나도 그랬었지! 내가 틀린 것은 아니었네. 전혀 반응이 없던 단전이 빵 반죽처럼 몰랑하고, 부드럽게 찰진 따뜻한 느낌이 든다. 오후에 업무로 크게 질책을 받던 중, 갑자기 몸에 열기가 생기면서 운기가 되었다.

2019년 1월 1일 화요일 맑음

5시 10분 아침수련 1시간. 대각경, 천부경, 운장주를 암송한 후 화두에 들어가지만, 기운의 반응은 없고 중간에 졸았다. 저녁으로 생식과 보쌈을 먹고 딸아이와 30분 정도 걷는 중에 배가 심하게 아프고, 울렁거리며 토할 것 같다. 겨우 참아 집에서 두 번을 토하고 나니 속이 편해진다. 고기를 너무 많이 먹었나 보다. 저녁 늦게 자리에 앉아 1시간 동안 대각경, 천부경, 운장주, 태을주를 암송하면서 단전이 달아오른다. 수련 중 집중도가 떨어지고, 화두의 반응이 없다.

2019년 1월 2일 수요일 흐림

늦게 일어나 아침수련은 쉬었다. 오전에 업무로 정신이 없다. 점심때 일지를 정리한 후 운장주와 태을주를 암송하면서 집중을 해본다. 저녁에 조금이라도 움직여야 할 것 같아 딸아이와 잠깐 산책을 한 후 자리에 앉아 『선도체험기』를 잠시 읽고 30분 정도 집중을 한다. 피곤한지 잠깐 졸았다.

2019년 1월 3일 목요일 맑음

5시 30분 아침수련 1시간. 대각경, 천부경을 암송한 후 운장주에만 계속 집중을 한다. 중간에 무엇이 그렇게 서러운지 울부짖는 여자 모습이 떠올라 잘 다독거렸다. 후반에 많이 피곤해져 수련을 마치고 잠시 누웠다. 하단전이 식은 듯 전혀 반응이 없다. 오전에 현묘지도 카페 글을 읽으면서 하단전이 조금씩 달아오른다. 퇴근후 몸을 이리저리 움직여 풀고, 자리에 앉아 1시간 정도 집중을 하지만 계속 비몽사몽하고 있다.

2019년 1월 4일 금요일 흐림

5시 30분 아침수련 1시간. 대각경 3회, 천부경 3회, 운장주를 계속 암송하였다. 피곤한지 수련 중 계속 비몽사몽을 하고 있다. 평소보다 일찍 걸어서 출근을 한다. 점심에 직원들과 회식을 하고, 현묘지도 카페 글을 읽었다.

저녁을 먹고 딸아이와 잠시 걸은 후, 11시쯤에 『선도체험기』를 펼치고 앉았다. 선생님 건강이 좋아지시길 염원 드리고 책을 읽었다. 잠시 후 단전이 은근하고, 묵직하게 열기가 살아나 한참을 집중한다. 모처럼 느껴지는 따뜻함 좋다. 이 모든 것이 나의 마음의 장난인 것을. 이러면 어떻고 저러면 어떤가. 이 모든 것이 앞뒤 없는 모두 하나인 것을. 화두에 집중하지만 별다른 반응이 없다.

2019년 1월 5일 토요일 맑음

6시 30분 아침수련 1시간. 사발에 정화수를 담고, 사배 후 몸을 풀고 앉았다. 대각경, 천부경, 운장주를 암송하면서 졸았다. 요즘 왜 자꾸 잠이 오는 걸까? 단전도 식고. 오전에 업무 보고가 있었지만, 지난번보다 더 차분하고, 자신감 있게 떨지 않고 진행을 하니 스스로가 대견해진다. 저녁 수련 40분. 『선도체험기』를 조금 읽고, 화두에 집중을 하지만 별다른 변화는 없다.

2019년 1월 6일 일요일 맑음

7시 20분 아침수련 1시간. 정화수, 사배 후 몸을 풀고 대각경, 천부경 암송한다. 호흡에 집중하면서 시간이 지나자 하단전이 반응을 한다. 며칠 동안 오전수련 중 잠만 오고, 하단전에 반응도 없고, 호흡도 잘 안 되었는데 오늘은 괜찮아졌다.

오전에 그냥 쉬고 싶은 마음이 컸지만, 2시간 정도 등산을 다녀왔다. 출발할 때 몸이 무거워 힘들었지만 다녀오니 개운하다. 오후 늦게 집안 청소를 하였다. 저녁 늦게 『선도체험기』를 보면서 30분 정도 화두에 집중을 한다. 별다른 변화가 없다.

2019년 1월 7일 월요일 맑음

5시 35분. 아침수련 1시간. 운장주만 계속 암송하면서 졸다가 또 졸았다. 10분을 남겨 두고 『선도체험기』를 읽고 마쳤다. 점심을 평소처럼 생식으로 먹고, 하단전에 집중하다가 졸았다. 변화무쌍한 마음을 부여잡고, 안으로 잘 갈무리하여 관하고 있다. 최근 뱃속도 거북하면서 편하지 않고, 하단전이 가끔 아파온다. 불쑥불쑥 모난 감정이 올라오지만 아직은 견딜 만하다. 저녁으로 아이들과 뷔페에서 배가 부르게 먹고, 1시간 정도 걸으면서 빙의령이 나가는 것이 느껴진다. 피곤하고, 시간도 늦어 수련은 생략하고 그냥 잠자리에 들었다.

2019년 1월 8일 화요일 맑음 : 3단계 무위삼매

6시 40분 아침수련 30분. 자리에 앉아 경구를 암송하다가 배가 살살 아파서 30분 만에 일어났다. 하단전에 반응이 약하게 돌아오고, 컨디션도 좋았는데 아쉽다. 서울 출장 중 몇 번을 망설이다가 선생님께 전화를 드리고 3단계 화두를 받았다. 세미나가 시작되면서 화두의 기운은 아닌 것 같은데 하단전이 달아오른다. 저녁을 먹고, 딸아이와 잠깐 산책을 한 후 피곤하여 쉬었다.

2019년 1월 9일 수요일 맑음

5시 아침수련 1시간. 수련 준비(정화수, 사배 후 몸을 풀고)를 하고 경구와 주문을 암송한 후 화두에 집중을 한다. 며칠 동안 잠잠하던 진동이 다시 일어난다. 평소처럼 좌우로 흔들거리고, 목을 몇 바퀴 돌렸다. 화두 기운은 2단계 화두보다는 약하지만 은은하게 몸 전체를 기운이 감싸는 듯한 느낌이고, 부드럽고 포근하다. 단전이 말랑한 것 같다. 중간에 잠깐 졸았지만 하단전이 은근하게 달아오른다.

출근길에 모난 감정이 올라오는 것 같아 지긋이 관하고 있다. 대주천 이후 감정이 좀 더 명확하게 구분이 되어 집중하기가 편해졌다. 외근 중 목적지에 도착할 때마다 가슴이 답답하여 운장주를 외웠다. 저녁으로 생식과 반찬을 먹은 후 몸이 많이 피곤하여 잠시 누웠더니 시간이 금방 지나간다. 저녁 늦게 30분 정도 화두에 집중을 하자 양 팔뚝이 시원해지고, 온몸도 시원해진다. 종일 틈틈이 화두를 암송하였다.

2019년 1월 10일 목요일 맑음

5시 28분 아침수련 1시간. 준비 후 경구를 암송하고, 운장주가 술술 넘어가길래, 곧바로 화두로 넘어가 집중을 한다. 호흡에 화두를 실으니 입에 착착 감긴다. 몸이 시원해지고, 우측 용천에 자극이 생긴다. 졸았는지 시간이 조금 흐른 후 '어! 이거 텅 빈 몸통인데' 하면서 흐릿한 실루엣이 심안에 느껴지고, '누가 몸을 여기다 벗어났지! 내 몸인가?' 하는 생각이 든다. 순간 자동으로 몸으로 들어가니, 딱 맞는 느낌이다. 이러다가 잘못되는 것은 아닌지 걱정이 살짝 되었다.

수련 중에 약하고, 강한 진동이 다리 떨기, 머리 도리도리, 몸통 좌우 흔들기 등으로 나타난다. 진동이 몸을 풀어줘서 그런지 편안하게 화두에 집중하니 시간이 금방 지나간다. 2단계 화두는 첫날 기운이 끊어지고 난 후부터는 외우기가 싫어졌는데, 3단계 화두는 외울수록 편안하고, 자꾸 빠져들어 간다. 마치고 『선도체험기』에 선배님들의 현묘지도 화두수련 부분을 몇 편 보았다.

저녁을 생식과 고구마 반 개를 먹고, 몸이 피곤하지만, 딸아이와 산책을 다녀왔다. 『선도체험기』를 읽으면서 화두에 집중하다가 잠깐 졸았다. 몸살이라도 난 것처럼 몸이 천근만근이라서 이불을 목까지 푹 덮고 누웠다. 꼼짝도 하기 싫은데, 오늘따라 아이들이 몹시 달라붙으며 장난을 치는 모습에, 이전 같으면 짜증이 날 만한데 그냥 피식 웃음만 난다.

2019년 1월 11일 금요일 맑음

5시 30분 아침수련 1시간. 준비 후 경구를 암송하고, 화두에 집중한다. 진동이 계속되고, 잠깐 졸았는지 시계를 보니 벌써 시간이 많이 지났다. 기운은 약하게나마 들어오고, 감정의 기복도 없고, 딱히 답답증도 없는 것을 봐서는 기 몸살인 것 같다. 기분이 착 가라앉았다. 3단계 화두를 틈틈이 외우고 있다. 생식을 미리 먹고 고추장불고기로 점심을 먹었다. 2시경 내일 삼공재를 방문을 하고자 전화를 드리고 허락을 받았다. 저녁에 생식과 반찬을 먹고, 50분 정도 걸은 후 자리에 앉아 축기와 화두에 집중한다.

2019년 1월 12일 토요일 맑음

기상이 늦어 아침수련은 하지 못하였다. 기차를 타고, 운장주와 화두를 수시로 암송하면서 서울역에 도착하였다. 삼공재에서 선생님께 인사를 드리고, 자리에 앉아서 집중하니 얼굴에 열기가 생겨 단전으로 내리고자 집중을 한다. 경구 암송 후 화두에만 집중하니 중간에 '아무것도 없다'라는 생각이 들고, 시간도 금방 지나간다. 마치고 자리를 옮겨 오신 분들과 도담을 나누다가 버스를 탔다. 10시쯤 도착하여 집까지 걸어가니 시간이 너무 늦어 TV 앞에서 잠시 집중을 하다가 다시 와공으로 금방 잠이 들었다.

2019년 1월 13일 일요일 맑음 (아침 안개 많음)

아침에 느긋하게 푹 쉬었다. 오전에 TV를 보면서 앉아 틈틈이 단전에 집중한다. 중간에 도넛을 몇 개 먹었더니 속이 너무 거북하여 점심은 먹지 않았다. 아침부터 짜증이 생기는 것 같아 잘 지켜보고 있다. 저녁에 딸아이와 잠시 걸었다.

22시 30분. 자리에 앉아 수식관을 하고, 화두에 들어가지만 별다른 변화는 없고, 백회에만 반응이 조금 있는 것 같아 더 지켜보기로 한다. 늦게 잠이 들었는데, 뭔가 오른팔을 확 잡아챈다. 눈을 떠 보니 아무것도 없는데, 운장주를 외우면서 다시 잠이 들다.

2019년 1월 14일 월요일 맑음 (아침 안개 많음)

6시 20분 아침수련 50분. 정화수, 사배 후 몸을 풀고 앉아 대각경 3회, 천부경 3회를 하고 하단전에 집중하다가 화두에 들어간다. 몸이 몹시 찌뿌둥하다. 시간은 금방 지나갔는데 피곤하여 마치고 잠깐 누웠다. 화두 암송시 백회에만 반응이 조금 있다. 오후에 현묘지도 카페에 올라온 글에 답글을 달면서 피곤하고 두통이 있다. 퇴근하면서 생식을 미리 먹고 회식을 참석한 후 집까지 걸어왔다.

2019년 1월 15일 화요일 맑음

5시 30분 아침수련 1시간. 정화수, 사배를 하고 몸을 풀고 경구 암송 후 상태가 좋아서 화두로 바로 넘어간다. 기운은 안 들어오고, 별다른 변화가 없다. 마치고 『선도체험기』를 잠깐 읽었다. 오후에 부정적인 감정들이 올라와서 지켜보고 있다.

저녁에 20분 정도 걸으면서 최근 운동량이 부족한데, 번번이 의지가 약해져 지키지 못하고 있다는 생각이 든다. 앞으로 더 험난한 고비들이 있을 텐데 다시 각오를 다져본다. 저녁 늦게 30분 정도 호흡에 집중하다가 화두를 외워보지만, 기운은 미약하다.

3단계 화두의 진행이 모호하여 잠시 생각을 모아본다. 지금 내가 하고 있는 방법이 맞는지, 제대로 하고는 있는 건지. 각 단계가 너무 빨리 끝나는 것 같아 걱정도 되고, 기운이 안 들어오는 것이 빙의령 때문인지, 화두를 마쳐서인지 애매하다. 다른 분들의 수련기와 비교하여 보면 상대적으로 너무 빈약해 보이는데, 이게 맞는 걸까? 하는 의문들이 들어 좀 더 집중하여 본다.

지금까지 각자 살아온 삶이 모두 다르므로 나와 유사는 하겠지만 완전히 똑같지는 않을 것이다. 남과의 비교 그 자체가 무의미한 것 같다. 그냥 참고만 하자. 나의 본성을 찾는 것이지, 남의 본성을 찾는 건 아니지 않으냐! 내가 느낀 것에 대한, 나의 확신이 중요하다. 크고 작은 차이가 있지만 나(본성)를 믿고 나아가야 한다. 자만심도 욕심으로 인한 것이니 이 또한 내려놓고 판단을 하자. 결과에 연연

하지 말고 그냥 열심히 묵묵히 가자. 결국 이 모든 것이 욕심 때문이라는 생각이 든다.

2019년 1월 16일 수요일 맑음

5시 30분 아침수련 1시간. 준비하고 경구, 운장주와 태을주를 암송하고, 화두에 집중한다. 별다른 반응이 없다. 오전에 현묘지도 카페 글을 읽고, 운동에 대해 이기적인 나를 돌아본다. 이제는 나를 위해 하지 말고, 남을 위해 운동을 하자. 주고받을 수 있는 인간이 되어야 한다. 점심 생식을 먹고 명상음악을 들었다. 퇴근 무렵 『다산의 마지막 공부』 책을 읽고, 저녁에 딸아이와 40분 정도 걸었다. 저녁 늦게 자리에 앉아 잠시 집중을 해본다.

'신독이란 보이지 않는 곳에서 단정함을 유지하는 태도가 아니다. 어제보다 오늘, 조금 더 단단해진 나를 만들어가려는 간절함이다.'
-『다산의 마지막 공부』 중에서 -

2019년 1월 17일 목요일 맑음

6시 30분 아침수련 1시간. 경구와 운장주, 태을주를 암송한 후 화두에 집중한다. 아무것도 없고 텅 비었다는 느낌(생각?)이 또 든다. 백회에 반응은 있지만, 하단전에 기운은 느껴지지 않는다. 마치고 『선도체험기』 84권 선배님의 현묘지도 수련기를 읽으면서 온몸이 감전

된 것처럼 찌릿해진다. 저녁에 딸아이와 같이 40분 정도 걸으면서 딸아이의 짜증에 동조가 되는 것 같아 지켜보다가 장난을 걸면서 분위기를 바꾸어 본다.

2019년 1월 18일 금요일 맑음 : 4단계 무념처삼매, 5단계 공처

5시 48분 아침수련 1시간. 경구와 운장주, 반야심경, 태을주를 암송하니, 단전에 열감이 있고 아랫배가 시원해진다. 반야심경을 암송하면서 멀리서 사람 모습의 실루엣이 보이면서 양 팔뚝에 전율이 생겨 가만히 무심하게 집중한다. 마치면서 피곤하다. 『선도체험기』에 현묘지도 수련기를 읽었다.

점심때 선생님과 통화를 하면서 3단계 화두를 마쳤다고 말씀드리고, 4단계와 5단계 화두를 받았다. 오후 늦게 백회에 기운이 서리고, 단전도 뜨겁다. 저녁에 50분 정도 딸아이와 걸었다.

2019년 1월 19일 토요일 맑음

5시 28분 아침수련 30분. 준비 후 경구를 암송하고, 11가지 호흡에 들어간다. 몸이 앞뒤로 끄떡끄떡, 좌우로 부르르, 고개 좌우, 앞뒤, 도리질, 뱃속을 주걱으로 휘젓는 진동은 화두수련 전에 가끔 나왔던 동작들이다. 나머지 동작들은 좀 더 지켜봐야겠다. 30분이 지나고 급격히 피곤하여 『선도체험기』를 잠시 읽고 마쳤다.

저녁에 아들이 기분이 좋은지 장난을 너무 심하게 치고, 그만하라고 해도 그치질 않아 순간 큰 소리가 나왔다. 저녁을 먹으러 식당에 가면서부터 짜증이 있어 잘 관하고 있었는데, 그만 여기서 터진 것 같다. 아들을 옆에 앉게 하고 같이 이야기를 나눈 후 서로 조심하기로 약속하고 마무리가 되었다. 가끔 이렇게 어느 정도 공부가 되었는지 점검을 하신다. 다시 나 자신을 돌아보고 넘지 말아야 할 선을 확실히 그어 놓고자 다짐을 한다.

2019년 1월 20일 일요일 맑음

아침에 늦게까지 푹 잤다. 오전에 등산을 2시간 하고 와서 와공을 하다가 잠시 잠이 들었다. 역시 산에 갔다 오면 기분이 상쾌해진다. 오후에는 『선도체험기』를 읽었다. 저녁에 거실의 길고 무거운 의자가 넘어져 엄지발가락을 심하게 다쳤다. 응급실에 가서 사진을 찍어보니 두 군데 금이 가고, 발톱과 피부에 큰 상처가 생겼다. 반깁스를 하고, 한 달 정도 엄지발가락을 사용하지 말라고 하니 당분간 상당히 불편할 것 같다. 걷기와 좌선은 한동안 어려울 것 같아, 실내에서 할 수 있는 운동을 알아보고, 수련은 당분간 의자에 앉아서 할지 방법을 찾아봐야겠다.

2019년 1월 21일 월요일 맑음

5시 35분 아침수련 30분. 의자에 앉아 대각경, 천부경을 암송하면서 집중을 하지만, 아파져 오는 발 때문에 쉽지가 않다. 간밤에 발이 계속 아파서 잠을 제대로 자지 못하였다. 출근하여 정형외과에 정식으로 진료를 받아보니 다행히 수술은 안 해도 되고, 항생제 주사와 드레싱으로 치료를 하자고 한다. 다행이다. 이번 기회에 몸 관리에 신경을 써서, 체중도 조절해야겠다. 오전 내도록 다친 부위가 아파온다.

오후에 약 때문에 그런지 피곤하고 자꾸 하품이 나며 잠깐씩 졸았다. 저녁에는 생식 이외에 먹는 것을 최대한 자제를 하고 있다. 9시 30분경, 거실 의자에 앉아 잠시 집중을 하니, 몸에 열기가 생기고 백회와 단전에 반응이 있다. 욱신거리고 쑤시던 발의 통증은 약 때문에 참을 만하여 다니기도 조금 편해졌다. 일찍 잠자리에 들다.

2019년 1월 22일 화요일 맑음

양 손가락에 육자진언 반지(옴마니반메흠)를 하나씩 끼고 동료들과 함께 뭔가와 싸우고 있다. 이전 꿈에서는 사람들을 데리고 피하고 숨어만 다녔는데, 이번에는 직접 동료들과 함께 맞서 싸우고 있다. 눈을 뜨니 7시가 넘었다. 푹 잔 것 같다. 어제까지 욱신거리던 발은 약 때문인지 심하게 아프지는 않다.

출근하여 진료를 받으니 상태가 어제보다는 좋아진 듯하여 가벼운 깁스로 바꾸고, 한결 다니기가 좋아졌다. 1주일 동안 항생제 주사와 약, 드레싱을 하면서 지켜보자고 한다. 사고가 나고 몸과 마음에 대해 다시금 생각하게 된다. 몸에 대해 좀 더 많은 신경을 써야 한다. 저녁 식사후 피곤하여 잠깐 누웠는데 자정이 넘었다. 잠시 축구를 보다가 다시 잠이 들었다.

2019년 1월 23일 수요일 맑음

5시 아침수련 1시간. 정화수, 사배 후 몸을 풀고, 『구도자 요결』을 읽고, 대각경 3회, 천부경 3회, 반야심경을 암송하고 화두에 들어간다. 어제 깁스를 풀었다가 다시 할 수 있는 것으로 교체를 하였더니 앉을 수 있게 되었다.

11가지 호흡 중, 머리가 좌우로 도리도리하고 앞뒤로 흔들거린다. 5단계 화두를 들어가니 또렷하지는 않지만, 어린아이가 천진난만하게 웃는 모습과 소리가 들리는 듯하다. 뒷거래하는 형사(경찰)인 듯한 모습이 잠깐 느껴지고, 이국적인(다른 행성인 듯) 느낌의 해변이 선명하지는 않지만 잠시 심안에 보인다.

오후에 업무 담당자와 이야기를 나누면서 짜증과 답답함이 밀려온다. 저녁에 현묘지도 카페 글을 읽고 중단전 전체가 답답해져 오더니, 잠시 후 온몸에 열기가 생기고, 독맥에 뜨거운 기운이 느껴진다. 잠시 앉아 집중을 해 본다.

2019년 1월 24일 목요일 맑음

5시에 아침수련을 하고자 『구도자 요결』을 읽고, 자리에 앉았지만, 너무 피곤하여 잠깐 누웠는데 시간이 많이 지났다. 점심 생식을 먹고, 30분 정도 운장주, 태을주와 함께하였다.

저녁에 다친 엄지발가락을 조심하면서 근력운동을 몇 가지 하였다. 22시 30분 저녁 수련 1시간. 경구 암송 후 화두에 들어가니 인당과 백회에 기운이 느껴지고, 몸이 앞뒤로 끄덕끄덕한다. 5단계 화두를 계속 암송하는 도중에 '나는 하느님이다' 소리가 들려 '누구냐!' '누가 장난을 치느냐!'하고 경계하다.

2019년 1월 25일 금요일 맑음

6시 10분 아침수련 1시간. 준비 후 경구를 암송하고 화두에 들어간다. 초반에 잡념이 많았지만, 시간이 갈수록 호흡이 안정되고, 몸도 마음도 편안하다. 백회에 반응은 있지만, 어제보다는 못 한 것 같다. 이 단계를 진지하게 임하여 전생을 봤으면 하는 생각이 든다. 마치고 『선도체험기』 선배님들의 글 중에 현묘지도 5단계 부분을 찾아 읽었다.

어제 들었던 소리가 자성의 소리인지는 좀 더 두고 봐야겠다. 이전에 단편적으로 알아서(느껴서) 뭔지 몰랐던, 그리고 의문을 가졌던 파편들이 명확하지는 않지만, 퍼즐처럼 맞추어지고 있는 것 같다. '나는 하느님의 분신으로서…' 일지를 정리하다 보니 대각경이 생각난다.

오후에 약 때문인지 졸음과 계속 싸우고 있다. 퇴근후 저녁 늦게 다시 출근하여 야간작업하고 새벽 2시가 넘어 잠이 들었다. 작업 중 20분 정도 화두에 집중하니 백회에 기운이 강하게 느껴지고, 단전이 달아오른다.

2019년 1월 26일 토요일 맑음

기상이 늦어 아침수련은 하지 못함. 오전에 진료를 받으니 발은 많이 좋아졌다고 한다. 근무 중 단전에 틈틈이 집중한다. 퇴근후 이른 저녁에 미리 취침하였다가 늦게 다시 출근하여 야간작업을 마치고 새벽 1시쯤 귀가를 하였다. 작업 중에 20분 정도 집중을 해 본다. 기운이 어제보다는 못 한 것 같다.

2019년 1월 27일 일요일 맑음

늦게 일어나 수련은 쉬었다. 오후에 아이들을 데리고 요즘 유행하는 슬라임 카페에서 2시간을 같이 보냈다. 카페 안에는 많은 아이와 같이 온 부모들로 북적거린다. 구석 자리에 앉았는데 중단전에 심하게 압박감이 오면서 답답하다. 운장주를 외우면서 집중을 한 후 피곤해져 의자에 앉은 채로 잠시 졸았다.

2019년 1월 28일 월요일 맑음

5시 아침수련 1시간. 준비를 하고 『구도자 요결』을 처음부터 반야심경까지, 참전계경 10개 조를 읽고 수련을 시작한다. 대각경 3회, 운장주, 천부경을 암송하면서 초반에 집중이 되더니 갈수록 잠이 오고 피곤해져 비몽사몽 간에 수련을 마쳤다. 수련 중 뚜렷하지는 않지만, 느낌상 강과 들판, 하늘의 풍경이 보이고 청명한 느낌이 든다.

오후에 직원과 통화 후 중단전이 심하게 막혀온다. 어제도 힘들었는데, 오늘도 쉽게 풀리지 않을 것 같다. 운장주를 계속 암송하고 있다. 한참 후 졸음이 쏟아지고, 중단전에 따뜻한 기운이 몰리면서 한결 좋아진다. 아침부터 침침하던 눈도 한층 밝아졌다. 저녁에 생식과 반찬을 먹고 배가 불러 잠시 누웠다. 피곤하다.

2019년 1월 29일 화요일 맑음

6시 30분 아침수련 50분. 대각경 3회 암송한 후 운장주, 천부경, 반야심경, 태을주를 암송한다. 몸과 호흡이 안정적이고 운장주를 외우면서 하단전과 중단전에 열기가 생긴다. 반야심경 중 화두를 암송하니 '나는 밝음이다', '나 스스로가 밝아져, 주변을 밝혀주는 밝음이 되자'라는 생각이 든다. '자등명 법등명 [自燈明 法燈明]'

그리고 '전생을 보는 것이 무슨 의미가 있느냐, 어차피 모두 하나인데, 모두 부질없는 짓이다'하는 생각도 든다. 몸과 마음이 가벼워지는 것 같다. 점심에 생식을 평소처럼 먹고, 명상 음악을 들으면서 하단전에 집중한다. 오후에 직원들을 만나면서 중단전이 답답해진다. 최근 들어 빙의령이 빈번하게 오는 것 같다. 저녁에 집에 와서 와공으로 누웠다가 잠이 들다.

2019년 1월 30일 수요일 맑음

5시 아침수련 1시간 30분. 『구도자 요결』을 읽고, 대각경 3회 후, 운장주, 천부경, 반야심경, 태을주를 암송한다. 운장주를 외우면서 하단전에 반응이 있고, 답답하던 부분이 많이 풀렸다. 수련을 마치면서 모든 분께 감사 인사를 드리고, 『선도체험기』 117권 중 현묘지도 수련기를 읽으면서 선생님의 미소가 생각났다.

점심때 미첼페페 음악을 들었다. 오후에 현묘지도 카페 글들을 읽으면서 단전이 꼬물거리면서 달아오른다. 저녁에 근력운동을 조금 하였다. 저녁으로 생식 이외에 먹는 것을 많이 줄였는데도 체중은 조금씩 늘어나고 있다. 걷기 말고 다른 운동이라도 해야 하는데 저녁만 되면 피곤해져 의욕이 떨어진다.

2019년 1월 31일 목요일 눈

5시 30분 아침수련 1시간 20분. 참전계경 10개 조를 읽고, 대각경 3회, 운장주, 천부경, 반야심경, 태을주를 암송한다. 운장주를 외우면서 하단전과 중단전, 몸이 조금씩 달아오른다. 모든 분께 감사 인사를 드리고 마쳤다. 피곤하다.

오전에 다친 발에 드레싱을 하면서 보니, 상처는 많이 좋아졌고, 금이 간 뼈는 아직 붙지 않아 디딜 때마다 아파서 조심하고 있다. 점심에 생식과 견과를 먹고 명상음악을 들었다.

저녁으로 피자를 주문하면서 짜증이 조금씩 올라와서 지켜보면서 잘 넘겼다. 늦은 저녁에 근력운동을 하고, 1시간 정도 집중을 하니 하단전이 은은하게 달아오른다.

2019년 2월 1일 금요일 맑음

5시 30분 아침수련 1시간 10분. 대각경 3회, 운장주, 천부경, 반야심경, 태을주를 암송하고, 독맥으로 기운을 돌려본다. 마치고 참전계경 10개 조를 읽었다. 점심때 태을주를 암송하면서 단전에 집중을 하지만 이내 잠에 빠졌다. 오후 늦게 하단전에 화로가 있는 것처럼 따뜻해져 온다. 저녁에 가까운 마트까지 걸어서 다녀왔다. 걸음걸이가 불편하다 보니, 사용을 안 하던 다리 근육과 발가락이 아프다. 아직 무리하지 말아야겠다. 저녁 늦게 자리에 앉아 집중을 하지만 쉽지가 않다.

2019년 2월 2일 토요일 맑음

6시 30분 아침수련 1시간 10분. 몸을 풀고, 참전계경 10개 조를 읽은 후, 대각경 3회, 운장주, 천부경, 반야심경, 태을주를 암송하면서 잡념들이 생겨난다. 저녁에 생식을 먹은 후 식구들에게 소고기를 구워 주면서 같이 조금 먹었다. 식후 짜증이 슬슬 올라와 조심하며, 딸아이와 가까운 마트까지 걸어서 다녀왔다.

2019년 2월 3일 일요일 맑음

발을 다친 이후로 변의 색깔이 황금색에서 검은색으로 바뀌더니, 어제는 변이 딱딱해져 배변 시 힘이 들어 겨우 봤고, 오늘은 실패를 하였다. 보통 일어나자마자 큰 볼일을 봐야 하는데 아랫배가 묵직하다. 휴일이지만 출근을 하여 드레싱을 하고, 변비약을 처방받아 먹었다. 오전 내도록 화장실만 몇 번을 다녀오다가, 점심쯤 겨우 시원하게 마무리가 되었다. 물을 보통 때보다 더 자주 마셔야겠다.

『선도체험기』 118권이 나온 것 같다. 어떤 내용이 실렸을지 궁금해진다. 퇴근을 하면서 성적 유혹과 부정적인 생각이 들자 바로 알아차림과 동시에 약해졌다. 저녁에 중국 음식을 주문하면서 짜증이 밀려와서 지켜보고 있다.

2019년 2월 4일 월요일~2월 6일 수요일 설 연휴

설 전날 5시 아침수련 1시간 10분. 참전계경 10개 조를 읽고, 준비를 하고 대각경 3회를 암송하면서, 단전이 달아오른다. 오늘은 황금색 변을 봐서 그런지 머리도 맑고, 기분도 좋다.

화두 1단계부터 5단계까지 다시 찬찬히 외워본다. 5단계 화두에서 대각경이 자꾸만 가슴에 와 닿아 대각경을 계속 암송하면서 마쳤다. 모든 분께 감사의 인사를 드렸다.

단계별 화두수련 중 무엇을 보고, 느꼈는지도 중요하겠지만, 나에게는 그 무엇보다도 화두수련을 진행하고 있는 이 자체가 화두로 다가온다. 화두수련은 거울을 통해 나를 보는 것 같다. 나의 욕심과 자만심, 게으름과 어리석음을 보고 있다.

설날 아침에 차례를 시작하자 가슴이 묵직하고, 백회에 반응이 활발하더니 끝나고는 괜찮아졌다. 집으로 돌아와 저녁 늦게 자리에 앉아 호흡에 집중하니 백회에 반응이 크고, 단전에 기운이 쌓인다.

2019년 2월 7일 목요일 맑음

5시 30분 아침수련 1시간. 몸을 풀고, 대각경 3회, 운장주, 천부경, 반야심경을 암송하지만, 집중은 떨어지고, 피곤하다. 저녁에 딸아이의 새로 산 휴대폰을 봐주면서 짜증이 올라와 힘들었지만 큰 사고(?) 없이 마무리되었다.

2019년 2월 8일 금요일 맑음 : 6단계 식처

6시 10분 아침수련 1시간. 대각경 3회, 운장주, 천부경, 태을주를 암송하였다. 별다른 변화는 없고, 후반부로 갈수록 피곤해진다. 점심에 『선도체험기』를 읽으면서 연휴 동안 느슨해진 마음을 다잡아본다. 퇴근 시 생식을 먹는 중에 내일 삼공재 방문 가능하다고 사모님께서 전화를 주셨다. 발을 다쳐 당분간 방문이 어려울 것 같다고 말씀드리고, 선생님과 통화 후 6단계 화두를 받았다.

통화 후 몸이 부르르 떨리고, 열기가 생긴다. 요즘 운동도 많이 못 해 상태가 별로였는데, 죄송스럽기만 하다. 감사한 마음 동시에 부끄러움에 속으로 눈물을 삼켰다. 저녁 늦게 자리에 앉아 20분 정도 화두에 집중하니, 백회에 큰 반응이 생기고, 단전도 달아오른다.

2019년 2월 9일 토요일 흐림

기상이 늦어 『선도체험기』 중에 6단계 화두수련 부분을 집중적으로 읽고 마쳤다. 평소처럼 아침을 생식으로 먹고, 퇴근후 쉬었다. 좀 더 화두수련에 집중을 해야 하는데.

2019년 2월 10일 일요일 맑음

6시 20분 아침수련 1시간. 정화수, 사배 후 몸을 풀고 대각경을 3회 암송하고 화두에 들어간다. 백회에 기운이 일고, 심안에 화두 글자 전체가 떠 있는 것처럼 느껴지니 집중이 쉬워진다. 우주선인 듯, 동료들과 함께 있는데 고장이 났는지 내가 밖에 나가서 수리를 하려고 하니 다들 걱정스러운 눈빛으로 본다. 멀리서 우주선 벽체가 보이고 누군가 올라가고 있다.

그 후 심안에 몇몇 화면들이 스쳐 지나가지만 기억에 남지는 않는다. 중간에 몸이 좌우로, 머리가 도리도리하는 큰 진동이 있다. 기분 나쁘게 나를 보는 얼굴이 느껴져 무심으로 지켜보니, 몸에 전율이 생기며 차츰 흐려지는 느낌이다. 극락왕생을 빌어주었다. 그 이후 단체복을 입은 선수들이 줄을 서서 대기 중인 모습이 느껴지고, 어른과 어린아이들이 섞여 있다. 왠지 모르게 6단계 화두부터는 이전과는 다르게 좀 더 진지하게 임하게 된다.

점심은 화식으로 먹고, 아이들을 슬라임 카페에 데려다 주고 바로 나왔는데 중단전이 많이 막힌다. 인근 카페에서 커피를 마시면서 『선도체험기』 118권을 읽었다. 저녁 식사 전에 서재에서 책을 다시 읽으면서 집중을 하니 잠시지만 깊게 몰입을 하였다.

2019년 2월 11일 월요일 맑음

5시에 자리에 앉았지만, 너무 피곤하여 다시 누웠더니 시간이 많이 지났다. 점심때 화두에 집중하다가 잠이 들었고, 오후에 업무 중 화두를 암송하니 백회에 반응이 커진다. 저녁을 생식과 반찬으로 먹고, 마트를 다녀와서 TV 드라마를 보다가 수련시간을 놓쳤다.

2019년 2월 12일 화요일 맑음

6시 10분 아침수련 1시간. 몸이 무거워 그냥 자리에 앉아 경구 암송 후 화두에 들어간다. 잡념들이 가끔 있지만, 집중은 그런대로 좋았다. 백회와 하단전의 반응이 좋았고, 독맥과 중단전이 시원하다. 진동이 세차게 생기면서 몸통이 좌우로 흔들거리고 회전을 한다. 하지만 후반부로 갈수록 뭔지 모르게 몸이 찌뿌등하다.

오후 회의 중에 백회에 묵직하게 기운이 느껴진다. 저녁 생식을 미리 먹고, 아이들과 밖에서 또 먹었다. 식탐은 여전히 나를 정신을 못 차리게 한다. 아침과 점심은 생식으로만 먹으니 간편하고 좋은데, 저녁은 생식을 먼저 먹고 반찬 위주로 먹지만 과식을 하는 경우가 종종 있다. 오늘도 그런 날이다.

2019년 2월 13일 수요일 맑음

5시 50분 아침수련 1시간. 정화수, 사배 후 몸을 풀고 자리에 앉았지만, 일에 대한 잡념이 계속 생겨난다. 대각경과 천부경을 암송한 후 화두에 들어가지만, 집중이 어렵다. 시간을 조금 남겨 주고 『선도체험기』 현묘지도 수련기를 잠시 보면서 하단전에 열기도 생기고, 머리도 맑아진다.

점심때 가족을 잃은 직원을 찾아가 조문을 하고 왔다. 오후 내도록 컨디션이 별로이다.

저녁 늦게 TV를 보다가 잠시 집중을 하니, 백회와 하단전의 반응이 크다. 다친 발은 많이 좋아져서 깁스는 풀었다. 엄지발가락에 붕대를 감고, 다친 부위가 닿지 않도록 슬리퍼를 신고 다니고 있다. 아직 오랜 시간 동안 움직이는 건 아직 무리지만, 짧은 거리를 조금씩이라도 움직여 봐야겠다.

2019년 2월 14일 목요일 맑음

5시 30분 아침수련 1시간. 정화수, 사배 후 몸을 풀고 자리에 앉았다. 초반 30분은 집중이 잘되었지만, 그 이후로 너무 피곤하여 잠시 누웠다가, 다시 앉아서 졸았다. 점심 생식을 먹고 오후에는 휴가여서 아이들 간식을 챙겨주면서 같이 먹었더니 배가 너무 부르다. 저녁은 피자를 먹느라 생식을 못 하였다. 저녁 늦게 자리에 앉아 『선도체험기』를 읽으면서, 자연스럽게 하단전에 집중이 되고 수식관으로 40분 정도 수련을 하였다.

2019년 2월 15일 금요일 흐림

5시 40분 아침수련 1시간. 준비하고 자리에 앉아 참전계경 10개조를 읽었다. 경구 암송 후 6단계 화두에 들어가니 인당에 반응이 활발하다. 심안으로 화면들이 스쳐 지나가지만, 기억에 남지 않는다. 화두 암송 중간에 5단계 화두가 자꾸 외워져서 집중하니 백회에 아무런 기운의 반응도 없고, 깨끗하고 아무것도 없는 느낌이다. 다시 6단계 화두를 암송하자 확연히 차이가 난다. 아마도 기운의 변화를 비교해 보라는 것 같다. 어제 저녁 수련 때 콧물이 나더니, 아침에도 그렇다.

출근하는데 짜증이 나면서 감정이 조금 흔들려 집중을 하고 있다. 오전 근무 중 전화 통화 후 중단전이 심하게 막혀온다. 시간이 지나면서 답답함이 풀린다. 퇴근 무렵 하단전이 달아오른다. 아내가 업무 때문에 마음이 무거운 것 같아 안쓰럽다. 저녁 늦게 자리에 앉아 잠시 집중을 하니, 하단전과 백회의 반응이 크다.

2019년 2월 16일 토요일 오전 눈, 오후 흐림

6시 20분 아침수련 1시간. 경구를 암송하면서 하단전에 기운이 느껴진다. 화두 중에도 따뜻함이 계속되고, 백회에 기운의 반응은 아직 있고, 별다른 화면과 천리전음은 없는 상태이다. 급한 업무를 처리하고, 퇴근 무렵 현묘지도 카페 글을 읽으면서 단전이 달아오른다.

2019년 2월 17일 일요일 맑음

7시 40분 아침수련 40분. 경구 암송 후 화두에 집중한다. 기운이 조금 약해졌다. 처가 집으로 가는 운전 중에 한글 반야심경을 들으니 하단전과 독맥이 달아오른다. 늦은 저녁에 『선도체험기』를 잠깐 읽고, 자리에 앉아 집중을 해 본다.

2019년 2월 18일 월요일 맑음

꿈. 이삼십 명 정도의 사람들이 한옥으로 된 서당(?)에 들어가 차례로 앉길래, 같이 들어가 중간쯤에 앉았다. 약간 어수선하지만, 분위기는 좋아 보인다. 제일 앞에 선생님께서 앉아 계시는 느낌이 들고, 몇 번 쳐다보시는 것 같다.

5시 20분 아침수련 50분. 대각경 3회, 천부경 3회 후 화두에 들어가니, 백회에 반응이 일어난다. 기운은 약해졌고, 별다른 변화는 없다. 출근하면서 아랫배가 아프더니, 화장실을 다녀온 후 조금 좋아졌지만 속은 거북하다. 종일 배가 불편하였지만, 퇴근하면서 많이 좋아졌다. 늦은 저녁에 잠시 앉아 집중하지만 쉽지가 않았다.

2019년 2월 19일 화요일 비

6시 10분 아침수련 1시간. 몸을 풀고 자리에 앉아 경구를 암송하고, 화두에 들어간다. 몸이 전체적으로 무겁고 삐거덕거리고, 이곳저곳이 막힌 느낌이다. 중간에 잠깐 졸다가 다시 집중하니, 머리 위로 작은 소용돌이 우주(?) 모습이 아주 잠깐 떠오른다. 그리고 운기가 되면서 몸이 훈훈해지고 편안해진다. 몸과 머리가 도리도리하는 강한 진동으로 마무리를 하였다. 현묘지도 카페 글을 읽으면서 백회에 큰 반응과 하단전이 달아오른다. 저녁에 『선도체험기』를 읽고, 잠시 집중을 한다.

2019년 2월 20일 수요일 흐림

5시 50분 아침수련 1시간. 몸을 풀고, 경구 암송 후 화두에 들어가니 고요하고 편안하다. 별다른 변화는 없다. 오후에 몸은 무겁고, 종일 업무에 많이 바쁘다. 저녁에 생식과 반찬, 간식을 먹고 잠시 누웠는데 늦게까지 잠이 들었다.

2019년 2월 21일 목요일 맑음

6시 40분 아침수련 40분. 몸을 풀고 앉아 대각경 3회, 천부경 3회 후 운장주를 암송하고 화두에 들어간다. 백회에 기운이 일고, 단전이 조금씩 달아오른다. 오전에 의욕이 떨어지고, 부정적인 감정이 조금씩 올라온다. 점심때 현묘지도카페 글을 읽으면서, 백회에 기운이 느껴진다. 요즘 자주 있는 현상이다. 오후에 업무를 보다가 제자들 수련에 아낌없이 도와주시는 선생님 생각이 나서 목이 메였다.

퇴근 무렵 단전이 달아오르고, 몸에 열기가 돈다.

2019년 2월 22일 금요일 맑음

6시 30분 아침수련 50분. 수련 준비를 하고 경구, 운장주를 암송하면서 하단전이 시원하다. 6단계 화두에 들어가자 중단전에 기운이 모이면서 진동이 크게 일어난다. 백회와 인당, 중단전과 하단전이 번갈아 가며 달아오르고, 시원하기도 하다. 11가지 호흡 중 8, 9, 10번이 진행되었다. 하단전이 뜨거워진 김에 독맥으로 소주천을 두어 번 돌렸다. 호흡이 편안하여 쉽게 집중이 된다.

점심때 일지를 정리 후 하단전에 집중하니 뜨거운 느낌이 든다. 저녁 식사량을 조절하기 위해서는 생식을 더 먹어야 하는데, 마음속에서는 더 먹으면 배가 불러 맛있는 것을 그만큼 못 먹는데 하는 속삭임이 들려온다. 그 속삭임에 굴하지 말아야 하는데 아직 관하는 능력이 부족한 듯하다.

2019년 2월 23일 토요일 맑음

6시 30분 아침수련 50분. 분명히 4시에 깨어 시계를 보고 잠깐 누웠는데 시간이 한참 흘렀다. 정화수, 사배 후 몸을 풀고 대각경 3회, 천부경 3회, 운장주를 암송하고 화두에 들어간다. 백회에 반응은 미미하고, 단전은 약하지만 달아오른다. 잡념이 자꾸 떠올라 집중이 흩어진다. 역시 번거로운 일들이 있으니 자꾸 신경이 쓰인다. 욕심을 내지 말자는 생각이 들어, 정심, 무심을 외우면서 수련을 마쳤다.

체중이 자꾸 불어나 이제는 어떻게든 운동을 하고자 각오를 다져 본다. 현묘지도 카페에 일지를 정리하여 올린 후 답글이 있다는 알람이 휴대폰에 뜬다. 순간 단전이 달아오르고 온몸으로 운기가 된다. 직감적으로 누구인지 알 것 같다. 잠시 집중을 해 보니 상, 중, 하단전이 달아오르고, 특히 중단전이 더 반응이 크다. 대단한 기운이다. 저녁으로 피자를 먹었다.

2019년 2월 24일 일요일 맑음

7시 30분 아침수련 1시간. 정화수, 사배 후 몸을 풀고 자리에 앉아 대각경 3회, 천부경 3회, 운장주를 암송하면서, 하단전, 중단전이 달아오른다. 실제로 차갑지는 않지만 시원한 느낌이다. 인당도 계속 욱신거리고, 화두에 들어서도 한동안 지속이 된다. 몸이 개운하지 않아 깊은 집중은 안 되었지만, 왠지 모르게 불안하던 마음은 조금 진정이 되었다.

오후에 커피를 한잔하면서 『선도체험기』를 읽었다. 저녁을 밖에서 먹으면서 딸아이의 짜증에 슬슬 기분이 안 좋아지는 걸 지켜보고 있다. 아이들 투정에 화가 목구멍까지 올라왔지만, 꾹 참고 계속 지켜보면서 잘 넘어갔다. 이후 아무 일도 없었다는 듯이 웃고 장난치는 아이들 모습에 나는 아직도 그 일을 붙잡고 있다는 걸 알았다.

2019년 2월 25일 월요일 맑음

5시 40분 아침수련 1시간. 준비하고 자리에 앉자마자 뭔지 모를 불안감이 생긴다. 아마도 어제 저녁에 들어온 손님 때문인 것 같다. 경구와 운장주를 암송하면서 차츰 엷어진다. 30분 정도 지나자 너무 피곤하여 누워서 잠시 쉬다가 잠이 들었다.

교실 안인데 제일 뒤에 앉아 졸고 있다. 교육을 마치고 사무실로 돌아오니 막내 직원이 청소하고 있다. 바닥에 못 보던 이상한 물건이 있어 손으로 집어 보니, 자물쇠처럼 보인다. 잠이 깨어 다시 앉아 집중하니, 인당에 반응이 있고, 하단전과 중단전이 달아오른다.

출근을 하고도 개운하지가 않고, 중단전이 갑갑하다. 아이들 저녁을 챙겨주고 짜증이 계속 올라오고 있다. 머리도 무겁고, 컨디션이 별로이다. 늦게 퇴근한 아내의 잔소리에 성질을 조금 냈지만 이내 후회를 하고, 숨을 고르고 있다.

2019년 2월 26일 화요일 맑음

일어날 시간이 되었지만, 몸이 천근만근이다. 겨우 늦게 일어나 자리에 앉았지만, 힘이 들어 수련은 쉬었다. 오전 내도록 피곤하여 졸음이 오고, 컨디션이 별로라서 오후에는 쉬고 싶어진다. 점심을 생식과 견과류를 먹고, 『선도체험기』를 읽은 후 상태가 조금씩 좋아지고 있다. 하단전과 중단전이 달아오르고, 운기가 되어 몸이 더워진다. 저녁을 생식과 반찬을 먹고, 아이들 간식을 사러 가까운 마트까지 운동 삼아 다녀왔다.

2019년 2월 27일 수요일 흐림

6시 30분 아침수련 50분. 정화수, 사배 후 몸을 풀고, 자리에 앉아 경구와 운장주를 암송하다가 화두에 들어간다. 백회에 반응이 일어나고 하, 중단전에 열기가 생기고, 인당에 자극이 일어난다. 아이들 점심과 저녁을 챙겨주면서 생식을 미리 먹었지만, 또 같이 먹었다. 오늘도 먹는 것에 정신을 못 차리고 있다. 자정이 넘어 자리에 앉아 화두에 잠시 집중을 하니 백회에 반응이 크다.

2019년 2월 28일 목요일 맑음

늦게 잤더니 기상이 너무 늦어 수련은 쉬었다. 몸 상태가 너무 안 좋다. 점심때 아들 밥을 챙겨주면서 슬리퍼를 신고 조금 걸었다. 발 상처는 아직 낫지 않았지만, 심하게만 안 디디면 아프지 않아서 슬슬 운동 준비를 해 봐야겠다. 최근 저녁 이후로 아내와 아이들 짜증에 민감해지는 경우가 빈번하다.

2019년 3월 1일 금요일 맑음 : 삼일절 휴일

5시에 깨어 화장실을 다녀온 후 자리에 앉았지만, 성적 유혹만 커지고 집중이 안 된다. 그냥 편하게 누워서 운장주를 가볍게 외우다가 잠이 들었다. 6시 36분 아침수련 1시간. 자리에 앉으니 허리가 펴지고, 자세도 편하다. 이런 경우 집중이 잘되는 날이다. 운장주를 암송하면서 하단전이 뜨겁게 반응을 한다. 독맥으로 소주천을 두어 번 돌리면서 성욕은 사그라진다.

내친김에 대맥도 여러 번 돌렸다. 무릎 위에 올려놓은 손(노궁)으로 기운이 묵직하게 들어오고, 인당, 백회에도 들어오니 온몸이 훈훈해진다. 몸 전체가 열기로 가득하다. 최근 며칠 힘들었는데 편안해진다. 화두에 집중하니, 사막인데 소용돌이치는 모래 늪이 잠깐 보인다. 장면이 바뀌면서 흡사 그랜드캐니언처럼 깊은 계곡 위를 잠깐 비행을 한다. 백회로 기운이 더 이상 들어오지 않는다. 마친 것일까? 욕심내지 말고 차분히 더 지켜봐야겠다. 오후에 집 근처 카페에서 커피 한 잔에 『선도체험기』를 읽고, 이발하였다.

2019년 3월 2일 토요일 맑음

6시 24분 아침수련 1시간. 온몸이 군데군데 막힌 느낌이다. 자리에 앉아 운장주를 15분 암송하고, 대각경, 천부경을 각각 3회를 암송하면서 하단전과 중단전이 달아오른다. 독맥으로 소주천를 두어 번을 돌리고, 대맥도 돌린 후 화두에 들어가니 백회의 반응은 약하고, 하, 중단전에 열기가 지속된다. 중간에 진동으로 막힌 곳들을 풀어주니 조금 개운해졌다.

발 상태가 어떤지 살살 걸어서 출근하니 다닐 만하다. 퇴근후 일지를 정리하여 올린 후 독맥으로 열기가 돈다. 낮에 생식을 먹고 도넛도 먹어서 그런지 속이 편하지 않아 저녁은 구운 닭다리만 2개 먹었다.

2019년 3월 3일 일요일 맑음

6시 40분 아침수련 1시간. 운장주를 한동안 암송하고, 대각경, 천부경 각각 3회를 암송하면서 하단전이 달아오르고, 몸에 열기가 생긴다. 화두에 들어가니 백회의 반응은 미미하다. 매번 먹을 때마다 음식 종류와 양을 확인하면서 자제를 하지만 또 많이 먹었다. 저녁은 아이들 먹을 찌개를 만들어 주고, 생식 없이 조금만 먹었다.

2019년 3월 4일 월요일 맑음

6시 아침수련 1시간. 정화수, 사배 후 몸을 풀고 경구 3회 후 운장주를 암송하고 화두에 집중하지만, 피곤해서인지 비몽사몽이다. 중간에 10분 정도 누워서 잤다. 전체적으로 잡념이 많고 뭔지 안정이 안 되어 어수선한 느낌이다. 화두 중 '네 잘못이다' 하는 흥얼거리는 목소리가 3번 들렸다. 내가 뭘 잘못했을까? 딱히 생각나는 것이 없고, 기억을 더듬어 봐도 모르겠다. 잘못이 있으면 고쳐 나아가면 될 것이다.

딸아이 아침을 챙겨주면서 생식도 먹었는데 아무 생각 없이 같이 먹다 보니, 양이 많았나 보다. 속이 편하지 않다. 점심에 『선도체험기』를 읽었다. 오후에 직원의 고민을 들어주면서 중단전이 갑갑하다.

2019년 3월 5일 화 맑음

6시 40분 아침수련 40분. 경구와 운장주를 암송하지만, 머릿속에 잡념이 가득하다. 점심때 잠시 집중을 하지만 이내 잠이 들었다. 오후 내도록 피곤하고 의욕이 없다. 오후 늦게 회의를 하면서 기운이 많이 떨어져 하단전에 집중하였다.

2019년 3월 6일 수요일 흐림

5시 50분 아침수련 1시간. 몸을 풀고 앉아 경구와 운장주를 암송하면서 또 비몽사몽 하고 있다. 피곤하여 앉아있는 것도 힘이 든다. 마치고 자리에 잠시 누웠다. 오전에 몸 상태가 서서히 좋아지고 있고, 오후 늦게 카페와 블로그 글들을 읽으면서 단전이 뜨거워진다. 아직도 많은 것을 내려놓아야 한다. 수련을 하면 할수록 작은 것에도 자꾸만 부끄러워진다. 늦은 저녁에 발 상태를 확인해 보니 새살이 돋아나고 디딜 때 거의 아프지 않다. 내일 출근 시 운동화를 신어보고 괜찮으면 운동을 시작해야겠다.

2019년 3월 7일 목요일 맑음

5시 30분 아침수련 1시간. 운장주를 계속 암송하면서 비몽사몽 중이다. 집중이 너무 안 되어 중간에 그냥 누워서 잤다. 근무 전에 현묘지도 카페 글을 읽으면서 몸에 열기가 돈다. 점심 후 단전에 집중하면서 잠이 들었다. 저녁에 딸아이와 마트를 가서 짜증만 많아졌다. 뭔가 마음속에 불안한 부분이 있는 건지.

2019년 3월 8일 금요일 맑음

6시 30분 아침수련 55분. 수련 준비를 하고 경구 암송 후 6단계 화두에 들어간다. 한참 후 광활한 우주를 떠올리면서 '내가 우주이다', '우주와 하나이다'라는 생각을 해본다. 기운줄이 연결이 된 느낌이 들고, 모두가 나와 같고, 본성의 다른 모습일 뿐, 삼라만상 모든 것이 그러한듯하다. 버스가 서 있고, 내리는 사람들, 서성이는 사람들이 많은 광장이 심안에 몇 번 보인다. 선명하게 보이지는 않지만, 이전보다는 좀 더 세밀하게 묘사가 된다. 그냥 무심하게 봐야 하는데. 백회에 자극이 있어 며칠 더 지켜봐야겠다.

출근하면서 오랜만에 운동화를 신고 걸어보니 상쾌한 기분은 들지만, 조용한 곳으로 가서 쉬고 싶어진다. 점심 후 단전에 집중하면서 잠이 들었다. 오후 퇴근 무렵 단전이 달아오르기 시작한다. 자정이 넘어 자리에 앉아 집중하니 백회에 큰 반응이 온다.

2019년 3월 9일 토요일 맑음

6시 25분 아침수련 50분. 정화수, 사배 후 경구와 운장주 암송 후 화두를 시작한다. 백회의 반응은 미미하고 중간에 졸았는지, 내 이름을 부르는 고음의 여성 목소리에 놀라 몸에 전율이 오르고 정신이 든다. 다시 화두에 집중하니 꿈인지 생시인지, 산 정상에 몇몇 사람들과 같이 올라가서 홀로 정좌를 하고 있다. 이상하게도 한번도 본 적이 없는 이상한 작은 새(?)가 나에게 몇 번을 날아와서 손짓으로 쫓았다. 그리고 내가 있는 공간 전체에 물이라도 부었는지, 마치 물속이라도 들어가 있는 느낌이 들고, 뭔가 많은 생물이 떠다니는 느낌이 든다. 숨이 막히면 어떻게 하나는 생각에 깨었다. 저녁 늦게 자리에 앉아 단전에 집중하니 백회에 기운이 인다.

2019년 3월 10일 일요일 비

6시 50분 아침수련 1시간. 대각경 3회, 천부경을 계속 외운 후 6단계 화두에 들어간다. 백회에 작은 반응들이 있고, 초반에 잡념이 많아 집중이 어려웠지만, 시간이 지날수록 안정이 되어간다. 중간에 화산이 폭발하는 스톱모션 애니메이션이 잠시 떠오른다.

저녁을 화식으로 간단히 먹고 난 후 짜증이 올라와 아내에게 성질을 내고는 돌아서서 후회한다. 원인은 모두 나에게 있는데, 아내의 말에 발끈한 것이다. 아직 멀고도 멀었다. 마음이 무겁고 부끄럽다.

2019년 3월 11일 월요일 맑음

5시 40분 아침수련 30분. 잠이 부족하다. 경구를 3회 외운 후 운장주를 계속 암송하면서 30분 정도 앉아있다가, 힘이 들어 누웠더니 잠이 들었다. 아마도 지난밤 화를 낸 것이 원인인 듯하다. 걸어서 출근하니, 운기가 되는지 가라앉았던 기분이 좋아진다. 점심쯤 수련기를 읽으면서 단전이 달아오르고, 명상음악을 듣다가 잠에 빠져들었다. 오후 업무를 보면서 틈틈이 운장주를 암송하고 있다. 저녁에 오랜만에 50분 정도 걸으니 기분이 상쾌해진다. 상처 부위는 아프지 않지만, 발톱이 살을 파고들어 통증이 있다. 며칠 살살 걸으면서 살펴봐야겠다.

2019년 3월 12일 화요일 맑음 / 비

6시 40분 아침수련 50분. 경구와 운장주를 암송하면서 단전이 달아오른다. 화두에 들어가니 백회에 반응이 있지만 크지 않고, 하단전에 열기가 지속된다. 발톱 부위가 계속 아파 차를 타고 출근을 하였다. 오후에 회의 직전에 하단전과 몸에 열기가 생기면서 기운이 인다. 덕분에 긴장은 조금 했지만 잘 마친 것 같다. 저녁 늦게 자리에 앉아 화두에 집중하니, 백회에 기운이 느껴진다.

2019년 3월 13일 수요일 맑음

6시 아침수련 40분. 일어나자 배가 끊어질 듯 아프다. 자리에 앉아 운장주와 태을주를 한참 암송한 후 좋아졌지만, 출근하고 시간이 지날수록 다시 아파 온다. 뭘 잘못 먹은 걸까? 아침에 아들도 배가 아프다고 했는데. 녹차를 종일 조금씩 마셔서 그런지 아픈 배는 진정이 되었다. 저녁으로 생식과 삶은 달걀, 순두부를 먹고, 30분 정도 걸었다. 저녁 늦게 잠시 화두에 집중한다.

2019년 3월 14일 목요일 맑음

6시 10분 아침수련 1시간. 대각경, 천부경을 각각 3회를 외운 후 운장주를 길게 암송하지만, 하단전의 반응은 약하다. 화두에 들어가 한참 후에 중단전에 기운이 일고, 독맥도 달아오른다. 어릴 적에 부모님 함께 찍은 듯한 느낌의 사진과 아기 사진들이 스쳐 지나간다. 나인 듯 아닌 듯. 중간에 얼굴에 감정을 드러낸 몇 분의 모습들이 느껴져 그 모습에 집중하면서 해원상생, 극락왕생을 빌어주었다. 오후 늦게 갑자기 숨을 쉬기 어려울 정도로 중단전이 심하게 답답하여, 운장주를 암송하고 있다. 특별한 것은 없었는데, 뭘까? 저녁에 생식 후 고기를 먹어서 그런지 슬슬 짜증이 올라온다.

2019년 3월 15일 금요일 맑음

6시 40분 아침수련 50분. 대각경, 천부경을 3회씩 외운 후 운장주를 암송하면서 단전이 달아오른다. 가슴 부위가 빼근하던 것이 풀어진다. 화두를 암송하니 백회에 반응이 있고, 하, 중단전에 열기가 생긴다. 출근하면서 기분이 별로이고, 뭔가 모르게 조금 예민한 상태여서 조심하고 있다. 생식으로 점심을 먹고, 선생님께 전화를 드려 내일 방문 일정을 잡았다. 오후 3시 백회에 반응이 생기면서, 하단전이 달아오른다.

2019년 3월 16일 토요일 맑음

5시 40분 아침수련 40분. 운장주를 암송하면서 비몽사몽이다. 다친 발 때문에 거의 2달 만에 삼공재를 방문하였다. 발 상처에 밴드를 붙였더니 걸을 만하다. 택시를 타자 어김없이 기다렸다는 듯이 중단전이 묵직하고 답답하다. 버스를 타고 중단전이 더 쪼여와서 상경 중에 운장주를 계속 암송하였다.

강남구청 건물 안 의자에 앉아 하단전에 집중하니 뜨겁게 달아올라, 1시간 정도 화두를 암송하면서 수련을 하였다. 선생님께 인사를 드리니 환한 미소로 반겨주신다. 자리에 앉자 부드럽고 포근한 기운이 얼굴을 감싼다. 대각경, 천부경, 운장주를 암송한 후 화두에 집중하지만, 잡념들이 자꾸만 올라온다. 수련을 마치고 생식을 주문한 후 분식집에서 간단히 뒤풀이하고 집으로 돌아왔다. 감사한 마음이 크게 든다.

2019년 3월 17일 일요일 맑음

7시 아침수련 1시간. 대각경, 천부경을 3회씩 외운 후 운장주를 암송하고, 화두에 들어가자 백회에 반응과 하단전이 달아오른다.

2019년 3월 18일 월요일 맑음

6시 20분 아침수련 1시간. 정화수, 사배 후 몸을 풀고 대각경, 천부경을 각각 3회 외운 후 운장주를 암송하면서 몸과 머리에 진동이 크게 온다. 화두에 들어가니 맑고 투명한 느낌이 잠시 든다. 잠깐 잠에 빠졌는지 내 이름 석 자를 부르는 여성 목소리에 깨었다. 지도령인지 물어보니 반응이 없고, 보호령인지 물어보니 진동과 백회에 반응이 있지만 맞는지는 모르겠다.

6단계 화두는 아직 기운이 들어오고 있어, 좀 더 지켜봐야겠다. 중간에 파노라마처럼 펼쳐지는 그림들이 보일 듯 말 듯한다. 점심때 수련 초창기 때 작성한 일지를 읽으면서, 하단전이 달아오른다. 늦은 저녁에 집안에서 제자리걸음과 스쿼트 및 근력운동을 하고, 자리에 앉아 집중한다. 백회의 반응이 크게 느껴진다.

2019년 3월 19일 화요일 맑음

6시 40분 아침수련 40분. 태을주를 암송하면서 하단전이 뜨거워진다. 화두에 들어가니 기운은 많이 약해졌다. 방편에 너무 얽매이지 말자. 회의 중 직원과 언쟁이 붙었다. 평소답지 않게 오는 말을 되받았더니 어색하게 되었다. 회의를 마치고 난 후 감정의 동요는 별로 없는데, 중단전이 숨쉬기 힘들 정도로 심하게 막힌다. 좀 자제를 해야 했는데, 부끄럽기도 하고 후회가 밀려온다. 앞으로는 조심에 또 조심을 해야겠다. 저녁에 발 상처를 소독하다가 붙어있던 딱지가 떨어지면서 말끔한 살이 보인다. 발톱은 좀 흔들 하지만 이 정도면 다니는 데 크게 불편은 없을 것 같다. 저녁 늦게 40분 정도 단전에 집중하니, 백회에 반응이 크다.

2019년 3월 20일 수요일 맑음

새벽 꿈에 여인이 나타나 성적 유혹을 하여 이러면 안 되는데 하면서 꿈에서 깨어보니 다행히 민망한 일은 없었다. 6시 30분 아침수련 50분. 운장주, 천부경, 반야심경을 암송하고, 화두에 들어가니 별다른 반응이 없다. 마음을 비우고 좀 더 지켜봐야겠다. 수련 중 인당에 집중이 되고, 몸과 머리가 도리도리, 빙글빙글하며 진동이 세차게 일어난다. 어제 일에 영향이 큰 것 같다. 몸이 아직도 뻐근하다. 출근하여 차분하게 상황을 보고 있다.

점심때 운동 삼아 걷고 나니, 운기가 되는지 하단전과 몸에 열기가 오른다. 오후에 갑자기 중단전에 심하게 압박감이 와서 운장주를 염송하고 있다. 퇴근 무렵 중단전이 풀리기 시작하고 대맥에 열기가 감지된다. 저녁 늦게 자리에 앉아 40분 정도 축기에 집중을 하니 몸이 훈훈해진다.

2019년 3월 21일 목요일 흐림

6시 20분 아침수련 1시간. 자리에 앉아 운장주를 암송하고, 화두에 들어가지만 별다른 반응이 없다. 마음 한구석에 빨리 마쳐야지 하는 생각이 들어서일까? 걸어서 출근한 후 업무를 시작하면서 삐~ 소리가 1분 정도 계속 들린다. 점심쯤 조퇴를 하고 싶을 정도로 몸 상태가 안 좋지만, 오후에 약속된 업무가 있어 버티고 있다. 점심은 먹지 않고 일지를 정리하였다. 저녁을 생식과 반찬, 과자를 먹고 잠시 누웠더니 일어나기가 싫어진다. 아내 잔소리에 겨우 일어나 재활용 쓰레기를 버리고 마트까지 걸어서 다녀왔다. 저녁 늦게 누워 와공을 시도하다가 그대로 잠이 들었다.

2019년 3월 22일 금요일 맑음

5시 50분 아침수련 1시간. 운장주와 천부경을 암송하고, 화두에 들어가지만 별다른 반응이 없다. 이후 호흡에만 집중을 하니 잡념들이 생기지만 하단전은 따뜻해지고, 약한 진동과 함께하였다. 어제 TV에서 들은 혜민 스님의 '나에게는 나를 먼저 사랑해 줄 의무가 있다'라는 말씀이 생각난다.

점심 생식 후 혜민 스님의 책을 읽고, 내일 방문하고자 선생님께 전화를 드리니 직접 받으신다. 긴장은 조금 되었지만, 얼굴엔 자꾸 미소가 지어진다. 현묘지도 카페 글을 읽으면서 하단전이 달아오른다. 걸어서 퇴근하여 저녁 식사로 생식과 삶은 달걀, 돼지갈비를 먹고 1시간 정도 걸었다. 발걸음이 너무나 가볍다.

2019년 3월 23일 토요일 맑음 / 비

6시 20분 아침수련 40분. 운장주로 시작하여 화두에 들어갔지만, 너무 피곤하다. 어제저녁 운동이 과했나 싶다. 삼공재에 도착하여 인사를 드리고, 선생님 미소에 마음이 편안해진다. 자리에 앉아 집중하니 따뜻하고, 포근한 기운이 얼굴을 감싼다. 평소처럼 진행을 하다가 화두에 들어간다. 6단계 화두 기운이 더 이상 안 들어오면 다음 화두를 받으려고 하였으나, 집중하자 백회와 하단전에 기운이 쌓인다. 아직 좀 더 기다려야겠다. 욕심이 앞섰나 보다. 저녁 생식을 먹고, 간식으로 빵을 사서 아이들과 같이 조금 먹었다. 밤이 깊었지만 잠이 안 와서 TV를 보다가 늦게 잠이 들었다.

2019년 3월 24일 일요일 맑음

설거지와 아이들 아침을 차려주고 쉬었다. 저녁을 먹고, 딸아이와 40분 정도 걸으면서 짜증이 올라와 한걸음 물러나 지켜보고 있다. 저녁 늦게 자리에 앉아 집중하지만 흐름이 자꾸 끊어진다.

2019년 3월 25일 월요일 맑음

5시 50분 아침수련 1시간. 대각경, 천부경, 운장주를 암송한 후 화두에 들어가지만, 몸이 뻐근하고 피곤하다. 후반에 15분 정도 누워서 와공을 시도하다가 잠이 들었다. 아침부터 상태가 많이 안 좋아, 안으로 갈무리를 하고 있다. 종일 피곤하다. 저녁을 먹고 30분 정도 걸었다. 저녁 늦게 잠시 자리에 앉아 집중 한다.

2019년 3월 26일 화요일 맑음

6시 30분 아침수련 1시간. 절 운동 10회, 대각경, 천부경을 3회씩 외운 후 하단전에 집중하면서 화두에 들어가니, 조금씩 달아오른다.

혜민 스님 책을 읽고 있어서 그런지, '나 자신을 사랑하자'라는 생각이 든다. 오늘은 출근하면서 계속 의수단전을 하고 있다. 업무로 힘들어하는 모습이 안쓰러워, 아내가 좋아하는 음식으로 점심을 같이 먹었다. 생식을 미리 먹었기에 양을 조절해야 하는데, 맛있는 것 앞에서는 자꾸만 무기력해진다. 결국 힘든 오후를 보냈다. 저녁으로 생식과 채식라면을 조금 먹고 20분 정도 걸었다

2019년 3월 27일 수요일 맑음

6시 10분 아침수련 1시간. 운장주를 가볍게 암송하고 6단계 화두를 시작하면서 하단전에 집중한다. 10분 정도를 남겨 두고 잠이 들었는지, 고양이(?) 한 마리가 내 손바닥에 코를 비비면서 'Yes', 'Yes' 하는 모습이 너무 귀엽다. 오전에 잠깐 졸았는데, 삼공재에 여러분이 계시고 나는 서서 있는데 선생님께서 나를 보시더니 오른쪽 옆자리로 와서 앉으라고 손짓을 하신다. 걸어서 출근을 하다. 점심때 저번에 산 CD를 들으면서 하단전에 집중을 하다. 저녁에 30분 정도 걸은 후 저녁 늦게 자리에 앉아 40분 정도 화두 기운과 함께하였다. 편안하여 시간이 늦었지만 좀 더 있고 싶어졌다.

2019년 3월 28일 목요일 맑음

6시 38분 아침수련 30분. 앉자마자 화두에만 집중하니 하단전에 서서히 반응이 오고 백회에도 기운이 느껴진다. 출근하면서 약간의

우울 증상이 있다. 점심으로 생식과 쑥떡을 먹고, 아리랑 음악을 들으면서 하단전이 달아오르고, 답답하던 중단전도, 불편하던 마음도 조금 풀린다.

퇴근 무렵 자기주장만 하는 직원과 통화를 하면서 중단전에 바위가 누르는 것 같은 압박감이 생긴다. 벽하고 이야기를 하는 것 같다. 저녁으로 생식을 미리 먹은 후 아이들과 순댓국(밥 없이)을 먹었다. 식사후 장을 보면서 걸었더니 답답함은 많이 풀렸다. 저녁 늦게 자리에 앉아 잠시 집중을 한다.

2019년 3월 29일 금요일 맑음

6시 10분 아침수련 1시간. 대각경, 천부경을 3회씩 외운 후 화두에 들어간다. 하단전에 집중하니 기운이 느껴진다. 걸어서 출근하고 점심때 잠시 또 걸었다. 오후에 하단전이 달아오르기 시작한다. 저녁에 40분 정도 걸은 후 늦게 자리에 앉아 40분 정도 백회로 쏟아져 내리는 기운과 함께하다.

2019년 3월 30일 토요일 맑음 / 비

6시 15분 아침수련 1시간. 대각경, 천부경을 각각 3회 외운 후 화두에 들어가지만, 기운의 변화는 잘 모르겠다. 백회에 반응이 있는 것 같으나 약한 것 같기도 하고, 하단전은 은은히 달아오른다. 구불구불한 강이 보이고 그 끝에는 바다가 펼쳐져 있고, 수평선에 태양이 점점 떠오르고 있다. 고개를 들었더니 형광등 불빛 때문에 밝아지더니 따뜻한 햇살이 나에게로 쏟아지는 느낌이 든다. 기분이 좋아지고, 모든 분께 감사의 인사를 드리고 마쳤다.

혜민 스님의 『고요할수록 밝아지는 것들』 책을 모두 읽으면서 그동안 답답해하던 부분이 풀렸다. "내 생각, 내 느낌 안에서 고요한 침묵이 있는 것이 아니라, 고요한 침묵 안에서 생기고 사라지기를 반복하는 내 생각, 내 느낌들이 있다. 지금의 모든 것들은 고요한 큰 안의 먼지들이다. 일어나고, 없어지고, 다시 일어나고, 없어지는 이 모든 것 또한 나이다. 생기고, 사라지는 것을 그냥 무심하게 지켜만 보자. 고요한 침묵은 끝없는 우주(공)이다"라는 생각이 들면서 마음이 편안해진다. 저녁 늦게 조금 걸었다.

2019년 3월 31일 일요일 맑음

6시 40분 아침수련 1시간. 운장주를 암송하면서 하단전에 집중하니 대맥이 뜨거워지고, 몸이 열기로 후끈하다. 화두를 암송하자 별다른 반응이 없고, 진동하면서 굳은 몸이 풀어진다. 대각경, 천부경을 3회씩 외우고 마쳤다. 저녁 늦은 시간에 자리에 앉으니 백회에 기운이 강하게 느껴져, 하단전에 집중하면서 30분 정도 수련을 하였다.

2019년 4월 1일 월요일 맑음

6시 30분 아침수련 45분. 대각경, 천부경 각각 3회 후 운장주를 암송하고, 화두에 들어갔지만, 비몽사몽 한다. 점심을 생식으로 먹고 정신없이 졸았다. 오후에 아랫배에 가스가 차고 머리에 두통이 있다. 저녁으로 생식과 반찬을 먹고, 아내와 아들과 같이 벚꽃 구경을 하면서 운동 삼아 걸었다. 저녁 늦게 자리에 앉아 30분 정도 집중을 하지만 어제보다 백회의 반응은 별로이다.

2019년 4월 2일 화요일 맑음

6시 40분 아침수련 50분. 대각경 3회, 천부경 3회, 운장주를 암송하고 화두에 들어갔지만, 어제와 비슷한 상황이다. 졸지는 않은 것 같은데 시간이 금방 지나간다. 점심으로 생식을 먼저 먹고 직원 부친상 조문을 다녀왔다. 오후에 조금 피곤하고, 잠깐씩 졸았다. 저녁에 아내와 아들과 함께 벚꽃 길을 걸은 후 늦은 저녁에 자리에 앉아 집중한다. 백회에 기운이 느껴지고, 하단전에 집중을 해 본다.

2019년 4월 3일 수요일 맑음

6시 30분 아침수련 1시간. 운장주를 암송하면서 하단전이 서서히 달아오른다. 화두에 집중하니 잡념도 생기고, 시간은 금방 지나간다. 잠이 들거나 중간에 호흡, 생각의 흐름이 끊어진 것 같지는 않다. 출근하면서 몸이 조금 무겁다. 퇴근 무렵 전화 통화 후 중단전이 심하게 죄어온다. 뚜렷하게 느낌이 차이가 나니 확연히 알 것 같다. 퇴근하면서 생식을 먹었지만, 집에 와서 저녁 준비 중에 계속 먹고

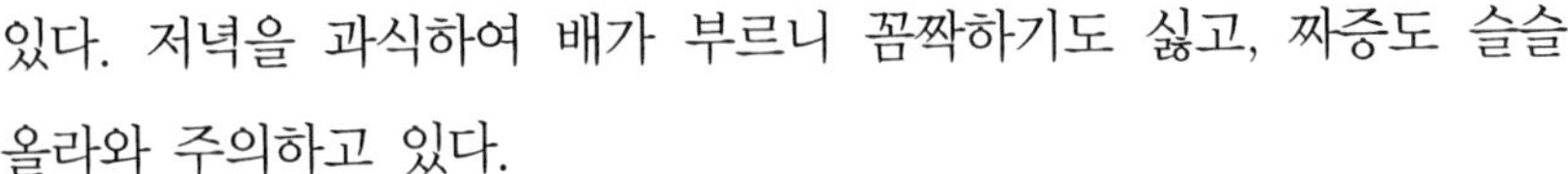

있다. 저녁을 과식하여 배가 부르니 꼼짝하기도 싫고, 짜증도 슬슬 올라와 주의하고 있다.

2019년 4월 4일 목요일 맑음

6시 20분 아침수련 1시간. 대각경 3회, 천부경 3회, 운장주와 갱생주를 암송하고 화두에 들어간다. 하단전에 기운이 느껴지지 않고, 중간에 잠시 졸았다. 어제 손님 때문인 것 같다. 최근에 특별한 일이 없으면 걸어서 출퇴근을 하고 있다. 점심때 일지를 정리하고 잠시 집중을 해본다. 저녁 늦게 자리에 앉아 잠시 기운과 함께하였다.

2019년 4월 5일 금요일 맑음

6시 20분 아침수련 1시간. 대각경, 천부경을 각각 3회 후 운장주를 암송하고, 화두에 집중하다가 갱생주도 암송을 한다. 잡념이 많고, 진동도 지속적으로 하면서 하단전이 따뜻하게 데워진다. 점심 생식 후 내일 삼공재를 방문하고자 전화를 드렸다. 시간이 지나면서 하단전이 달아오르고, 퇴근 무렵 백회에 기운이 느껴진다. 저녁 늦게 자리에 앉아 백회에 느껴지는 기운과 함께 하단전에 집중을 한다.

2019년 4월 6일 토요일 맑음 : 7단계 무소유처

6시 30분 아침수련 1시간. 대각경, 천부경 3회씩 외운 후 운장주를 암송하고 화두에 집중하지만, 반응이 없다. 하단전에 집중하면서 호흡을 하니, 단전이 달아오른다. 기차를 타고 자리에 앉으니 중단전에 압박감이 있고, 잠시 졸았다. 사무실 직원과 통화 후 지금까지 당연한 도움에 대해 너무 아무렇지 않게 받은 것 같다. 당연한데 왜 안 해주냐고 원망만 했지 그 수고스러움에 대한 생각은 하지 못하였다.

삼공재에 도착하여 선생님께 인사를 드리자 밝은 미소로 맞아주신다. 자리에 앉자 지난번처럼 포근한 기운이 상단전을 중심으로 느껴지고 몸에 열기가 생긴다. 평소처럼 진행하면서 꿈인 듯 아닌 듯 장면들이 스쳐 지나간다. 시간이 지나면서 하단전에 열기가 생긴다. 6단계 화두의 반응이 없는 것을 재차 확인하고, 마친 후 7단계 화두를 받았다. 집에 도착하여 1시간 정도 걸은 후 저녁 늦게 자리에 앉아 집중하니 백회에 느껴지는 기운이 강하다.

2019년 4월 7일 일요일 흐림 / 비

6시 10분 아침수련 50분. 대각경 3회, 천부경 3회 후 7단계 화두에 들어가니 백회에 기운이 강하게 느껴지고, 하단전에 뜨거운 열기가 생긴다. 1단계보다는 약하지만 다른 화두 때와는 확연히 다른 느낌이다. 그렇게 한참을 집중하였다. 저녁 늦게 자리에 잠시 앉아 집중을 해 본다.

2019년 4월 8일 월요일 맑음

6시 30분 아침수련 1시간. 대각경 3회, 천부경 3회 후 화두에 들어간다. 하단전에 보일러가 있는 것처럼 따뜻하고 자꾸만 데워져 중단전까지 뜨거워진다. 계속 집중을 하니 '아무것도 아니다'라는 생각이 든다. 화두의 기운은 어제보다는 약하고 갈수록 더 약해진다. 드문드문 몸이 좌우로 진동을 하고, 목은 더 세차게 진동을 한다. 마칠 무렵 화두의 기운이 느껴지지 않을 정도로 많이 약해진 것 같다. 또 욕심이 앞서는 건 아닌지, 다시 더 천천히 확인을 해 봐야겠다.

점심때 일지를 정리하면서 하단전이 달아오르고, 화두에 집중하니 백회에 기운이 일어난다. 머리가 조금 아프다. 저녁에 TV를 보면서 하단전에 간간이 집중하니 기운이 느껴진다. 저녁 늦게 자리에 잠시 앉아 집중한다.

2019년 4월 9일 화요일 흐림

6시 22분 아침수련 1시간. 경구를 암송하고 화두에 들어가니 백회에 약한 자극이 있고, 기운은 처음처럼 크게 느껴지지 않는다. 한참을 집중하다가 운장주를 암송하였다. 3시 30분경 하단전에 열기가 생기며, 운기가 되는지 몸이 더워진다. 오후에 회의를 하면서 기운이 많이 떨어졌지만, 감정의 기복은 별로 없었다. 저녁에 생식을 먹은 후 피자를 많이 먹었다. 내일 아침 일찍 출장을 가기 위해 잠을 청한다.

2019년 4월 10일 수요일 흐림 / 비

서울 출장. 새벽 기차와 버스를 타고 이동 중에도 계속 운장주를 외우고 있다. 행사장에 참석한 사람들이 많아 머리가 지끈하고, 중단전이 답답하다. 힘들게 오전 타임을 마치고, 점심을 먹고 구석 의자에 앉아 40분 정도 수련을 하였다. 화두를 외우면서 백회에 약한 느낌이 있다가 그마저도 사라진다.

오후에 겨우 자리에 앉아 강의를 들으면서 계속 운장주를 외우면서, 잠깐씩 졸기도 한다. 돌아오는 버스와 기차 안에서도 운장주를 계속 외우면서 집에 도착하였다. 준비해 간 생식은 아침만 먹고, 점심과 저녁은 빵으로 대신하였다. 저녁 늦게 자리에 앉아 집중하다가 화두에 들어가니 백회의 반응은 별로이고, 인당에 기운이 모이면서 머리에 압박감이 있다. 백회 기운이 명확히 구분이 안 된다.

2019년 4월 11일 목요일 맑음

6시 40분 아침수련 50분. 대각경 3회, 천부경 3회, 운장주를 암송한 후 화두에 들어가니 인당에 기운이 묵직하게 모여 머리둘레에 압박감이 있다. 백회에도 약한 느낌이 있으나 애매하고, 대추혈 부근에 기운이 모인다. 7단계를 마쳤는지 물어보니, 백회의 기운이 좀 전보다 크게 반응이 일어난다. 느낌으로는 마친 것 같은데 아직 명확하지 않다. 너무 서두르지 말자. 마칠 무렵 운장주를 외우면서 하단전에 기운이 쌓이면서 약하게 달아오른다.

점심때 일지를 정리하면서 화두에 잠시 집중을 하니 처음에 백회에 기운의 반응이 있더니 차츰 엷어져 느껴지지 않는다. 현묘지도 카페 글의 답글을 읽으면서 하단전과 중단전이 달아오르고, 기운도 느껴진다. 한동안 몸에 열기가 감돌며, 중단전이 뻐근하다. 저녁을 먹고, 40분 정도 걸은 후 피곤하여 잠깐 누웠는데 시간이 많이 지났다.

2019년 4월 12일 금요일 맑음

6시 20분 아침수련 1시간. 경구, 운장주를 외운 후 화두를 확인해 보니 더 이상은 기운이 들어오지 않는다. 갱생주와 운장주를 암송하고 수련을 마쳤다. 점심때 내일 삼공재 방문 전화를 드리고 허락을 받았다. 저녁에 40분 정도 걸으면서 오늘따라 발걸음이 가볍다. TV를 보면서 뱃살 빼기 운동을 잠깐 하고 저녁 늦게 자리에 앉아 잠시 집중을 한다. 서울을 너무 자주 간다는 아내의 잔소리에 앞으로는 조금 조정하겠다고 하였다.

2019년 4월 13일 토요일 흐림 / 비 : 8단계 비비상처

6시 30분 아침수련 1시간. 경구와 운장주를 암송하지만, 잡념이 많아 집중이 안 되었다. 하단전도 달아오르지 않는 걸 보니 손님인 모양이다. "나는 아무것도 아니다"라는 문구를 반복적으로 외우고 있다. 나 자신을 더 내려놓아야 한다.

택시를 타고부터 중단전이 심하게 막힌다. 잠깐 눈을 감고 집중을 하는데, 택시 뒷자리 여성과 옆에 작은 사람이 있고, 앞에서 누군가 여성의 입에 거즈를 대는 장면에서 깨었다. 약간 어찔하고 속도 울렁거린다. 기차를 타고 정신없이 졸았다.

삼공재에 도착하여 인사를 드리고, 자리에 앉으니 상단전을 중심으로 기운이 느껴지고, 하단전도 집중을 하니 아랫배가 꿀렁꿀렁한다. 이후 하단전이 뜨거워지고 그렇게 한참을 지속하다가 마쳤다. 인사를 드린 후 8단계 화두를 받았다. 좀 길어서 헷갈린다. 화두를 마치면 일지를 정리해서 보내라고 하신다.

빵집에서 도담을 나눈 후 터미널로 이동하여 버스를 기다리는 동안 의자에 앉아 화두에 집중을 한다. 화두가 헷갈려 현묘지도를 먼저 마친 분과 통화를 하여 다시 확인하였다. 화두를 외워보니 너무 막막하고 입에 잘 붙지 않는다. 처음에 기운이 잠깐 느껴지고, 집중하다가 '아무것도 없다'라는 생각이 들면서 점차 약해지더니 더 이상 반응이 없다. 버스를 타고 도착하여 집까지 걸어가면서 온몸이 찌릿해지고, 삼공 선생님 얼굴이 떠올라 눈시울이 뜨거워졌다.

2019년 4월 14일 일요일 흐림

6시 17분 아침수련 50분. 경구를 외우고, 운장주를 암송한 후 7단계 화두를 다시 확인하고 8단계 화두에 들어가지만 아무런 반응이 없다. 마치면서 삼공 선생님과 모든 분께 감사의 인사를 마음으로 드렸다. 저녁을 먹고 50분 정도 걸은 후 거실에서 스쿼트 20개, 스트레칭과 복근 운동을 하고, 자리에 앉아 집중을 하지만 피곤해져 일찍 잤다.

2019년 4월 15일 월요일 맑음

꿈을 꾸다. 앞뒤는 잘 생각이 안 나고, 긴박한 상황 속에서 어떤 여인이 아이를 출산하고 그 후 3명의 아이가 같이 서 있는데, 같이 태어난 느낌이다. 태어난 모습은 사람의 형상인데 용이라는 생각이 든다. 6시 10분 아침수련 1시간. 대각경 3회, 천부경 3회, 운장주 암송 후 화두를 외우면서 피곤했는지 비몽사몽하고 있다.

아침에 생식을 먹은 후 그래도 배가 허전하여 과자를 두고 한참 씨름을 하다가 조금만 먹었다. 체중과 뱃살을 빼야만 한다. 걸어서 출근하면서 몸은 무겁지만, 마음은 편안하다. 오전 업무에 들어가면서 몸도 편안해지고 하단전에 열기도 조금씩 돌아오고, 상태도 좋다. 저녁에 딸아이와 30분 정도 걸었다.

2019년 4월 16일 화요일 맑음

6시 아침수련. 삼공 선생님과 모든 분께 마음을 담아 감사의 인사를 먼저 드렸다. 자리에 앉으니 마음 한구석이 불편한 느낌이 든다. 한참을 7단계, 8단계 화두를 번갈아 외우고 나니, 보라는 달은 안 보고 달을 가리키고 있는 손가락만 쳐다보고 있었다. 화두수련은 나의 본성을 찾는 수련인데, 달을 찾으려면 달을 쳐다봐야지 손가락만 보고 있으면 되겠는가. 8단계 화두를 다시 암송하고 '모든 것이 편안하다'는 생각이 든다.

선생님의 미소 띤 얼굴이 생각이 나서 눈물이 왈칵 쏟아져 내렸다. 앞으로도 크고 작은 바람들이 불겠지만, 흔들리지 않고 지금처럼 나아갈 것이다. 점심 생식 후 생각을 정리하면서 하단전에 집중을 한다. 빙의령이 어김없이 찾아와 감정을 흔들고 있는 것을 느긋하게 지켜본다.

저녁에 사소한 다툼으로 동생이 누나한테 심하게 대드는 모습에 순간적으로 화가 폭발하고 말았다. 이내 알아차리고 잠잠해졌지만, 부끄러움이 밀려오고 아직 많이 부족함을 느끼게 되었다. 항상 자만하지 말라고 하는 것 같다. 저녁 늦게 자리에 앉아 잠시 집중을 하다가 잠이 들었다.

2019년 4월 17일 수요일 맑음

6시 30분 아침수련 1시간. 대각경 3회, 천부경 3회, 운장주를 암송하고, 화두를 외우다가 이 세상이 존재하기에 이렇게 수련도 하게 된다는 생각이 들어 존재하는 모든 것에 감사하게 느껴진다. 색(色)이 있으니 공(空)도 있고, 색즉시공 공즉시색, 색(色)과 공(空)은 큰 하나이다. 인터넷으로 자주 보던 관세음보살님 이미지가 잠깐 떠오른다. 화두가 모두 마무리된 것 같다.

어제 화 때문인지 종일 상태도 안 좋고, 부정적인 생각이 계속 떠올라 이 마음이 무엇인지 주시하고 있다. 그동안 작성한 일지를 다시 읽어보면서 감회가 새로워진다. 저녁에 장을 본 후 30분 정도 딸아이와 걷고, 피곤하여 일찍 잠자리에 들었다.

2019년 4월 18일 목요일 맑음

꿈. 아파트 거실인데, 수련생이 몇 분 계시고, 안방에는 선생님이 계시는 느낌이다. 수련을 시작하려고 분주한 느낌이 든다. 기상이 늦어 아침수련은 쉬었다. 어제와는 다르게 기분이 상쾌하고, 정신도 맑다. 점심으로 생식을 먹고, 일지를 정리하였다. 저녁에 50분 정도 걸으면서 이유 없이 그냥 웃음이 자꾸 새어 나온다. 저녁 늦게 누워서 와공으로 단전 축기를 하다가 잠이 들다.

2019년 4월 19일 금요일 흐림

꿈. 삼공재인데, 여러 도반님이 모여 있고, 수련은 마친 것 같고 선생님의 모습이 조금 젊어지신 것 같다. 머리카락도 더 검으시고 옆에 앉아있던 도반님과 이야기를 잠깐 나눈다. 선생님께서 자리에서 일어나시고 한동안 오시지 않아 모두 밖으로 나왔다.

5시 30분 아침수련 1시간. 대각경 3회 후 운장주, 천부경을 암송하니 포근하고, 부드러운 기운이 몸 전체를 휘감는 느낌이다. 중반부가 넘어가면서 피곤해져 누워서 태을주를 암송하고는 마쳤다.

걸어서 출근하면서 몸이 너무 무겁다. 오전에 정신없이 업무를 보고, 점심때 직원 외조모상 조문 가서 식사하고 왔다. 저녁에 40분 정도 걸으면서 앞으로 체중조절과 하루에 만보는 꼭 채우고자 다짐을 한다. 저녁 늦게 자리에 앉아 잠시 집중을 해 본다.

마치면서

대주천 이후 화두수련의 각 단계를 지나가면서 제대로 하고 있는 걸까? 하는 의구심도 많이 들었다. 하지만 처음 삼공재를 방문하던 때와 비교하여 달라지고 있는 내 모습을 보면서 조금씩 자신감을 가지게 되었다. 그리고 『선도체험기』에 소개된 선배님들의 수련기도 많은 도움이 되었다. 현묘지도 8단계 화두를 마무리하고 한동안 마음이 너무나 편안했던 경험은 내 인생에 있어 가장 큰 사건이다. 그동안 나를 괴롭히던 의문들은 이제 더 이상 문제가 되지 않는다. 앞으로도 많은 어려움이 있겠지만, 이제 그 경험들을 발판 삼아 다시 새롭게 시작을 하고자 한다.

지금까지 모든 것을 변함없이 묵묵히 받아주시며, 올바른 길을 열어주신 선생님의 은혜는 평생 잊지 못할 것이다. 그리고 항상 든든한 힘이 되어주신 여러 도반님께도 감사한 마음을 전한다. 모든 분께 감사드립니다.

【삼공의 평가】

백승걸 씨의 화두 수련기를 읽노라면 처음부터 끝까지 서두르지 않고 시종일관 꾸준한 인내력으로 침착하게 수련에 임했다는 것을 알 수 있다. 바로 백절불굴의 인내력만 발휘할 수 있다면 성공 못하는 일이 없을 것이다. 이 인내력과 구도 정신이 배합된다면 만사형통이 될 것임을 의심치 않는다. 도호를 백인(百忍)으로 한 것은 이 때문이다.

김경화 화두수련기

김경화

글을 시작하며

어릴 적부터 죽어 사라진다는 것에 대한 두려움으로 눈을 감는 것이 무서워 밤이면 잠을 이룰 수가 없었다. 머릿속은 어디에서도 들어 보지 못한 고음의 소리로 가득 차는데, 밤이 되면 소리가 더 증폭되어 굉음으로 들리니 무서웠다. 그리고 항상 고독한 외로움을 느꼈다.

내가 선택한 인연의 이끌림으로 세 아이의 엄마가 되었고, 엄한 시집살이에, 20년간 공양주로서 매일 아이를 업고 산을 오르내리며 많은 이들에게 공양해야 했지만. 이는 내가 갚아야 할 빚 갚음이며 업을 닦아내고 있는 길이라 생각하며 꿋꿋이 견뎌냈다.

그러던 어느 날, 명상을 시작한 지 얼마 되지 않았을 때였다. 첫 아이가 다가와 명상을 하고 있던 나에게 “엄마, 왜 머리를 흔들어요?”라고 물었다. 그때가 내 몸이 스스로 진동을 하고 있다는 것을 알게 되었다. 그 이후로도 십여 년이 넘도록 수련을 할 때마다 진동을 한다.

이런 여러 가지 본성의 반응들로부터 선도수련을 하면서 어릴 적부터 들렸던 머릿속 고음의 소리가 관음법문(觀音法門)임을 알게 되었고, 몸의 진동은 11가지 호흡의 한 가지라는 것도 알게 되었다. 먼저 세상을 떠난 큰언니가 읽고 전해준 『한단고기(桓檀古記)』라는 책을 밤새 읽었던 기억이 난다. 선도수련(仙道修鍊) 과의 인연의 시작이다.

힘들었던 시간을 돌이켜 보니, 이제 이생에서 내가 할 수 있는 만큼의 빚 갚음은 끝나가는 듯하다. 내가 가지고 태어난 아름다움 그리고 화려함을 절제하고 자제하며 빚 갚음과 업을 닦는 일에만 집중하였다. 인연들도 이번 생에 마무리하려 부단히 노력하였고, 비록 힘든 나날 속에서도 내 본성은 태어남과 죽음에 대한 근원적인 의문으로 진아를 알아가는 구도행을 해내려 하였다.

2018년 12월 29일 토요일 (1단계 천지인삼재)

삼공재에서 현묘지도(玄妙之道)를 완수하신 분들과 파티를 하였다. 선생님께서 함께 해주셔서 모인 도반들은 잠시 우주의 기운을 선생님께 보내며 선생님의 건강을 기원하였다. 파티가 끝나고 선생님께 1단계 화두를 받다.

어릴 때부터 나는 '어디에서 왔을까? 어디로 갈까?'를 항상 갈구하며 '저 별에서 오지 않았을까' 생각해본 기억이 난다. 볼 일을 마치고 새벽에 좌선하고 앉아 1단계 화두를 염송하였다. 불끈 온몸으로 열이 나며 마음은 평화롭다. 조금 화두를 암송하는 것 같았는데 어느새 1시간이 지나 있다.

2018년 12월 30일 일요일

1단계 화두를 받고 마음공부가 한창이다. 내 안의 쌓여있던 울화가 치밀어 올라 주체를 못 하겠다. 이유를 찾아보며 시집살이를 참아내야 했었고, 또 어린 나이에 시집을 일찍 가서 그동안 부모님께 소홀했다는 생각이 깊이 새겨져 있어 부모님께 잘해드리고 싶은 마음만 컸나 보다. 힘에 부쳐도 잘해드리려는 마음에 나를 몰아붙이며 부담감을 가중시켰다. 참아내는 것이 능사는 아니나 참아내야만 내 빚을 갚을 수 있었던 습이 반복되는 것 같아 잘 지켜보고 풀어내는 연습을 하려 한다.

2019년 1월 11일 금요일

1단계 화두를 염송하니 온몸으로 열이 나며 몸을 데워준다. 희미하나 하얗게 빛이 나는 별들이 빛을 내며 사라진다. 마음은 편안하고 전류가 온몸으로 흘러 다닌다. 장심으로 기운이 강하게 들어온다.

오후수련, 화두를 염송한다. 관음법문이 온 사방에 가득 퍼지며 온몸으로 열이 오르고 단전이 단단해진다. 별들이 빛을 발산하며 터진다. 관음법문이 작렬하고 진동이 일며 몸이 춤을 추는 것 같다.

2019년 1월 14일 월요일 (2단계 유위삼매)

삼공재에서 2단계 화두를 받았다. 집에 가는 지하철에서 화두를 염송하니 열이 단전에서부터 올라와 온몸으로 퍼진다. 호흡은 잔잔한 물 위에 떠 있는 듯 부드럽게 들고 난다.

2019년 1월 16일 수요일

오후수련, 좌선하고 화두를 염송하니 온몸으로 전류가 흐른다. 장심에선 구멍이 생겨 바람이 드나드는 듯하다. 모든 것이 사라지고 관음법문의 현란한 파장 음만이 가득하다.

2019년 1월 21일 월요일

2단계 화두를 염송하는데 기운이 잔잔한 흐름 같다. 수련시 진동을 하는데 오늘은 다른 날과 다르게 가슴 부위가 진동하는 것 같다. 마치 심장이 벌떡거리듯 앞뒤로 움직인다. 가슴이 벅차오르며 감사한 마음에 눈물이 난다.

2019년 1월 27일 일요일

우해 선배님과 관악산 등산을 다녀왔다. 산을 오를 때는 기운이 전신을 돌며 활발하고, 내려올 때는 몸이 나른하여 구름 위를 걷는 듯하였다. 호흡이 더욱 깊어졌다.

2019년 1월 28일 월요일

삼공재 수련이다. 선생님께 일배를 드리고 앉아 화두수련을 하며

2단계를 마무리하고 3단계 화두를 선생님으로부터 받았다.

2019년 1월 31일 목요일

화두를 염송하니 관음 법문이 작렬하다. 몸이 진동하며 몸이라는 물질이 사라지고 관음 법문과 진동만으로 남아있다. 무척 편안하다.

2019년 2월 3일 일요일 (3단계 무위삼매)

3단계 화두를 염송하니 관음법문이 현란하다. 온몸으로 기운이 흘러내린다. 슬슬 진동하며 고개가 살짝 들려지고, 인당을 압박하며 빛들이 모여 앞으로 사라진다. 벌써 한 시간이 지나있다. 너무나 편안하다.

2019년 2월 11일 월요일

일주일간 가족들과 여행을 다녀왔다. 여행하는 내내 3단계 화두를 염송하며 의수단전하였다. 3단계가 끝났는지 기운의 변화를 잘 못 느끼겠다.

2019년 2월 12일 화요일 (4단계 무념처 삼매 11가지 호흡)

선생님께 전화드려 4단계 화두를 받았다. 무념처 삼매 11가지 호흡은 오래전부터 그 당시는 잘 몰랐지만 명상 시마다 호흡이 되고 있었다. 명상을 시작하고 얼마 지나지 않아 어느 순간부터 진동이 와서 왜 이럴까 고민을 많이 하였다. 그러나 이 진동이 현묘지도(玄妙之道) 수련을 하기까지 이끌어준 계기가 되었다.

오후수련, 진동의 흐름에 맡겨놓으니 머리와 몸이 잘도 돌아간다. 순간 멈춰지면 얼굴 부위가 시원해지며 개운하다. 왼쪽 목덜미에 심줄이 딱 딱 걸리더니 담이 걸린 것처럼 아프다.

2019년 2월 15일 금요일 (5단계 공처)

선생님께 전화드려 5단계 화두를 받았다. 온몸으로 기운이 들어오며 눈물이 난다. 어디에서 올라오는지 가슴을 저미며 눈물이 나고 소름이 돋는다. 바로 좌선하고 앉으니 머리 위에서부터 면사포처럼 관음법문이 쏟아져 내리며 몸 주위를 감싸준다. 하얀 기운의 장이 둘러지며 그 원 안에 들어가 있는 것 같다. 단전이 달아오른다.

2019년 2월 16일 토요일

화두를 염송하니 몸이라는 게 느껴지지 않으며 호흡이 깊고 편안하다. 내 몸 전체가 사라지고, 호흡만이 남아있다. 진동이 일어나며 뒷목이 결리고 아프지만 시원하다.

2019년 2월 18일 월요일

삼공재 수련이다. 머리끝에서 발끝으로 전류가 흘러내리며 온몸으로 열이 난다. 1시간 수련을 마친 후 『선도체험기』 118권에 선생님

사인을 받고 귀가하였다.

2019년 2월 24일 일요일

오후수련, 화두를 염송한다. 잔잔하게 몸이 회전하며 진동을 하고 관음 법문이 쏟아져 내리며 후끈후끈 열이 난다. 몸에 불이 나는 것 같은데 가슴으로 하단전으로 통으로 뻥 뚫린 듯하고 시원하다.

2019년 3월 5일 화요일 (6단계 식처)

우해 선배님과 관악산에 등산 다녀온 후 5시쯤 선생님께 6단계 화두를 전화로 받았다. 화두를 듣는 순간 기운이 쏟아져 내려와 아래로 전류가 흘러내린다. 끝내야 할 업무가 남아있어 서서 일을 하는 중에도 다리로 전류가 흐르고 소름이 돋는다.

오후수련, 관음법문이 작렬하며 몸 주위로 흘러내리고 머리가 돌아가기 시작한다. 마치 팽이같이 쉼 없이 돌고 돈다. 잠시 멈춰지면 관음법문의 현란한 파장 음들이 더 증폭되어 들려오며 몰입이 된다.

2019년 3월 11일 월요일

삼공재 수련이다. 지하철을 타러 가는 동안, 또 걸을 때 기운이 강하게 흐른다. 선생님께 일배 드리고 앉아 잔잔하고 화사한 기운에 감싸여 편안하게 수련하였다.

2019년 3월 12일 화요일

우해 선배님과 등산을 다녀오고 몸살기가 있다. 몸 왼쪽에 강하게 기운이 쏠리는데 무슨 일인지는 잘 모르겠다. 치유되는 과정인 듯하다. 왼쪽으로 열이 오르며 왼쪽 입꼬리에 물집까지 피어났다.

오후수련, 왼쪽으로 강하게 전류가 흐른다. 몸이 회전하며 아픈 목 부위가 시원하다. 몸 전체로 열이 올라 퍼지며 하단전과 중단전에 열감이 강하다.

2019년 3월 18일 월요일

삼공재 수련이다. 선생님께 일배를 드리고 좌선하여 호흡을 가다듬으니 머리 위에서 관음법문이 쏟아져 내리며 집중이 잘된다. 아무것에도 걸림이 없고 그저 평온하고 밝고 화사한 빛으로 둘러싸여 있는 듯하였다.

2019년 3월 19일 화요일

우해 선배님과 등산을 다녀왔다. 봄기운이 가득하여 이젠 두꺼운 옷이 버겁게 느껴진다. 단전은 얼얼하고 열감이 강하다.

2019년 4월 1일 월요일 (7단계 무소유처)

삼공재 수련이다. 수련하기 전 선생님께 7단계 화두를 받았다. 좌선하여 화두를 염송하니 가슴이 울린다. 무엇일까? 간절하게 화두를 염송하니 온몸으로 열이 오르며 단전이 달아오른다. 전류가 얼얼이 흐르며 잔잔하게 관음 법문이 흐른다. 한참을 집중하니 황금빛이 찬란하게 펼쳐지며 퍼져나가고 호흡만 남은 듯 고요하다.

2019년 4월 2일 화요일

우해 선배님과 등산 다녀왔다. 오후수련, 머리가 좌우 앞뒤 회전하며 11가지 호흡이 저절로 된다. 몸으로 열이 오르나 백회로는 시원한 기운이 들어와 서늘하다.

2019년 4월 7일 일요일

활짝 핀 꽃들과 햇빛이 고와 아이들과 산책하며 만보 걸음을 채웠다. 오후수련, 화두를 염송하니 온몸으로 타버릴 듯이 열이 오르며 땀이 진득하게 난다. 반복적으로 화두를 염송하며 호흡에 집중하니 텅 빈 듯 마음은 그지없이 편안하다.

2019년 4월 8일 월요일

오후수련, 1단계부터 차례로 화두를 다시 염송하였다. 온몸으로 열이 나며 단전으로 열감이 강하게 형성되고 휘몰아치듯 중단전에서도 뜨겁게 열감이 형성된다.

2019년 4월 11일 목요일

선생님께 전화 드려 8단계 화두를 받았다. 문장이 길어 받아 적었다. 적어놓은 화두를 보는 순간 온몸의 세포들이 요동친다. 자리에 앉아 화두를 염송하니 얼얼이 기운이 쏟아져 내린다. 내가 오랜 세월 '나'라고 불러온 이 모습에 여태 집착을 하며 힘들어했구나. 힘겹게 끌고 왔던 것들이 내려놓아지며 웃음이 난다. 나를 사랑해줘야겠다. 어디에도 걸림이 없이 자유로이 흘러가자. 그래 이렇게 존재하는 순간도 아름답다.

현묘지도 화두수련은 1단계부터 8단계까지 차례로 수련해 나갈수록 내 본성을 깨워 무한히 아름다운 진아를 찾아가게 이끌어주는 진정 현묘한 길이었다. 현묘지도 수련이 끝난 것 같다.

글을 마치며

이번 생에 내 안의 열정과 자존감을 억누르고, 나이기를 포기할지라도 계속 반복되는 인연을 마무리 짓고 싶었다. 고단했던 시집살이와 아픈 몸을 이끌고 살아남기 위해 대서양을 건너 먼 나라로 떠나야 했던 때에도 언제나 내 곁을 함께했던 나의 도반이자 길잡이가 되어준 세 딸들이 있었기에 견뎌낼 수가 있었다.

비록 반평생이 걸렸지만, 세 아이를 반듯하게 키워냈으니 더 이상 바랄 것이 없다. 다만, 내 존재의 실상에 대한 의문이 간절히 남아

있었는데, 이제 현묘지도 수련을 하면서 내 아름다운 본성을 마주할 수 있게 되었다. 이것이 끝이 아님을 잘 알기에 수없이 쌓은 아상과 습을 닦으며 어디에도 걸림이 없는 온전한 진아를 찾는 그날까지 끊임없이 수련할 것이다.

현묘지도 수련으로 진아를 찾아가는 아름다운 경험을 하도록 이끌어주신 선계 스승님들과 부족한 제자를 보듬어주신 삼공 선생님과 사모님께 깊은 감사의 인사를 드린다. 그리고 선도수련으로, 삼공재로, 현묘지도 수련으로 길을 안내해준 적림 김대봉 님과 우해 선배님, 망설일 때마다 응원을 보내주신 도반님들께 깊은 감사함을 전한다.

【삼공의 독후감】

괴롭고 힘든 인생사 하나하나를 진리를 깨닫는 징검다리로 알고 건너뛰는 과정이 독자에게 특이한 감동을 준다. 부디 만인이 우러르는 도의 봉우리가 되라는 뜻으로 호는 여봉(如峯).

김동건 화두수련기

김 동 건

화두수련에 들어가며

저는 어릴 때부터 우리나라 역사에 유난히 관심이 많았는데, 중학생이던 1990년경 집 근처 서점에서 우연히 선생님이 쓰신『한단고기』를 접하고 뒤이어『선도체험기』를 탐독하면서 우리나라의 상고사와 선도수련의 세계를 알게 되었습니다. 이후 중·고등학교를 거쳐 대학에 들어갈 때까지『선도체험기』는 제 학창시절의 동반자였고, 선생님을 뵙고 선도수련을 하는 날을 꿈꾸어 왔습니다.

이후 재수 끝에 대학에 입학하자마자 선생님의 제자분들이 중심이 되어 운영하고 있던 '초선대'에 등록하여 다니면서 선도수련의 세계를 잠시 맛보았습니다. 그러나 철없던 시절 대학신입생의 달콤한 생활 속에서 수련에 대한 열의를 이어가지 못하고 3개월 만에 그만두고 말았습니다.

그래도『선도체험기』가 발간될 때마다 구입해 보면서 선도수련의 끈은 놓지 않고 있었고, 불교학생회 동아리 활동을 계기로 한마음선원에서 대행스님의 법문을 들으며 구도심을 키워왔습니다.

그 후 고시공부를 시작하여 사법시험에 합격하고 연애와 결혼을 하게 되면서 자연히 선도수련에서 멀어졌다가 군복무 시절 아내가 외국으로 유학을 가게 되면서 다시 『선도체험기』를 읽기 시작하였고, 판사로 임용되어 지방근무를 하고 있던 2008년 10월 3일부터 삼공재에 다니면서 선생님께 본격적으로 선도수련을 받게 되었습니다.

이후 약 2년간 매주 주말에 등산하고 삼공재를 방문하면서 나름 열심히 수련하였으나, 정성과 끈기가 부족한 탓인지 기운을 느끼는 단계에서 앞으로 나아가지 못하였고, 가족의 반대까지 계속되면서 결국 삼공재 수련을 중단하게 되었습니다. 지금 생각하면 당시 눈에 띄는 변화는 없었지만 수련은 계속 발전하여 한 단계 도약하기 직전이었던 것 같은데, 선생님께 나중에 상황이 좋아지면 다시 수련하러 오겠다는 말씀만 드린 채 삼공재를 떠나면서 선도수련과 멀어지게 되었습니다.

이후 바쁜 일상생활 속에서 수련에 대한 열망도 완전히 잊혀진 줄 알았는데 우연히 적림 선도님의 블로그를 접하면서 그 불꽃이 되살아났고, 2017년 2월경부터 다시 삼공재에 다니면서 선생님께 현묘지도 화두수련까지 받게 되는 행운을 누리게 되었습니다.

대주천 수련기

2018년 4월 20일

삼공재에 도착하여 인사드리니 선생님께서 환한 미소로 맞아주신다. 자리에 조금 앉아있다가 선생님께 백회가 열린 것 같아 수련 점검을 받고 싶다고 말씀드리니, 선생님께서 잠시 지긋이 나를 바라보시다가 가까이 오라고 하시고는 소주천 경혈도를 보여주시며 반대 방향으로 돌려보고 되면 말해달라고 하신다.

다시 자리로 돌아가 혈자리를 하나씩 의념하면서 소주천을 시도하였으나 긴장을 해서 그런지 집에서 할 때처럼 잘되지는 않았는데 일단 한 바퀴를 돌리고 나자 선생님께서 이제 내 인당으로 기운을 보낼 테니 내 단전에서 선생님의 단전으로 기운을 보내보라고 하셨다.

잠시 후 선생님께서 이제 백회로 콕콕 찌르는 느낌이 들면 얘기하라고 하셔서 잠시 좌선하다가 백회에서 자극이 와서 말씀을 드리니, 손끝, 발끝으로 기운이 느껴지냐고 물어보시고 내 백회로 벽사문을 보내어 달아주시고는 위치를 확인하셨다.

선생님께서는 내가 이제 백회를 열고 468번째 대주천 수련자가 되었다고 말씀하시며 삼배를 하라고 하셔서 감사의 마음으로 선생님께 삼배를 드렸다. 선생님께서는 나의 인적사항을 수첩에 적으시고 선배들의 현묘지도 체험기를 읽어보고 마음에 준비가 되면 화두를 알려 줄 테니 준비가 되면 말하라고 하셨다.

백회를 여는 내내 선생님의 눈빛이 영롱하게 빛나는 것처럼 보였고 선생님께서는 기운으로 모든 것을 파악하시고 진행하시는 것 같았다. 백회 개혈 후 좌선 수련을 하는 동안 백회에 생긴 동전 크기만 한 구멍으로 기운이 솔솔 들어와 독맥을 타고 내려가는 느낌이 들었다. 선생님께 백회 개혈 후의 변화를 말씀드리니 이제 수련을 계속하면 몸과 마음이 다 변할 것이라고 하시면서 선계 스승님들의 도움으로 대주천 수련이 가능했다고 말씀하셨다.

백회를 열었다는 사실이 아직은 실감이 잘 안 나지만 삼공재에서 나와 지하철을 타고 돌아오는데도 백회에서 솔솔 기운이 들어온다. 선생님과 선계 스승님들, 삼공재와 카페 도우님들께 진심으로 감사한 마음이다.

자시수련 전에 천지신명과 보호령, 지도령, 삼공 선생님 등에게 다시 한번 감사의 인사를 올렸다. 수련 내내 백회 부근이 아린 느낌이 들고 기운이 백회에서 독맥을 타고 들어왔다. 등 쪽이 박하향이나 맨소래담을 바른 듯 시원하다. 대주천이 정착될 때까지 계속 정진해야겠다.

2018년 4월 21일

밤에 문상을 다녀오는데 돌아오는 길에 기침이 나며 목이 답답해졌다. 그러나 백회로 기운은 계속 들어오고 집에 들어와서 시간이 좀 지나니 몸 상태가 좋아졌다. 하루 종일 조금만 의식을 집중하면 백회에서 독맥을 타고 기운이 솔솔 들어오는데, 참으로 신비하고 대단한 수련이라는 생각이 든다. 선생님과 선계의 스승님들께 다시금 감사한 마음이 들었다.

2018년 4월 22일

아침에 남산을 오르다가 꿩을 한 마리 만났는데 사진을 찍기 위해 가까이 가도 도망을 가지 않는 것이 신기했다. 산행 중에도 백회로 기운이 들어오는 것이 느껴졌다. 자시수련 중 콧물, 기침이 계속되면서 집중이 잘 안 되었다. 아마도 빙의가 된 듯하다.

2018년 4월 23일

아침부터 기침, 콧물이 심하여 몸 상태가 최악이다. 주말에 잘 들어오던 기운도 소강상태인 것을 보니 빙의가 된 것 같은데, 한 둘이 아닌 것 같다. 백회가 열리기만을 기다렸는지 빙의령이 줄줄이 들어오는 느낌이다. 이제 빙의굴이 본격적으로 시작되는 것 같다. 점심때까지 좀 쉬면서 『선도체험기』 86권을 읽으니 오후 들어서 조금 나아지는 듯 했으나, 밤부터 다시 기침, 콧물이 계속된다. 자시수련 중 운장주를 집중적으로 암송하였다.

2018년 4월 24일

아침부터 몸 상태가 좋지 않다. 다시 콧물, 기침이 계속되니 정신을 못 차릴 정도다. 아무래도 그냥 두면 회복까지 오래 걸릴 것 같아 출근길에 이비인후과에 들러 비염 및 기침약을 처방받았다.

낮 동안 염념불망 의수단전하고 운장주를 암송하면서 컴퓨터에 선생님의 사진을 확대하여 띄워놓으니 백회로 기운이 다시 들어오기 시작했다. 자시수련시 백회로 기운이 들어오면서 등 쪽이 박하향을 바른 듯 시원해졌고 몸 상태도 다소 좋아졌다.

2018년 4월 29일

몸 상태는 많이 좋아졌는데, 오전에 이유 없이 마음이 불편하면서 심란해지고 미워하는 마음이 생긴다. 이것도 빙의령의 작용인가 싶어 마음을 관하고 틈틈이 운장주를 암송하니 좀 괜찮아졌다. 새벽녘에 자고 있는데 백회로 기운이 들어오면서 발에 약한 진동이 왔다.

2018년 5월 1일

새벽에 북미정상회담이 판문점에서 열리는 꿈을 꾸었는데, 꿈속에서 한반도에 평화가 왔으면 좋겠다고 생각하자 전신으로 강한 기운이 들어오고 다리에 진동에 와서 잠시 잠에서 깨었다.

2018년 5월 4일

삼공재에 가는 도중 백회와 등 쪽으로 시원한 기운이 계속 들어왔다. 선생님께 생식을 주문한 후 자리에 앉아 수련을 시작하려는데 다시 기침이 나오기 시작한다. 마음속으로 빙의령에게 수련하는 중이니 조금 참아줄 것을 당부하였더니 잠시 후 기침이 멎고 백회로 기운이 몰리면서 뭔가 빠져나가는 느낌이 들었다. 수련 중 천부경, 운장주 및 태을주를 주로 암송하였는데 백회와 등 쪽으로 계속 청신한 기운이 들어오는 것이 느껴졌다.

수련을 마칠 때쯤 선생님께서 내게 생식과 등산은 얼마나 하고 있냐고 물어보시고는 몸공부에 조금 더 신경을 쓰라고 당부하셨고, 선생님께 대주천 이후의 수련 상황에 대해 말씀드리니 차츰 현묘지도 수련 준비를 하라고 말씀하셨다. 선생님께서 부족한 부분을 꼭 집어 말씀해주시니 송구스럽기만 하다. 돌아오면서 몸공부에도 조금 더 정성을 쏟아야겠다고 다짐해 본다.

2018년 5월 6일

자시수련 중 백회로 시원한 기운이 들어와 독맥으로 운기되었다. 중단에서 욱신거리는 통증이 느껴졌고, 신도혈 부근이 안개처럼 사라지는 듯한 느낌을 받았다. 이대로 수련을 계속하고 싶은 생각이 들었으나 밤이 깊어 잠자리에 들었다. 새벽에 소복을 입은 여자가 복도 끝에서 내게로 달려드는 꿈을 꾸어 놀라서 잠에서 깨었다.

2018년 5월 21일

아침부터 운기가 활발하였고 삼공재 가는 중 단전에서 기운이 요동을 치는 듯 했다. 삼공재에 도착하니 선생님께서 환한 미소로 반갑게 맞아주셨다. 자리에 앉아 속에서 나오는 대로 천부경, 삼일신고, 태을주 등을 암송하였는데, 수련 중 '뿌지직~'하는 소리와 함께 계란이 깨지는 모습이 갑자기 떠올랐다.

2018년 5월 24일

어제부터 백회로 들어오는 기운이 조금 달라졌다는 생각이 들었는데, 오늘은 확연히 그 변화가 느껴졌다. 자시수련 중 백회와 등쪽이 시원하면서 몸 구석구석으로 운기가 되었고, 몸 주위로 강한 기운의 장이 형성되면서 잠시 깊은 집중상태에 빠져들었다.

2018년 5월 25일

어제 수련이 잘되어서 그런지 아침부터 단전에서 기운이 요동치는 것 같다. 삼공재를 방문하여 선생님께 2주간 해외연수를 다녀오게 되었다고 말씀드리니 현묘지도 화두는 그 이후에 받으라고 하셨다.

2018년 6월 11일

아침에 기상하려다가 누워서 단전에 의식을 집중했더니 양쪽 발에 강한 진동이 왔다. 유광님의 자성진동 놀이가 생각나서 이번 주에 현묘지도 화두를 받아도 되는지 자성에게 물어보니 왼쪽 발에서 다시 진동이 왔다. 아직 해외연수 다녀온 지 얼마 안 되어 시차적응 때문에 비몽사몽 하다가 낮에 적림선도 님의 현묘지도 체험기를 틈틈이 읽고 단전호흡을 하면서 컨디션 회복에 주력하였다.

현묘지도 수련기

1단계 천지인 삼재

2018년 6월 12일

삼공재에 방문하여 선생님께 현묘지도 화두수련을 받고 싶다고 말씀을 드리니 1단계 화두를 주셨다. 화두를 받고 선생님께 화두암송시 유의사항에 대해 여쭈어보았는데 선배님들의 현묘지도 체험기에 적힌 대로 하면 된다고 하신다. 감사한 마음으로 선계의 스승님과 선생님께 삼배를 올리고, 열심히 수련하겠다고 말씀드리고 나왔다.

화두를 받고 나니 단전에서 좀 더 응축된 기운이 감지되고 백회와 등 쪽으로도 시원한 기운이 느껴졌다. 화두수련을 시작하게 되어 감개무량하고 감사한 마음이지만, 한편으로는 내가 화두수련을 시작할 자격이 되는지 앞으로 화두수련을 잘 마칠 수 있을지 하는 걱정도 들었다.

밤에 『선도체험기』 14권에 있는 선생님의 현묘지도 체험기를 다시 읽고, 자시수련을 하면서 화두를 암송하니 낮에 느꼈던 기운이 들어왔는데 아직 화두가 익숙하지 않아서 그런지 그외 큰 변화는 없었다. 다만 잡념과 함께 전통 혼례복을 입은 젊은 부부의 모습과 사람들을 물고기처럼 물속에 줄줄이 집어넣는 모습이 떠올랐는데 화면으로 본 것은 아니어서 큰 의미는 없는 것 같다.

2018년 6월 13일

자시수련시 화두를 암송하니 백회로 기운이 들어와 단전에 바로 쌓이면서 단전이 열감에 휩싸였다. 백회와 인당이 간질거리면서 백회 쪽에서 계속 반응이 왔는데 아마도 뭔가 작업이 이루어지는 듯했다. 잠이 오지 않아 누워서 한동안 화두 암송하며 와공하다가 새벽녘에서야 잠들었다.

2018년 6월 14일

오늘은 화두를 암송하니 어제와 달리 백회 쪽에서는 큰 반응이 없고 단전에서 강한 열감이 느껴졌다. 머리를 빙 둘러싼 기운이 내려와 단전에 쌓이는 것 같은데, 아마도 부족한 기운을 보완하기 위하여 축기 과정이 계속되는 듯한 생각이 들었다.

2018년 6월 16일

아침에 북한산 비봉능선으로 3시간 정도 등산을 다녀왔다. 컨디션이 좋지는 않았는데 상쾌한 공기를 마시고 계곡물 소리를 들으며 산에 오르다 보니 오길 잘했다는 생각이 들었다. 산행 중 계속 발걸음에 맞추어 화두를 암송하려고 노력하였다. 밤에 피곤하여 일찍 잠들었다가 새벽에 잠에서 깨어 1시간 반 정도 화두를 암송하며 좌선수련하였는데, 네팔의 불탑에 그려진 '지혜의 눈'이 잠깐 떠올랐다.

2018년 6월 18일

자시수련시 화두를 암송하니 머리 주위로 형성된 기운이 단전으로 바로 내려와 쌓이는 느낌이 들면서 단전에서 강한 열감이 계속되었다. 몸도 앞뒤좌우로 살짝 흔들리는 것을 보니 뭔가 수련에 변화가 생길 것 같은데 아직 조금 부족한 느낌이 들었다.

2018년 6월 19일

밤늦게 귀가하여 화두를 외우니 단전에서 타들어가는 듯한 열감이 느껴진다. 기운이 단전에서 중단으로 솟구치면서 혓바닥까지 뜨거워졌다. 머리 둘레로 오로라 같은 기운이 형성되어 현란하게 움직이는 느낌이 들었다.

2018년 6월 28일

낮에 틈틈이 화두를 암송하였더니 용천혈에서 기운이 느껴지고, 고관절과 팔다리 등 몸 여기저기에서 기운이 꿈틀댔다.

2018년 6월 29일

아침에 아내와 대화하다가 무심코 던진 한마디로 작은 말다툼이 있었는데 곧 '아이고 참을 걸' 하는 후회가 든다. 조금 무거운 마음으로 출근했는데 사무실에 오니 할 일은 많은데 오늘 따라 여기저기에서 요구하는 것이 많아 괜스레 짜증이 났다. 점심 식사후에 머리가 띵하고 가슴이 답답한 것이 전형적인 빙의증상이 나타난다. 아침부터 컨디션 좋지 않고 짜증이 난 것이 빙의령 때문이었던 것 같아 한동안 운장주와 해원상생을 암송하였다.

저녁 회식이 있었으나 술은 최대한 자제하고 일찍 귀가하여 수련에 들어갔다. 백회로 들어온 기운이 독맥으로 내려오면서 운기가 되고, 인당에서도 압박감이 느껴졌다. 진동이 일어나려는 듯 몸이 꿀럭꿀럭하였으나 진동 없이 수련을 마무리 하였다.

2018년 7월 1일

밤에 화두를 외우며 수련하는데 어제 유광님의 현묘지도 수료식의 여운 때문인지 들어오는 기운의 양과 질이 달라진 것 같다. 수련하는 내내 백회와 독맥을 통하여 단전으로 기운이 내리꽂히고, 특히 인당이 들썩들썩하면서 강한 압박감이 느껴졌다.

2018년 7월 2일 ~ 7월 5일

화두를 외우면 백회를 통하여 독맥으로 시원한 기운이 쏟아져 내려와 단전에 쌓이면서 수승화강이 계속 이루어지고, 몸 주위에 기운의 장이 형성된다. 지난주보다 들어오는 기운의 강도도 세어진 것 같은데, 그동안 기감도 많이 좋아진 듯하다.

2018년 7월 6일

아침에 남산에 올라 운동하고 출근하였다. 업무 시작전 잠시 화두를 외우니 이전과 조금 다른 기운이 한차례 몸을 훑고 지나가는 느낌이 들었다. 자시수련시에는 단전과 인당에서 계속 기운반응이 있었고, 수련 끝날 무렵에는 몸이 전후좌우로 살짝 흔들리는 진동이 일어났다.

2018년 7월 11일

오늘로 1단계 화두를 받은 지 한 달이 되었다. 아직 화면이나 천리전음 등 끝났다는 반응이 없고 기운도 갈수록 강하게 들어오니 조금 더 분발해야겠다. 삼공재를 방문하여 화두를 암송하며 수련하는데 백회와 독맥으로 시원한 기운이 계속 유통되고, 인당과 용천이 욱신거리며 기운 반응이 왔다. 몸이 전후좌우로 조금씩 흔들리는 진동도 잠깐 일어났다. 수련 마칠 무렵 선생님께 생식을 주문드리고 그동안의 화두수련 경과에 대해 말씀드리니 확실히 끝났다는 신호가 올 테니 더 해보라고 하셨다.

2018년 7월 13일

낮 동안 업무로 많이 바빴으나 틈틈이 화두 암송을 계속하였다. 밤에는 저녁 약속이 있는 아내 대신 딸아이를 재우고 화두를 암송하며 좌선 수련하였는데, 단전에서 기운이 햇살처럼 퍼져나가는 느낌이 들었고, 푸른 하늘에 기러기 떼들이 날아가는 모습이 떠올랐다.

2018년 7월 16일

밤에 화두 암송하며 수련하는데 단전과 인당, 백회로 기운반응이 많이 왔고, 몸 여기저기서 뜨거운 기운이 느껴졌다. 수련 중 알록달록한 색깔의 용이 움직이며 다가오는 모습이 떠올랐다.

2018년 7월 20일

삼공재에서 처음으로 도율 선배님을 만나 인사를 드렸다. 한 눈에 도율 선배님인 것 같은 느낌이 들어 인사드렸는데, 악수를 하는 순간 백회와 독맥으로 쨍하고 기운이 지나갔다. 수련 중 몸 구석구석으로 활발하게 운기되었고, 몸이 전후좌우로 끄덕거리거나 다리가 떨리는 진동이 오기도 했다. 수련이 끝날 무렵에는 마음속에서 "아상을 깨라, 나를 버려라"라는 메시지가 느껴졌다. 자시수련 중에는 몸이 곧게 펴지며 잠시 호흡이 멎은 듯한 입정상태를 경험하기도 하였다.

2018년 7월 22일

자시수련 중 엉덩이로 뜨거운 물줄기 같은 기운이 유통되었고, 자세가 바로 펴지면서 단전에 강한 이물감이 느껴졌다.

2018년 7월 30일

저녁 수련 중 주문 암송시 느껴지는 기운과 비교해보니 화두 암송시 들어오는 기운이 지난주보다 조금 약해진 것 같다. 백회와 인당에서 자극이 왔고 다리가 들썩거리며 진동이 오려다가 그쳤다.

2018년 8월 1일 ~ 8월 7일

화두암송시 인당에 압박감이 생기면서 뭔가 보일 듯 말듯 일렁거리는 느낌이 들었다.

2018년 8월 8일 ~ 9월 18일

화두를 외우면 백회로 들어온 기운이 바로 단전으로 가 쌓이면서 수승화강이 이루어지는데 화두 암송시 들어오는 기운이 좀 줄어든 것 같다. 주문 암송시와 비교하니 기운의 양이 확연히 줄어든 것이 느껴진다. 간간이 조금 다른 기운이 강하게 들어올 때가 있는데 다음 단계의 기운인지 잘 모르겠다.

화면이나 천리전음 등 확실한 신호 없이 기운의 변화만으로 다음 단계로 넘어가도 될 지 고민이 되는데 화두 기운이 완전히 끊어진 것도 아닌 것 같아서 조금 더 지켜봐야 할 것 같다. 자성에게 1단계 화두수련이 언제 끝날 것인가 물어보니 확실한 답은 없는데 조금 더 하면 끝날 것 같다는 느낌이 든다.

2단계 유위삼매

2018년 9월 21일

두 달 만에 삼공재를 방문하였는데, 선생님의 눈빛이 더 빛나고 안색도 비교적 좋아 보이셨다. 선생님께 건강은 좀 어떠신지 여쭈어 보니 많이 좋아지셨다고 하신다. 선생님께 최근의 수련 상황에 대해서 말씀드리고, 1단계 화두를 석 달이 지나도록 계속 암송하고 있는데 끝났는지 아직 확신이 들지 않는다고 하자, 선생님이 2단계에 들어갈지 여부를 본인이 결심을 하면 화두를 주시겠다고 하여 일단 선생님께 말씀드리고 2단계 화두를 받았다.

화두를 받는 순간 백회로 강한 기운이 들어오기 시작하는데, 지난주에 이따금 백회로 강하게 들어왔던 기운과 비슷한 것 같다. 화두만 받고 금방 나오려다가 선생님께서 조금 더 앉았다가 가도 된다고 하셔서 30분 정도 좌선하면서 화두를 암송하였는데 기운이 계속 백회로 들어와 시간가는 줄 몰랐다.

귀가하여 가족들과 밖에 나가 저녁을 먹고 오는 동안에도 백회로 기운이 계속 들어왔다. 마치 처음 백회를 열었을 때처럼 백회가 얼얼하면서 살짝 아린 느낌이 들었다. 기운이 1단계 때보다 더 강한 것 같고 화두 글자만 떠올려도 백회로 기운반응이 바로 왔다. 밤에 좌선하여 화두를 외우니 늑대가 개로 변화는 모습이 떠올랐다.

2018년 9월 22일

틈틈이 2단계 화두를 암송하며 염념불망 의수단전하였다. 아침부터 종일 백회로 기운이 들어오는데 백회와 독맥은 시원하고 단전은 뜨거운 것이 수승화강이 저절로 이루어진다.

밤 수련시에는 호흡이 자연히 깊어지면서 백회로 들어온 기운이 그대로 단전에 가서 쌓이고, 부드러우면서도 강한 기운이 머리 주위와 몸 둘레를 감싸는 것 같다. 이대로 밤새 수련을 계속하고 싶다는 생각이 들었다. 내일을 위해 자리에 누웠는데도 기운이 계속 들어왔고, 잠깐 동안 눈앞에 섬광이 번쩍였다가 사라졌다.

2018년 9월 25일

밤 수련시 천부경, 대각경을 잠시 암송하다가 화두를 외우니 허리가 바로 펴지면서 백회로 들어온 기운이 곧바로 단전에 쌓이면서 단전이 단단해진다. 인당에 화두 글자를 떠올리며 집중하자 파란색 뭉치가 한 점으로 모였다가 사라지는 화면이 반복되고, 흑백사진으로 한 여성의 얼굴이 떠오르는데 평소에 알던 사람인 듯 어딘가 익숙한 느낌이 들었다. 인당에 기운 반응이 있어 계속 집중하였으나 더 이상의 화면은 떠오르지 않았다.

2018년 9월 28일

낮 동안 약간의 몸살기가 있었다. 저녁에 『선도체험기』를 읽다가 좌선하여 화두를 암송하였는데, 백회에서 위로 기운줄이 연결되면서 백회로 들어온 기운이 단전으로 직행한다. 허리가 곧추서고 호흡이 자동으로 깊어지면서 손가락 끝과 장심으로 기운이 느껴졌다. 몸이 좌우로 흔들리고 시계 반대방향으로 팽이가 도는 것처럼 몸이 약하게 움직이는 진동이 왔다. 수련 중에 돌고래가 잠시 보였다.

2018년 10월 6일

기몸살인 듯 아침부터 몸이 나른하였으나 화두를 외우니 백회로 기운은 계속 들어왔다. 낮에 백화점에 다녀왔는데 사람이 많은 곳에 갔다 온 탓인지 약간의 손기 증세가 나타났다. 밤에 『선도체험기』를 조금 읽다가 좌선하여 화두를 암송하는데, 얼마 되지 않아 몸이 전후좌우로 약간씩 끄덕거리는 진동이 왔고, 중간에 '삐~'하는 고주파의 관음법문 소리도 들렸다. 엉덩이와 허벅지에서 뜨거운 물줄기 같은 기운이 흘러가는 것이 느껴졌다.

2018년 10월 10일

바쁜 하루였으나 낮 동안 틈틈이 화두를 암송하였다. 사무실에 앉아있는데 오른쪽 엉덩이로부터 다리 아래로 뜨거운 기운이 물처럼 흘러갔다. 퇴근후에는 『선도체험기』를 조금 보다가 좌선하여 화두를 암송하였다. 처음에는 다소 피곤하여 수련을 하루 쉬려고 하였는데 막상 수련에 들어가니 집중도 잘되고 금방 피로가 가신다. 단전에서 뜨거운 기운이 위로 솟구치는 느낌이 들었고, 수련 중 "나는 원래 없다"는 생각이 들면서 문득 서쪽 하늘에 지는 해가 눈부시게 빛나는 광경이 떠올랐다.

2018년 10월 13일

자시수련시 천부경, 삼일신고, 태을주, 운장주, 시천주주를 암송할 때는 집중이 잘되다가 화두를 외우니 잡념으로 집중이 흐트러져서 조금만 암송하고 수련을 마무리하였다. 수련 중 심안으로 불교 탱화의 한 부분에 그려진 부처와 보살의 모습 등이 부분 확대되어 보이다가 이내 사라졌다.

2018년 10월 15일

업무 중 틈틈이 화두를 암송하였는데 하루 종일 단전이 활활 타오르는 것 같다. 백회로 들어온 시원한 기운이 단전에 쌓이면서 마치 단전에서 백회까지 기운기둥이 서 있는 듯 했다.

2018년 10월 16일 ~ 10월 22일

기몸살 때문인지 몸이 나른하여 아침에 일찍 일어나기가 힘이 든다. 기운이 바뀌면서 기갈이를 하는 것 같다. 백회와 단전, 손가락 등에서 강한 기운이 느껴졌고, 엉덩이 쪽에서 다리 쪽으로 뜨거운 물줄기 같은 기운이 흘러갔다. 운기가 활발한지 마치 자동차 열선시트에 앉은 것처럼 하체가 뜨거운 현상이 자주 일어났다.

2018년 10월 27일 ~ 10월 30일

화두 암송시 단전은 달아오르나 백회로 들어오는 기운은 지난주보다 많이 줄어든 것 같다. 주문 암송시와 비교하니 그 차이가 확실하게 느껴졌다. 자성에게 2단계 화두수련이 끝났는지 물어보았는데 별다른 반응이 없다. 2단계 화두수련이 끝났는지 아직 확신이 서지 않아 며칠 더 화두를 암송하며 지켜보기로 했다.

2018년 11월 1일

아침에 1시간 좌선 수련하고 남산에 올라 운동하고 왔다. 날씨도 많이 추워지고 해 뜨는 시간과 위치가 바뀌니 계절의 변화가 실감이 된다. 밤에 『선도체험기』를 읽다가 좌선하여 화두를 암송하는데 『선도체험기』 볼 때부터 이전과 다른 기운이 감지된다. 생각해보니 며칠 전부터 화두 암송시 들어오는 기운이 변한 것 같다. 1단계 화두수련이 끝날 무렵에도 화두 기운이 줄어들다가 다음 단계의 기운

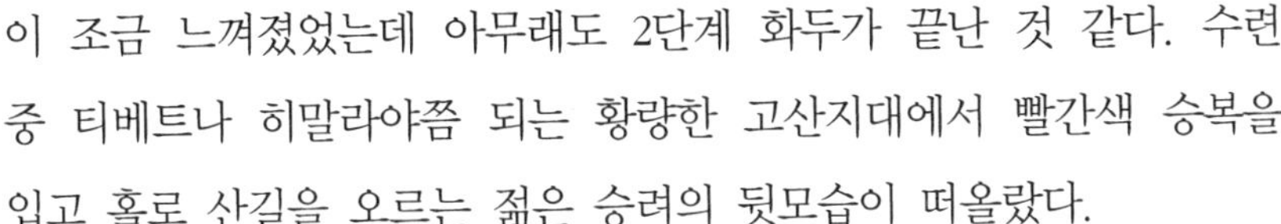

이 조금 느껴졌었는데 아무래도 2단계 화두가 끝난 것 같다. 수련 중 티베트나 히말라야쯤 되는 황량한 고산지대에서 빨간색 승복을 입고 홀로 산길을 오르는 젊은 승려의 뒷모습이 떠올랐다.

3단계 무위삼매

2018년 11월 2일

삼공재 수련 중 주문 암송과 화두 암송을 번갈아 하니 화두 기운이 더욱 미미하게 느껴진다. 자성에게 2단계 화두수련이 끝난 것인지 물어보니 드디어 앞으로 끄덕끄덕거리는 진동이 일어나며 끝났다는 신호가 왔다. 수련을 마치고 선생님께 말씀드려 3단계 화두를 받아왔다. 귀가하면서 3단계 화두를 암송하니 새로운 기운이 온몸을 감싸는 느낌이 들었다.

2018년 11월 4일

아침에 등산을 가려다가 피곤하여 다음으로 미루었다. 오전에 잠시 좌선하여 화두를 외우니 인당이 욱신거리고 단전이 열감으로 가득 찼다. 밤에는 천부경, 삼일신고, 태을주, 시천주주, 운장주, 대각경을 1~3회씩 암송한 후 화두를 외우며 좌선하였는데, 백회와 인당으로 기운 반응이 활발하고 단전도 계속 달아올랐다.

2018년 11월 5일

밤에 좌선하여 천부경을 3회 암송한 후 바로 화두 암송에 들어갔는데 비교적 집중이 잘 되었다. 인당, 백회, 손끝, 다리, 발끝에서 기운 반응이 활발하였고, 인당에 집중하자 뜬금없이 커다란 십자가 형상이 떠올랐다. 그 후 잡념과 함께 몇 가지 화면이 떠올랐지만 수련이 끝나고 나니 잘 기억이 나지 않았다.

2018년 11월 7일

오후에 인사희망원 제출 안내가 있었는데 내년에는 지방근무를 해야 해서 마음이 좀 뒤숭숭하였다. 퇴근후에는 기분이 좋지 않은 일이 있어 성냄과 미움, 서운한 감정이 일어났으나 관을 하니 문제 삼아도 크게 다를 것이 없다는 것을 알아차리고 겨우 평정심을 되찾았다. 밤에는 『선도체험기』를 조금 보다가 좌선하여 화두를 암송하는데 인당이 들썩거리고 단전의 열감이 계속되었다.

2018년 11월 13일

밤에 좌선하는데 오른쪽 귀로 관음법문이 '쨍'하고 울리더니 한참 동안 에밀레종이 맥놀이하는 것처럼 소리가 계속 커졌다가 작아졌다가 하며 웅웅거렸다.

2018년 11월 19일

밤에 좌선하여 천부경, 삼일신고, 대각경, 태을주, 시천주주, 운장주를 차례로 암송한 후 화두를 외웠는데 비교적 집중이 잘되었다. 수련 중 흑백사진으로 여자 얼굴이 선명하게 떠올랐는데, 일제시대 사람 같다는 느낌이 왔다. 전생의 모습인지 인과령인지 자성에게 물어보자 인과령이라는 반응이 오며 몸이 앞뒤, 좌우로 끄덕끄덕 움직인다. 잠시 해원상생, 극락왕생을 빌어주었다.

2018년 11월 21일

간밤에 시골에 있는 허름한 집 마당에 서 있는데 커다란 사마귀가 달려드는 꿈을 꾸었다. 저녁에는 수련을 시작하자 한쪽 귀에서 쨍하고 관음법문이 울리고 양 발끝과 회음에서 운기 현상이 일어났다. 인당이 간질간질하면서 압박감이 느껴졌다.

2018년 11월 22일

새벽에 성적인 유혹이 있는 꿈을 꾸었는데 다행히 유혹에 넘어가지는 않았다. 꿈이 너무 생생해서 낮에도 계속 생각이 났다. 저녁에 회식이 있었으나 술을 마시지 않고 일찍 귀가하여 수련에 들어갔다. 수련 중 왼쪽 옆구리에서 약간의 통증이 느껴졌는데, 순간 빙의령이라는 느낌이 왔다. 화두에 집중하자 몸이 앞뒤좌우로 끄덕거리는 진동이 일었다.

2018년 11월 23일

오후에 카페 글을 읽으니 단전이 달아오른다. 빙의 증상으로 왼쪽 옆구리에 약간의 통증과 어지럼증이 생겼으나 퇴근 무렵 좋아졌다. 저녁에 모임이 있었으나 에너지만 소모될 것 같아 핑계를 둘러대고 불참하고, 귀가하여 헬스장에서 운동을 하고 왔다. 밤 수련시 원망하고 미워하는 마음이 잠시 일어났는데 관을 통해 잘 극복해야 수련도 잘될 것 같다는 생각이 들었다.

2018년 11월 25일

밤에 좌선하니 단전에 강한 열감이 계속되면서 호흡을 잃어버린 것 같은 깊은 집중 상태를 잠시 경험하였다. 수련 중 뚜렷하지 않은 몇 가지 화면이 지나간 듯하나 수련 끝나고 생각하니 잘 기억이 나지 않는다.

2018년 11월 26일

저녁 수련 중 몸 전체에 운기가 되면서 단전에서 열감이 강하게 느껴졌고, 어제와 같은 초집중 상태를 잠시 경험하였다. 어제부터 기운이 약간 바뀐 것 같은데 조금 더 지켜봐야 할 것 같다.

2018년 11월 28일

저녁에 『선도체험기』 14권에 나오는 선생님의 현묘지도 수련기를 다시 보고 좌선 수련에 들어갔다. 수련 중 파란 색깔과 깃털에 특유의 무늬가 선명한 아름다운 모습의 공작새가 활짝 날개를 핀 모습이 떠올랐다. 머리 위에 뭔가 원반 같은 게 떠있는 느낌이 들었고, 백회로 들어온 기운이 단전으로 곧바로 내려가 쌓이면서 단전이 활성화되고 강화되는 것 같았다. 수련 중 11가지 호흡법을 시도해 보았는데 몇 가지만 조금 되고 나머지는 아직 반응이 없었다.

2018년 11월 29일

어제부터 왼쪽 목과 어깨가 결려서 불편함이 있었는데 아침부터 범상치 않은 기운이 백회와 단전에서 느껴지니 기몸살 같다는 생각이 들었다. 업무 중에도 틈틈이 화두를 외우니 하루 종일 수승화강이 계속되었다.

저녁에 모임이 있어 회식을 하였는데 분위기상 거절할 수가 없어 당초 계획과 달리 술을 조금 마셨다. 귀가한 후 수련에 들어가 천부경을 한문본 2번, 한글본 1번 암송하였는데 천일일(天一一), 지일이(地一二), 인일삼(人一三) 부분과 천이삼(天二三), 지이삼(地二三), 인이삼(人二三) 부분에서 기운이 강하게 일었다. 삼일신고와 대각경도 조금 암송하였는데 몸 전체가 기운의 장에 둘러싸인 듯하면서 용천과 다리 등지에서 운기 현상이 활발해졌다. 화두 암송시에는 화려한 촛대와 맛있는 식사가 잘 차려진 서양식의 긴 테이블이 떠올랐다. 수련 내내 단전이 각성된 듯 활활 타오르고 몸이 앞뒤좌우로 끄덕거리는 진동이 일었다.

4단계 무념처 삼매, 5단계 공처

2018년 11월 30일

새벽녘에 선생님이 나타나는 꿈을 꾸었다. 선생님을 뵈러 갔는데 선생님 옆자리에 도율 선배님께서 계셨고, 선생님께서 나를 보시며 이미 내 수련내용을 다 알고 계시다는 듯 내가 보았던 화면들을 말해주시며 맞냐고 물어보셨다. 그리고 선생님께서는 『선도체험기』를 펼쳐서 여백에 연필로 빠르게 글씨를 써주시면서 내게 뭔가를 가르쳐주셨는데, 정작 꿈에서 깨어나니 선생님께서 무슨 가르침을 주셨는지는 잘 기억이 나지 않았다.

삼공재에 방문하니 선생님께서는 컨디션이 좋아 보이셨는데 얼굴이 더 환해지신 것 같은 느낌이 들었다. 선생님께 생식주문을 드리고, 며칠 전부터 화두 암송시 들어오는 기운이 변한 것 같다고 말씀드리니, 선생님께서 4단계 무념처호흡 해보고 5단계 수련을 해보라고 하시며 5단계 화두를 주셨다. 5단계 화두가 중요하다고 하는데 아직 3단계 마무리가 확실치 않아서 3단계 화두를 며칠 더 암송해보고 다음 단계로 나가야겠다는 생각이 들었다.

2018년 12월 3일

저녁에 관음법문 소리를 시작으로 수련에 들어갔다. 수련 중 11가지 호흡 중 일부가 되었다.

2018년 12월 5일

간밤에 커다란 황금 덩어리를 갖게 되었는데 이를 빼앗으려는 사람을 피해 황금 덩어리를 계속 숨기러 다니는 꿈을 꾸었다. 오늘 하루 하려던 일이 뭔가 삐걱거리고 계속 장애가 생겼는데 아무래도 빙의령의 영향인 것 같다. 다행히 시행착오를 거쳐 목표한 일은 다 마무리하였다. 저녁 먹고 딸아이 목욕시키고 재운 후 카페에 들어오니 단전에 기운이 요동친다. 저녁 수련 중 11가지 호흡 중 일부가 되었다.

2018년 12월 6일

업무 중 틈틈이 3단계 화두를 암송했으나 별다른 반응 없어 다음 단계로 넘어가야 할 것 같다. 저녁 수련시 화두 암송에 들어가기 전에 태을주와 시천주주를 잠깐 암송하였는데 백회에 기운의 장이 형성되며 단전이 활성화된다. 3단계 화두를 암송하며 11가지 호흡을 시도하였는데 몸이 앞뒤좌우로 끄덕거리는 호흡만 되었다.

2018년 12월 10일

새벽에 약 1시간마다 다른 꿈을 꾸다가 일어났는데 꿈 내용이 별로 좋지 않아 기분이 그리 가운하지 않았다. 밤에 좌선 수련을 시작하자 영화 스크린에 나오는 해골 가면처럼 생긴 형상이 떠오르며 소름이 돋았다가 점점 작아지며 사라졌다. 화두 암송을 계속하자 백회로 하늘과 기운줄이 연결되면서 머리 위에 기둥이 서있는 듯한 느낌을 받았고, 백회로 기운이 들어와 단전으로 쌓이는 것 같았다.

수련 중 기와지붕을 한 큰 전각이 보이다가 면류관을 쓴 인물이 떠올랐는데 얼굴이 양미간과 눈까지만 보이고 그 밑으로는 보이지 않았다. 순간 증산상제님인가 하는 생각도 들었으나 수련 후에 생각하니 도전이나 사진에서 본 모습과는 눈매가 조금 달라 보여서 아닐 수도 있을 것 같다. 문득 영적인 진화를 위해 지구상에 태어났으니 수련에 더욱 집중해야겠다는 생각이 들었다.

2018년 12월 11일

새벽 수련시 어제와 같이 백회 위로 기둥 같은 기운이 서 있는 듯한 느낌이 계속되었다. 수련 중 11가지 호흡 중 일부가 되었다. 삼공재를 방문하니 선생님의 안색은 좋아 보이셨는데 지난주에 일본여행을 다녀올 때 손님들을 많이 달고와서 번거롭게 해드린 것 같아서 좀 걱정이 되었다.

자리에 앉아 천부경을 잠깐 암송하고 바로 4단계 호흡법을 연습하니 약하지만 몸이 앞뒤좌우로 끄덕거리기 시작했다. 일단 11가지 호흡이 한차례 진행된 것 같기는 한데 일부는 너무 약하여 제대로 된 것인지 긴가민가하다. 한번 더 연습하고 5단계 화두 암송에 들어갔다. 화두를 외우니 백회로 기운기둥이 서 있는 느낌이 들었는데 며칠 전부터 느껴지던 그 기운인 것 같았다. 수련 막바지에 기운이 백회로 몰리며 빙의령이 빠져나가는 느낌이 들었다. 밤에 5단계 화두를 외우니 백회에 기둥 같은 기운이 느껴지고 단전이 각성되면서 몸 여기저기서 운기 현상이 일어났다.

2018년 12월 12일

퇴근 무렵 머리가 아프고 어지러운 증상이 나타났는데, 운전 중에도 두통이 계속되었다. 머리가 아프면서 백회가 아린 느낌도 들었는데 밤 늦어서야 괜찮아졌다. 밤에 좌선하니 운기가 활발해지면서 눈앞에 뭔가 일렁이는 느낌이 들었으나 특별한 화면은 보이지 않았다. 백회와 단전으로 기운이 강하게 운기되면서 하나로 연결되는 느낌이 들었다.

2018년 12월 14일

점심 때 용천으로 기운이 한차례 흘러가는 느낌이 들었다. 저녁에 좌선에 들어가자 자동으로 3단계 화두가 암송된다. 아직 미진한 것이 있나 싶어 조금 암송하다가 더 이상 기운이 안 들어오는 것 같아서 자성에게 물어보니 끄덕끄덕하며 끝났다는 신호가 온다. 다시 5단계 화두를 암송하는데 불현듯 나에게 분별심과 탐진치가 아직

깊다는 생각이 든다. 수련 중 중단과 척중에서 약간의 통증과 함께 아린 느낌이 들면서 두 혈자리를 연결하는 터널을 뚫는 것 같은 생각이 들었다. 이후 백회가 아린 통증이 오다가 인당으로 압박감이 강하게 느껴졌다.

2018년 12월 15일 ~ 12월 23일

수련 중 운기는 활발하나 화면이나 천리전음 등의 변화는 없다. 계속 기운 변화로만 화두수련이 진행되는 것 같아 불안감이 조금 들었으나 선계 스승님들께 모든 것을 맡기고 수련에만 집중하기로 하였다.

2018년 12월 24일

간밤에 탄핵되었던 박근혜 대통령이 석방되어 다시 대통령이 되고 내가 그 측근으로 일하는 꿈을 꾸었다. 황당한 꿈이었지만 생생하여 계속 생각이 난다. 과욕을 경계하는 꿈일까? 삼공재 수련 중 백회, 용천, 단전에서 기운 반응이 강하게 느껴졌고 몸이 계속 앞뒤로 끄덕거리는 약한 진동이 왔다.

2018년 12월 26일

오후에는 친구가 일전에 읽어보라며 선물로 사 준 『중도론』이라는 책을 읽었다. 부처님의 무상정등정각에 대해서 다양한 비유로 설명하고 있는데 지금의 화두 암송과도 관련되는 주제여서 관심 있게 읽어 보았다. 저녁에는 책을 사준 친구와 만나 저녁을 먹으면서 구도와 수련에 관한 얘기를 나누었다. 친구 중에 유일하게 『선도체험기』에 관심을 기울여준 친구인데 그동안 나름대로 선지식을 찾아다니며 구도를 위한 노력을 계속해 온 것 같다. 생식에도 관심을 보여서 삼공선도와 삼공재 수련에 대해서도 소개해 주었는데 인연이 닿을지는 잘 모르겠다. 귀가하여 밤늦게 1시간가량 화두를 암송하며 수련하는데, 백회와 단전이 활성화되고 인당이 조여들면서 압박감이 느껴졌다. 들어오는 기운이 조금 바뀐 것 같은데 더 지켜보아야겠다.

2018년 12월 30일

저녁 수련 중 화두를 암송하니 단전에서 나온 뜨거운 물줄기 같은 기운이 회음으로 내려가서 장강에서 명문 쪽으로 다시 올라가고, 단전과 백회, 장심, 용천에서도 기운 반응이 활발하게 느껴졌다. 아직 화면이나 천리전음 등의 다른 특별한 변화는 없다.

2018년 12월 31일

새벽 수련시 백회로 들어온 기운이 단전에 쌓이면서 단전이 한층 더 단단해지는 느낌이 들었다. 삼공재에 방문하여 선생님께 5단계 화두수련 중인데 아직 화면이나 천리전음 등의 특별한 변화는 없다고 말씀드리니 끝났다는 신호가 올 때까지 계속 정진하라고 하신다.

자리에 앉자마자 몸이 앞뒤로 끄덕거리는 진동이 오고 백회, 단전, 용천, 장심으로 운기현상이 활발하게 일어났다. 절실한 마음으로 화두암송에 집중하였다.

저녁에는 가족모임이 있어 외식하고 귀가하였는데 순간순간 번뇌와 망상이 이는 것을 보니 아직 마음공부가 많이 부족한 듯하다. 밤 수련시 여러 얼굴들이 순간순간 스쳐 지나가는데 온전한 사람의 얼굴이 아닌 것을 보니 빙의령인 것 같다. 계속 화두를 암송하니 커다란 바위 동굴의 입구가 보이고 옆에 위아래로 길게 펼쳐진 빨간색 깃발이 꽂혀 있는데 위에서 아래로 검은색 한자가 네 글자 적혀있었다. 수련이 끝나니 다른 글자는 잘 기억이 나지 않고 두 번째 글자가 신선 선(仙)자 인 것만 기억난다.

2019년 1월 7일

밤에 좌선하여 천부경, 태을주, 시천주주, 운장주, 대각경, 삼일신고를 조금 암송하다가 화두 암송에 들어갔는데, 단전의 열감이 강화되며 중단까지 달아오르고 백회에서 들어온 기운이 손끝, 발끝까지 전달되었다. 며칠 사이 기운이 강하게 느껴졌는데 오늘 또 조금 달라진 것 같다. 수련 중 서양의 중세시대 복장을 한 귀부인의 얼굴이 잠시 떠올랐다.

2019년 1월 10일

저녁에 헬스장에서 운동하고 와서 화두를 외우며 좌선하는데, 운기가 활발해진 덕분인지 호흡이 길어지며 금세 몰입이 된다. 왼팔이 부르르 떨리며 진동이 일어났고, 백회와 단전에서 기운 반응이 계속되고 장심에서 기운 덩어리가 느껴졌다. 수련 중 별이 총총한 밤하늘이 보이면서 수면 위로 커다란 고래가 물을 내뿜는 장면이 떠올랐다.

2019년 1월 11일

천부경, 대각경 등을 조금 암송한 후 화두 암송에 들어가자 빙의령 때문인지 중단이 막혀서 답답하다가 수련 끝날 무렵에서야 괜찮아졌다. 수련 중 11가지 호흡 중 일부가 되었다. 화두의 의미에 대해 깊이 생각해보자 마음속에서 '모든 것을 사랑하고 포용하라'는 말이 떠올랐다.

2019년 1월 22일

삼공재를 방문하여 화두를 암송하니 백회로 들어온 기운이 단전으로 곧바로 내려가 쌓인다. 짧게 수련하였으나 집중이 비교적 잘되었고, 몸이 살짝 앞뒤로 끄덕거리는 진동이 일어났다. 수련 막바지에 '공(空)'이란 단어가 떠오르며 백회와 머리 주변으로 꽉 찬 것 같으면서도 텅 빈 것 같은 오묘한 기운이 느껴졌다.

2019년 1월 23일

밤에 도율 선배님 현묘지도 수련기를 다시 읽고 좌선 수련하였는데 운장주, 천부경, 태을주를 암송할 때와 비교해 보니 화두 암송시 들어오는 기운이 좀 줄어든 것 같았다.

2019년 1월 24일

새벽에 자동으로 눈이 떠져서 1시간가량 좌선 수련하였다. 운장주, 천부경, 태을주를 차례로 암송한 후 화두 암송에 들어갔는데, 운장주를 암송하자 머리를 산발한 여자 귀신의 얼굴이 잠시 떠올랐다가 사라졌고, 태을주를 암송하자 금산사 미륵전 내부의 불상들이 황금빛으로 빛나는 장면이 스쳐 지나갔다. 이후 집중과 잡념이 반복되다가 수련을 마쳤다.

2019년 1월 28일

밤 수련 중 단발머리를 한 여학생들의 단체 흑백사진 같은 화면이 떠오르는데 흰 저고리에 검은색 치마를 입고 있는 것이 구한말이나 일제시대 같은 느낌이 든다. 여러 인물들 중 앞자리에 있는 여자아이의 얼굴이 확대되며 내 얼굴 같은 느낌이 왔다.

2019년 1월 30일

밤에 좌선하여 한글 천부경을 한동안 암송한 후 화두 암송에 들어갔는데, 단전이 기운으로 가득차면서 단단해지고 약간 시원한 기운이 느껴졌다. 수련 중 중단이 살짝 열리면서 가족, 친인척과 평소 싫어하거나 미워하였던 사람들을 포함한 주변 사람들이 떠오르더니 이내 가슴이 벅차오르면서 감사한 마음이 생기고, 마음이 한없이 넓어졌다. 이후 인당에 압박감이 들며 상단전으로 호흡이 몰리는가 싶더니 풀 한포기와 같은 미물에서부터 대자연에 이르기까지 '만물이 나와 하나다'라는 생각이 들었다. 5단계 화두가 끝났는지 자성에게 물어보니 백회로 움찔하는 기운 반응이 왔다.

2019년 1월 31일

어제 밤 수련시 체험 덕분인지 마음 깊은 곳에서부터 평화가 느껴진다. 밤에 1시간가량 좌선 수련하였는데, 어제부터 들어오는 기운이 좀 달라진 것 같은 느낌이 들었다.

6단계 식처

2019년 2월 1일

아침에 딸아이를 유치원에 등원시켜주는데 백회로 기운이 쏟아진다. 확실히 이틀 전부터 기감이 다소 좋아진 것 같다. 삼공재에 방문하여 선생님께 명절인사를 드리고 5단계 화두가 끝난 것 같다고 말씀드리자, 선생님께서는 아직 5단계를 하고 있었느냐고 물으시고는

6단계 화두를 주셨다. 대각경과 한글 천부경을 조금 암송한 후 6단계 화두를 암송하자 몸이 들썩거리더니 앞뒤로 끄덕거리고 백회로 기운이 들어왔다.

2019년 2월 6일

밤 수련시 화두를 암송하자 부드러운 기운이 들어와서 운기가 활발해지면서 마치 내 몸이 기운 속에 파묻힌 것 같은 느낌이 들었다.

2019년 2월 11일

밤에 운장주, 한글 천부경, 반야심경, 태을주를 조금 암송한 후 화두 암송에 들어갔는데 명문에서 뜨거운 기운이 느껴지고 단전에 쌓인 기운이 솟구치면서 단전과 중단이 연결되었다. 수련 중 몸 전체가 기운의 장에 둘러싸인 느낌이 들었다.

2019년 2월 12일

새로 나온 『선도체험기』 118권의 머리말과 목차를 보는데 운기 현상이 일어났다. 『선도체험기』 118권을 조금 읽다가 좌선하여 화두를 암송하는데, 어제처럼 단전과 중단이 연결된 느낌이 들었다. 화두를 조금 빠른 속도로 암송하면서 집중하자 백회와 강간혈 등에서 압박감과 함께 기운이 느껴졌다. 온몸이 시원하면서 기운 속에 쌓여 있는데 피부호흡이 일부 되는 것 같다. 수련 중 조각구름이 떠있는

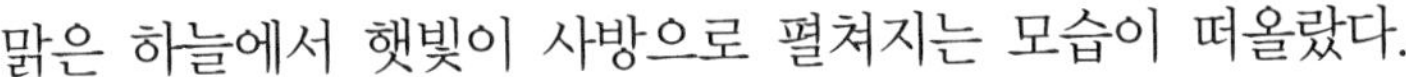
맑은 하늘에서 햇빛이 사방으로 펼쳐지는 모습이 떠올랐다.

2019년 2월 13일

저녁에 딸아이를 재우다가 같이 잠들었는데 뒤늦게 일어나 좌선 수련을 하였다. 운장주, 한글 천부경, 반야심경, 태을주를 한동안 암송한 후 화두 암송에 들어갔는데 기감이 좋아진 덕분인지 각각의 기운이 뚜렷이 구별된다. 화두 암송시간이 조금 짧았으나 집중이 잘 되었고, 기운이 곧바로 손끝, 발끝까지 운기가 되면서 피부호흡이 이루어졌다.

2019년 2월 14일 ~ 2월 16일

수련시 단전에 충만한 기운이 온몸으로 찌릿찌릿 시원하게 운기되면서 피부호흡이 이루어졌다. 몸이 앞뒤로 끄덕거리는 진동이 일어나면서 백회와 단전으로 동시에 기운이 들어오기도 하였다.

2019년 2월 20일

저녁 수련시 인당에 압박감이 느껴지고 머리둘레가 기운에 둘러싸인 느낌이 들었다.

2019년 2월 21일

오후에 딸아이와 국립중앙박물관에 가서 대고려전 전시회를 관람하였는데, 해인사에서 온 희랑 대사의 목조 조각상을 보니 선생님의 모습과 닮았다는 생각이 들었다. 밤에 좌선하여 화두를 암송하니 중단과 상단으로 번갈아 가며 호흡이 몰리며 강한 운기 현상이 일어났다.

2019년 2월 23일

밤에 40분 정도 좌선 수련하였는데, 천부경 암송 중 대각경이 자동으로 외워지면서 운기현상이 일어나 대각경을 조금 더 암송하였고, 반야심경 암송시에도 기운 반응이 활발하게 느껴졌다. 화두 암송에 들어가자 '삐~'하는 고주파의 관음법문이 들리며 백회로 들어온 기운이 독맥을 따라 흘러갔다.

2019년 2월 28일

오전에 사모님께 방문 전화 드리자 백회에서 기운 반응이 느껴진다. 삼공재에 방문하여 선생님께 생식 주문을 드리고 자리에 앉아 화두를 암송하니 기감이 예민해졌는지 평소보다 기운이 강하게 느껴졌고 몸이 약하게 부르르 떨렸다. 백회와 머리 주변, 단전에 기운이 많이 느껴졌다. 선생님께 정기인사로 부산으로 발령받았다고 말씀드리자 올 수 있으면 자주 오라고 하신다. 제자들을 자주 보고 싶어 하는 선생님의 마음이 느껴져서 가슴이 뭉클하였다.

2019년 3월 1일

새벽녘에 꿈속에서 다양한 전생의 모습들이 보였는데 깨어나니 승려와 관복을 입은 신하의 모습만 기억난다. 수련 중에 본 모습이 아니라서 긴가민가하다.

2019년 3월 6일

아침에 수련하는데 기운 반응이 활발하게 느껴졌다. 업무가 많아 늦게까지 야근하고 귀가하였다. 이번 주만 지나면 새로운 업무에 어느 정도 적응이 될 것 같다. 자기 전에 40분간 화두 암송하며 좌선 수련하였는데, 구름 사이로 빛나는 태양이 보이면서 햇살이 사방으로 펼쳐지는 장면이 떠올랐다.

2019년 3월 7일 ~ 3월 20일

백회로 시원한 기운이 들어와 독맥을 타고 내려가고, 단전에서는 타들어가는 듯한 강한 열감이 일어났다. 그 외 화면이나 천리전음 등 특별한 변화는 없었다.

2019년 3월 21일

수련시 화두 기운이 어제보다 좀 약하게 느껴지는데 자성으로부터 확실한 신호를 받지 못했다. 6단계가 끝나가는 것 같은데 조금 더 지켜봐야겠다.

2019년 3월 26일

아침수련시 화두 기운이 줄어든 것이 느껴진다. 저녁에 마음에 내키지 않는 일이 생겨서 마음이 어지러웠는데 잠시 마음을 관찰하니 다시 평온해졌다. 밤 수련 중 강간혈 부근에서 약간의 통증이 느껴졌고, 화두 기운이 줄어든 느낌이 오전보다 더 들었다. 수련 내내 집중이 잘 안되다가 끝날 무렵에 집중이 되면서 단전에 열감이 느껴졌다.

2019년 3월 28일

아침수련 중 화두 기운이 느껴졌다가 안 느껴졌다가 하는데 끝난 것인지 잘 모르겠다. 별다른 화면이나 천리전음도 없이 화두기운이 줄어드니 잘하고 있는 것인지 살짝 불안감이 든다. 끝났다는 확실한 느낌이나 마음에 조금 더 변화가 있었으면 좋겠는데, 자성에 물어보아도 잘 모르겠다. 일단 주말까지 조금 더 지켜봐야겠다.

2019년 3월 29일

오후수련을 위해 좌정하여 운장주, 한글 천부경, 반야심경, 태을주를 조금씩 암송하자 몸이 들썩거리며 약한 진동이 왔고, 단전에서는 타들어가는 듯한 열감이, 백회에서는 시원한 기운이 느껴졌다. 이후 화두를 암송하는데 화두 기운이 잘 안 들어오는 것 같아서 자성에게 6단계가 끝났는지, 다음 단계 화두를 받아도 되는지 물어보니 백회로 기운 반응이 왔다. 그래도 아직 간간히 백회로 화두 기운이 느껴져서 일단 며칠 더 지켜보기로 하였다.

7단계 무소유처

2019년 4월 5일

삼공재를 가려다가 갑자기 약속이 생겨는 바람에 생각을 접었는데, 아무래도 이번 주에 7단계 화두를 받아야 할 것 같아서 급하게 연락드리고 삼공재를 방문하였다. 선생님께 인사드리고 자리에 앉아 화두를 암송하면서 자성에게 6단계 화두가 끝났는지 물어보니 백회로 기운이 들어온다. 수련 끝나고 선생님께 말씀드리고 7단계 화두를 받아왔다.

2019년 4월 8일

새벽에 비행기를 타고 부산으로 내려오는데 우연히 인근 지역에서 근무하는 동료와 옆자리에 앉게 되었다. 기내에서 눈도 좀 붙이고 단전호흡도 하면서 조용히 오고 싶었는데 이런저런 얘기를 하다 어느덧 마음이 편안해지며 잔잔한 기쁨이 올라온다. 요새 사람들과 대화를 하다 보면 나도 모르게 내 목소리에서 알 수 없는 자신감과 당당함이 배어나와 나도 흠칫 놀라는 일이 종종 생긴다. 내면이 많이 단단해진 것 같은 생각이 든다.

지하철 타고 출근하는 길에 계속 화두를 암송하니, 백회와 머리 전체로 상서로운 기운이 감싸 흐르는 느낌이 들었다. 오전에 밀린 업무 처리하고, 동료들과 점심을 먹으면서 소소한 대화를 나누는데 마음이 계속 이유 없이 즐거워진다.

2019년 4월 9일

아침수련시 화두를 암송하니 백회에 기운 반응이 활발해지면서 단전이 달아오른다. 밤에 화두를 암송하니 비단결 같은 부드러운 기운이 백회로부터 내려와 몸을 휘감는 느낌이 들었다.

2019년 4월 12일

오전에 인당에서 미세한 떨림이 일어나서 자세를 바로잡고 잠시 화두를 암송하며 집중하자 단전이 타들어가는 듯한 열감이 느껴진다. 삼공재 가는 길 내내 단전에 집중하면서 정성들여 화두를 암송한다. 수련 중 운장주를 조금 암송하다가 바로 화두 암송에 들어갔는데 초반에 일어나던 잡념이 잠잠해지자 곧 타원형의 거울이 연상되며 '명경지수(明鏡止水)'라는 말이 떠올랐다. 잡념 사이에 떠오른 상념일 수도 있을 것 같아 한동안 '명경지수(明鏡止水)'를 암송하니 백회에 기운 반응이 활발해졌다.

2019년 4월 17일

밤 12시경부터 단전이 달아올라 30분가량 화두를 암송하며 좌선 수련하였다. 수련 중 단전에 강한 열감이 느껴졌고 인당에 500원짜리 동전 크기만 한 구멍이 뚫릴 것 같은 강한 압박감이 들었다. 전신 운기가 활발한 가운데 청나라 황제의 의복을 갖춘 인물상이 잠시 떠올랐는데, 나와 어떤 연관이 있는지는 잘 모르겠다.

2019년 4월 25일

새벽에 좌선하여 화두를 암송하니 백회로 기운이 들어온다. 낮 동안 틈틈이 단전에 집중하니 단전이 단단하게 느껴진다. 저녁에 비행기 타고 서울로 돌아오는데, 먹구름 아래로는 비가 쏟아지지만 구름 위의 맑은 하늘 위로는 석양의 지는 해가 밝게 빛나는 모습이 창밖으로 보인다. 마음속에 문득 본성을 깨달으면 우리의 마음도 저 빛나는 태양처럼 밝게 빛나고 있음을 알게 될 것이란 생각이 들었다. 밤에 좌선하여 화두를 암송하니 단전이 각성되면서 다리에서 부르르 떨리는 약한 진동이 일었다.

2018년 5월 3일

삼공재에서 도율 선배님과 함께 수련하였다. 운장주, 한글 천부경, 반야심경, 태을주를 잠시 암송하다가 화두 암송에 들어갔는데, 운장주를 외우기 시작하자 단전이 강하게 반응한다. 화두 암송시에도 백회로 시원한 기운이 들어오면서 장심과 용천까지 운기가 되었다.

수련 중 기다란 두루마리가 펼쳐지면서 그 위에 초서로 쓰인 한자들이 보이는 장면이 잠시 떠올랐는데, 그 내용은 잘 모르겠다. 수련이 끝나고 인사드리는데 선생님께서 흐뭇해하시는 것이 느껴졌다.

2019년 5월 4일

낮에 딸아이 어린이날 선물을 사주러 쇼핑몰에 갔다 온 후 피곤하여 잠시 누워서 화두를 암송하는데, 비몽사몽간에 내가 누군가와 원반 위에서 몸싸움을 하면서 엘리베이터 통로처럼 생긴 곳을 내려가는 장면이 보이다가 갑자기 눈앞이 환하게 밝아지며 '따닥'하는 소리가 들려서 놀라서 눈을 떴다. 직감적으로 수련에 뭔가 변화가 생긴 느낌이 들었으나 연휴동안 조금 더 지켜보기로 하였다. 밤 수련시 주문 암송시와 비교하니 화두 기운이 줄어든 것이 느껴졌다.

2019년 5월 5일

밤에 적림선도님 블로그를 통하여 도성님 등과 오랜만에 댓글로 소통하는 중 도성님이 내 기운이 바뀌었다며 축하해 주시는데 공명운기가 되었다. 자기 전에 좌선하여 화두를 암송하니 백회로 기운이 들어오면서 전신운기가 되는데, 선계 스승님과 삼공 선생님, 선후배 도반님들에게 감사한 마음이 들었다.

2019년 5월 7일

새벽에 비행기 타고 부산으로 내려오면서 단전에 의식을 집중하고 운장주와 반야심경을 암송하니 반야심경 암송시 기운반응이 크게 느껴졌다. 오전 내내 백회로 신령스러운 기운이 느껴지면서 수승화강이 이루어졌다. 며칠 사이 기운이 바뀐 것 같은 느낌이 든다. 밤 수련시에도 운기가 활발해지며 수승화강이 이루어졌는데 특히 단전에서 열감이 강하게 느껴졌다. 화두 암송시에는 단전만 달아오르고 백회의 반응은 미미한 것 같아 자성에게 7단계 화두수련이 끝났는지 물어보았는데 긴가민가하여 조금 더 지켜보기로 하였다.

2019년 5월 14일

밤에 화두를 암송하는데 단전이 각성되면서 의식하지 않아도 자동으로 호흡이 이루어졌다. 백회와 독맥으로 시원한 기운이 들어와 운기되면서 용천에서도 기운반응이 느껴졌다.

2019년 5월 16일

아침수련시 자성에게 7단계 화두가 끝났는지 물어보니 약하게 몸이 흔들거리는 반응이 온다. 수련 후 시민공원에 가서 운동을 하려고 집을 나섰는데 보도블록이 튀어나온 곳에 발이 걸려 넘어지면서 무릎에 찰과상을 입고 말았다. 정신 차리고 수련을 더 열심히 하라는 신호인 듯하다. 밤에 서울로 올라와서 잠시 휴식하는데 갑자기 단전이 달아올라 바로 좌선 수련에 들어가니 관음법문이 유유히 흐르는 소리가 들렸다.

8단계 비비상처

2019년 5월 21일

오늘 선생님께 8단계 화두를 받아야겠다는 생각이 들어서 오후에 선생님께 전화를 드려 8단계 화두를 받았다. 화두가 이전보다 다소 길어서 선생님께 다시 한번 확인하였다. 곧바로 잠깐 화두를 암송하는데 백회로 부드러운 기운이 들어오는 것이 느껴졌다. 저녁에는 회식이 있어 밤늦게 귀가하는 바람에 저녁수련은 하지 못했다.

2019년 5월 22일

아침수련시 손님의 영향인지 가슴 왼쪽으로 약간의 통증이 느껴졌는데 어제 회식으로 인한 손기된 기운을 보충하려는지 운기는 활발히 이루어졌다. 저녁에 좌선하여 본격적으로 화두 암송에 들어갔는데, 하늘과 기운줄이 연결되면서 백회로 이전과 다른 기운이 들어오는 것이 느껴졌다. 수련 중 몸을 좌우로 흔드는 약한 진동이 나왔고, 인당에 강한 자극이 왔다.

2019년 5월 23일

아침수련시 백회로 부드러운 기운이 들어와 온몸을 감싼다. 수련 초반에 한동안 잡념과 함께 여러 가지 의미 없는 이미지가 스쳐 지나갔다. 수련을 마칠 때쯤 카페 대문에 있는 초대 단군왕검님의 모습이 떠올랐다. 저녁에 서울로 올라와서 밤에 수련하는데, 인당에 기운이 느껴지면서 아침수련시에 보았던 단군왕검님의 모습이 다시 떠올랐다.

2019년 5월 24일

삼공재를 방문하니 선생님께서 반갑게 맞아주신다. 자리에 앉아 화두 암송에 들어가자 부드러운 기운이 온몸을 감싸고 수련 내내 집중이 잘 이루어졌다. 수련 마치고 선생님께 생식주문을 드리는데 선생님이 몸무게를 물어보셔서 가슴이 뜨끔하였다. 몸공부에도 소홀함이 없도록 더 노력해야겠다.

2019년 5월 26일

하루 종일 딸아이와 유치원 체육행사에 참가하였는데, 행사의 절반은 학부모의 체육활동으로 채워져 있어서 간만에 달리고 뛰었더니 몸이 노곤노곤해졌다. 밤에 좌선하여 화두 암송에 들어갔는데 운기가 활발해지면서 손가락 끝에서 기운이 느껴졌다. 수련 중 중세시대 왕이 기사들과 말 타고 전쟁 또는 사냥 나가는 장면이 잠깐 떠올랐다.

2019년 5월 28일

아침수련시 화두를 암송하니 운기 현상은 활발한데 화면 등 특별한 변화는 없었다. 저녁 수련시 화두 암송에 집중하자 등 쪽으로 막대기 같은 기둥이 서있는 느낌이 들었고, 중단과 인당에서 기운반응이 있었다.

2019년 6월 2일

오후에 갑자기 왼쪽 머리에 편두통이 생겨 고생하였다. 아무래도 강한 손님이 온 것 같다. 20분 정도 좌선하면서 운장주를 계속 암송하였는데 누워있기도 힘들고 앉아있기도 힘든 상태가 계속되었다. 이후 와공하며 운장주, 태을주, 반야심경을 한동안 차례로 암송하였으나 별다른 변화가 없다가 저녁에 생식한 이후 좀 좋아지더니 밤늦게야 통증이 가시면서 컨디션이 회복되었다. 밤늦게 좌선하여 화두를 암송하는데 운기는 활발하였으나 화면 등 특별한 변화는 없었다.

2019년 6월 5일

일산에 교육받으러 갔다가 점심시간에 호수공원 남쪽에 조성된 메타세콰이어길을 걸었다. 걷다가 오랜만에 사촌 형과 누나한테 연락이 와서 잠깐 통화를 하였는데, 통화가 끝나고 손님 때문인지 우울감과 무력감이 몰려오면서 만사가 귀찮아진다. 운장주를 암송하면서 마음 관찰에 들어갔으나 오후 내내 감정이 쉽게 가시지 않더니 저녁때까지 이어진다. 급기야 밤에 딸아이를 재우고 아내와 이런저런 얘기를 하다가 사소한 일로 언성이 높아졌다. 그냥 그런가보다 하고 넘기면 될 일을 내가 하나하나 따지다가 일이 커지고 말았다. 아내에게 서운한 감정이 들었으나 계속 관해보니 결국 내 탓이란 생각이 들면서 감정이 누그러졌다.

자기 전에 좌선하여 화두를 암송하는데 백회로 하늘과 기운줄이 연결되면서 대추혈과 척중 사이에 뭔가 분주한 기운 반응이 느껴졌고, 관음법문 소리가 유유히 들리더니 이내 귀가 먹먹해지면서 진공 상태에 들어갔다. 마치 무중력 상태인 것처럼 몸이 가벼워지고 생각이 사라진 상태가 잠시 지속되었다. 수련 중 고대 이집트의 지하무덤에 황금으로 만든 데드마스크를 쓴 여자가 누워있는 모습과 함께 무덤 벽면에 그려진 이집트의 상형문자들이 보이더니, 이후 장면이 바뀌어 대항해시대쯤에 범선을 타고 있는 사람들의 모습이 떠올랐다.

2019년 6월 10일

간밤에 서해 바닷가 근처에 있는 경치 좋은 산에 다녀오는 꿈을 꾸었는데, 산 정상까지 에스컬레이터가 연결되어 있다. 정상까지 에스컬레이터를 타고 올라가니 식당이 하나 있는데 도산님이 맛집으로 추천해 준 곳이란다. 그곳에서 식사를 하고 산을 걸어내려 가면서 바닷가 풍광을 즐기다가 다시 에스컬레이터를 타고 산으로 올라가면서 잠에서 깨었다. 좀 생뚱맞은 꿈인데 수련 진행 상황과 연관이 있는지 계속 생각이 난다.

2019년 6월 11일

아침수련 중 태을주를 잠깐 암송하였는데 앞뒤좌우로 약간의 진동이 오면서 장심에서 기운이 느껴졌다. 이후 화두를 암송하였는데 주문 암송시와 비교하니 화두 기운이 다소 미미하게 느껴졌다.

2019년 6월 13일

아침수련시 운장주, 태을주, 한글 천부경, 반야심경을 잠시 암송한 후 화두 암송에 들어갔는데, 백회와 단전에서 활발한 기운이 느껴지고 집중이 잘되었다. 낮 동안에도 단전에 의식을 집중하면 수승화강이 이루어졌다. 밤 수련시 양팔과 다리가 들썩거리며 운기 현상이 활발해졌고, 인당에 강한 자극이 왔다.

2019년 6월 18일

간밤에 가족들과 미국으로 출국하기 위해 혼자 먼저 공항으로 향하는데 고속도로 길이 막히고 비자를 받지 못해 고생하는 꿈을 꾸었다. 일어나서 생각해보니 화두수련이 아직 마무리되지 못한 나의 상태를 보여주는 것 같다. 저녁에 수련을 시작하자 태을주가 자동으로 암송되면서 한동안 강한 기운이 느껴졌는데 이후 화두 암송시에는 잡념이 많아 집중이 잘 안되었고 화두 기운도 미미하게 느껴졌다.

2019년 6월 21일

삼공재를 방문하니 선생님께서 미소로 맞아주신다. 자리에 앉아 화두를 암송하니 백회와 용천혈에서 기운 반응이 있고, 단전에서 열기가 위로 솟구쳤다. 집중은 잘되었으나 화면 등 특별한 변화는 없었다.

2019년 6월 25일

저녁 수련시 백회로 들어온 기운이 용천까지 유통되고, 단전에서 뜨거운 기운이 솟구치면서 중단이 달아올랐다. 수련 중 잠시 화두도 잊어버린 채 모든 것이 사라진 듯한 상태를 경험하였다.

2019년 6월 26일

저녁 수련시 푸르스름한 빛이 나는 작은 정육면체가 잠시 보이다가 사라졌고, 관음과 함께 단전의 열기가 중단까지 올라왔다.

2019년 7월 5일

간밤에 호랑이 세 마리가 내 주위를 맴돌다가 그 중 가장 큰 한 마리가 나에게 달려드는 꿈을 꾸었다. 도망가다가 우산을 호랑이 입 속에 찔러 넣어 위기를 모면한 후 나중에 다시 입에서 우산을 꺼내주었다. 뭔가 수련과 관련이 있는 듯한데 정확한 의미는 잘 모르겠다.

2019년 7월 7일

밤에 좌선하여 화두를 암송하니 단전에서 기운이 크게 느껴졌다. 수련 중 예전에 보았던 단군왕검님의 모습이 잠깐 보였고, 내가 백남준의 비디오아트 작품처럼 작은 브라운관 TV화면이 쌓여 있는 원기둥 내부에 서있는데, 위쪽으로 갖가지 TV 화면들이 계속 이어지는 것을 올려보다가 천장에서 밤하늘에 별이 한가득 보이는 장면이 떠올랐다.

2019년 7월 13일

삼공재를 방문하기 위해 전철역에 내리니, 마침 조광 선배님과 도반님들이 계셔서 오랜만에 반갑게 인사드리고 함께 삼공재로 향하였다. 조광 선배님께서 내 기운이 많이 바뀌었다며 현묘지도 수련이 끝난 것 같다고 하시는데, 아직 확신이 없어 마무리 중이라고 말씀드렸다. 수련 내내 온몸이 열기로 후끈거렸고, 뒤에 계시던 조광 선배님이 굽어 있는 내 허리를 바로 잡아 주시자 순간 전신에 전기가 통하는 느낌을 받았다. 조광 선배님 등과 함께 뒤풀이 하며 도담을 나누고 귀가하였다. 자기 전에 좌선 수련을 하는데 삼공재에서의 여운이 계속되면서 단전이 후끈 달아올랐다.

2019년 7월 17일

간밤에 선생님이 수련 중이던 내게 백회로 기운을 넣어주는 꿈을 꾸었다. 꿈 때문인지 수련시 평소보다 백회와 독맥 쪽으로 운기현상이 활발하게 느껴졌다.

2019년 7월 20일

삼공재 수련 중 손님 때문인지 가슴 부위에 살짝 통증이 느껴졌고, 단전과 인당에 기운반응과 함께 계속 자극이 왔다. 수련이 끝날 무렵 현묘지도 화두수련이 끝났는지 자성에게 물어보니 끝났다는 반응이 오는데 아직 실감이 잘 안 난다. 수련이 끝나고 빵집에서 조광 선배님 등과 한동안 도담을 나누다가 귀가하였다. 밤에 좌선 수련하면서 다시 자성에게 화두수련이 끝났는지 물어보니 끝났다는 반응이 왔다.

마치며

사람의 몸을 받아 태어나기 어렵고, 올바른 스승을 만나 진리의 가르침을 듣기는 더욱 어렵다고 하는데, 금생에 삼공 선생님을 만나 선도수련을 하게 되고 현묘지도 화두수련을 통하여 나의 참모습을 조금이나마 맛볼 수 있었던 것은 일생의 큰 행운이었습니다.

돌이켜보면 여러 가지 부족한 상태에서 현묘지도 화두수련을 시작하다 보니 화려한 화면이나 천리전음보다는 주로 기운의 변화로 수련이 진행되면서 다소 시행착오를 겪기도 했지만, 그 과정에서 결국 나는 만물과 하나이며 빛나는 무한한 존재임을 자각할 수 있었습니다.

이제 겨우 구경각을 향한 발걸음을 내딛은 것에 불과하고, 억겁을 거치며 쌓인 습을 걷어내야 하는 지난한 과정이 기다리고 있음을 알기에 초심으로 돌아가 자중자애하면서 계속 정진하도록 하겠습니다.

끝으로 현묘지도 수련을 무사히 마칠 수 있게 도와주신 선계의 스승님들, 삼공 선생님, 보호령님, 지도령님, 조상님들, 삼공재와 현묘지도 카페의 선후배 도반님들께 다시 한번 감사의 인사를 드립니다.

【삼공의 평가】

구경각을 향해 끈질기게 앞으로 밀고 나가는 추진력이 대단하다. 삼공재는 이제 기쁜 마음으로 또 한 사람의 구도자를 내보냅니다. 도호는 우주의 진리를 밝힐 사명을 띄고 있다는 뜻에서 우명(宇明).

조광의 현묘지도 수련 완료 이후 수련기

선생님, 안녕하세요?

이번 토요일은 제가 일이 생겨 삼공재 수련하러 가지 못합니다. 대신 저녁에 열심히 수련하겠습니다. 메일 쓴 김에 요즘 저의 수련에 대하여 아래와 같이 보고 드리겠습니다. 2월 10일부터 3월 19일까지의 수련내용입니다. 읽으시고 가르침 주시기를 청하옵니다.

조광 방준필 배상

2019년 2월 9일 토요일

1차수 : 9시 10분~10시. 단전부터 상단전까지 의수하니 수련 분위기에 슬슬 빠지다.

2차수 : 10시 10분~54분. 백회에서 기운이 들어오다. 걸죽하고 묵직한 기운이 큰 원통을 타고 내려간다. (회음까지 내려가도록 의식을 두지 못해 아쉽다.) 감기령을 부르니 곱상하게 생긴 남자가 복부 부위에서 중얼거리기에 자세히 보니 가슴 부위 앞으로 떠오르며 사라진다. 엘리베이터를 타다. 입구 위에 현판이 걸려 있다. 뭐라 적혀있는지 보려니 한글도 아니고 한자도 아닌데 안개처럼 빛이 나며 기운이 방사된다. 같이 탄 사람이 둘 있었는데 누구지?

3차수 : 1시 20분~55분. 명상음악을 들으며 침잠해 들어가다. 2차수의 엘리베이터 입구 위에 붙은 현판을 다시 보니 계속 빛이 난다. 그 빛이 인당으로 전해온다. 엘리베이터가 어디로 올라가는 것인지 궁금하다.

4차수 : 2시~50분. 삼공재 가는 길에 걸을 때는 보공, 전철 타고 자리에 앉으면 좌공을 하다. 강남구청역에 도착, 3주 만에 자통님을 뵈니 반갑다. 얼굴이 훤~ 한 걸 보니 그동안 수련을 많이 하신 듯하다.

5차수 : 3시~4시. 삼공재 수련하다. 선생님 표정이 밝아 보인다. 오늘은 방문자가 5명으로 늘었으니 선생님 컨디션이 좋아진 증거렸다. 수련에 임하자 바로 기운이 들어오고 반입정 상태가 되었는데 잡념이 영화 필름처럼 연달아 뜨기에 수식관을 했다. 호흡 100번 하니 단전이 마~악 진동한다. 앞에 앉은 월광님의 뒷 모습이 커 보인다.

6차수 : 4시~6시. 뒤풀이 자리에서 피로감이 느껴진다. 기운이 어디에 다 빨려간 것 같다. 조금 후 자동 축기되며 단전이 따듯해지고 저절로 대맥이 돈다. 대화명상을 통해 기운이 회복된 것이다. 월광님이 증정한 『선도체험기』 118권에 사인을 받았다. 기념으로 소장해야지. 수련 이야기와 뒤풀이 계산까지 해 주신 월광님께 감사드린다.

7차수 : 6시~8시 반. 자통님과 저녁식사 하며 깊은 이야기를 나눴는데, 함께 있는 것만 해도 그런데 도담까지 나누니 수련의 기반이 닦인다. 저녁을 쏘신 자통님께 감사드린다. 귀갓길에 『선도체험기』 118권 현묘지도 수련기를 읽으며 독서명상하다.

8차수 : 10시~50분. 하단전에 의식을 두고 수식관 하는 동안 하복부와 머리가 간헐적으로 진동한다. 중단전에 의식을 두니 천돌, 상단전이 상응한다. 머리가 진동하고 나니 맑아진 듯하다.

9차수 : 11시 10분~0시 30분. 중단, 천돌, 상단 순으로 의식을 두고 수식관하다. 그러다 완전히 입정에 들어 호흡을 잊었다. 정신이 드니 0시 10분, 계속 입정에 든다. 백회에 의식을 두고 기다리니 단전, 명문 등에 열감이 상응한다.

2019년 2월 10일 일요일

1차수 (9시 30분~10시30분) : 음악명상하다. 호흡에 신경 쓰지 않고 그냥 음악 들으며 가만있었다. 기운이 일고 상단전 수련이 저절로 된다. 그런데 잡념이 몇번 스친다. 완전히 입정에 들지 않았다는 증거.

2차수 (2시 30분~3시 30분) : 산책 나가 보공, 수식관 300회 하며 단전 축기하다. 소변이 급해 생각만큼 오래 있지 못하고 귀가했다.

3차수 (4시~4시 50분) : PC 앞에서 명상음악 들으며 차크라 운기 호흡하다. 7개의 차크라에 차례로 의수하며 10회씩 호흡하고 백회에서 회음까지 관통하며 각 차크라와 수평으로도 관통한다. 이후 회음에서 백회로 호흡에 따라 기운을 돌린다. 얼굴에 털이 덥수룩한 서양인을 포함, 여러 사람이 언뜻언뜻 보이다.

4차수 (5시~30분) : 충맥 따라 기운이 돌고 나니 뜨겁다. 조금 더 돌려 안정시킨 후 입정에 들고자 했다.

5차수 (7시 3분~43분) : 입공하다. 30분 동안 손바닥을 땅으로 향하여 지기를 받는 자세, 10분은 양팔로 항아리를 안는 듯 양 손가락 끝이 중단 위치에서 거의 닿을 정도로 자세를 취한다. 수염 있는 서양인이 또 보인다. 손과 머리 등이 격하게 진동했다. 잠깐 요가 동작을 취한다.

6차수 (8시~8시 45분) : 배꼽 아래 두손을 포개어 동그랗게 만들어 단전을 느끼며 호흡에 잠기다. 곧 입정에 들어 나를 잊는다. 40분쯤 입정에서 나오니 머리에 링을 낀듯하다. 브레이크 타임에 수련기 쓰고 물마시고 요가 동작을 취하다.

7차수 (9시 5분~55분) : 머리의 왕관 같은 링을 관하다. 사람 얼굴이 잠깐 보이더니 팍 사라지면서 약하게 파문이 일듯 기운이 전해온다. 어제 엘리베이터를 탔으니 선계에 오르는가 싶어 기다린다. 상단전 앞에서 어떤 차원의 벽이 다가온다. 상단전을 지나 얼굴 전체 이어서 몸까지 이 차원의 벽이 지나간다. 이어서 환하게 빛이 보인다. 감은 눈을 꼭 감아도 환하다. 빛이 계속 보인다. 아! 선계는 빛으로 되어 있구나. 그런데 이 빛 너머에는 뭐가 있을까? 그래서 앞으로 막 진행한다. 그러자 더 밝아지고 기운이 강하게 전해진다. 더 이상 변화가 없기에 공개 안 할 테니 보여달라고 했다. 그랬더니 뭔가 보일 듯 말듯하다. 아! 나의 관념이 작용하려는 것 같다. 그래서 중지한다. 관념이 작용하면 그 관념대로 모습이 나타나기 때문이다.

8차 수 (11시 ~ 0시 22분) : 이번에는 자성을 불렀다. 의수단전 하고 있는데 상단이 쿡쿡 쑤신다. 아까는 정면에서 차원의 벽이 다가왔는데 이번에는 아래에서 위로 올라온다. 자성을 계속 찾으니 상단전이 다시 밝아진다. 빛이 보인다. 빛이 들어오는 건가? 인당이 감긴 두눈과 함께 삼각형으로 빛을 보고 있다. 자성도 빛이구나. 한참 있다가 짧막한 흑백 영상이 보인다. 여러 사람이 나오는데 배경이 외국 같다. 이 영상 안에서 자성을 찾을 수 있는지 눈여겨본다. 아닌 것 같다. 계속 찾는다.

카메라 망원렌즈 같은 것이 떠오르기에 상단전에 장착시켰다. 조금 있다가 어떤 남자가 보인다. 옛날 복장, 하얀 옷의 염소수염을 기른 학자 타입이다. 어느 시대인가? 이분이 자성의 현현인가? 이분이 오래 머문다. 조금 있다 이상한 사람 얼굴이 보인다. 비호감이라 "설마~" 하고 생각하니 사라진다. 짧은 영상이 보이고 어떤 남자가 휭~ 하며 곡예하듯 나타난다. 기운이 전해오니 이분이 자성 대역인가 보다.

조금 있다가 렌즈에 칼라가 입혀진다. 그리고 렌즈가 확대되며 인당도 커진다. 또 짧은 영상이 보이며 누가 종이를 두개 접어 나에게 준다. 이걸 받아야 하나 말아야 하나 망설이는 동안 전경이 멀어진다. 받는 게 좋겠지? 더 멀어지기 전에 받기로 했다. 이제 어떻게 될지 궁금하지만… 그만 입정에서 나와야겠다. 잠자리. 마침 잠이 안 와서 와공으로 의수단전. 어느 행성이 클로즈업되다가 화면에 꽉 차는 순간 멈춘다. 이를 보고 있는데 고양이가 주변을 배회하다가 이불 속으로 들어와 품에 안긴다. 얘가 왜 이리 살겹게 구는지 전생이 궁금해졌다. 그러자 영상이 뜬다….

2019년 2월 11일 월요일

1차수 (5시 40분~6시 50분) : 사무실을 나오며 수식관 시작, 걸을 때는 보공, 지하철 탔을 때는 입공하며 집에 도착할 때까지 계속 수식관한다. 의식을 둔 곳은 중단, 천돌, 중완 등이다. 주방에서 서성거리는데 엉덩이 주변으로 기운이 돈다. 와우~ 기분 좋다.

2차수 (7시 55분~9시) : 산책 나가 보공하다. 식후라서 가볍게 호흡했다. 트랙 한바퀴 돌 때마다 기운을 중단, 목, 입, 코, 눈의 순으로 옮기며 돌리고, 인당은 강간, 백회는 회음으로 기운을 왕복시켰다. 이후 역방향으로 소주천 하며 트랙을 세 바퀴 돌았다. 자동으로 전신주천이 되며 계속 걷고 싶어진다.

3차수 (9시 20분~10시 20분) : 명상음악 들으며 의수단전. 화두를 걸어 놓고 단전을 보고 있는데 상단이 더 가깝게 보인다. 의식이 상단 뒷쪽에 있어서 그런가? 이윽고 상단을 보니 철컥 하더니 문이 열리고 빛이 막 들어오기 시작한다. 금빛 가루가 섞여서 들어온다. 몸이 쓰윽~ 도는 것 같기도 하더니, 시간 간격을 두고 짧은 영상 몇개가 보였다. 전생의 장면인지 모르겠다. 그냥 흘려보낸다.

4차수 (10시 45분~11시 10분) : 어제 받은 접힌 종이 두장을 중단에서 펴니 빛이 강하게 나온다. 빛이 원형을 이루며 커지더니 가슴을 둘러 떠올라 머리 위로 올라간다. 종이를 계속 보니 구체의 빛이 만들어지며 커지기 시작한다. 점점 커지더니 나를 머금는다. 팔이 저절로 스르르 움직이며 여러 기공 자세를 취한다.

5차수 (11시 40분~0시 5분) : 종이를 다시 본다. 여전히 빛이 나는데 강한 기운도 전파된다. 두장의 종이를 X자로 포개어 하단 중단 상단으로 옮기며 기운을 받아 본다. 백회에 올리니 몸안으로 기운이 쏟아진다. 회음으로 내려 여기서부터 불편한 부위, 나쁜 곳, 아픈 부위를 하나하나 딲아 나간다. 심지어 팔목 아픈 곳도 딲는다. 그럼에도 여전히 강한 기운이 방사되는 종이를 이제 접어서 넣어둔다. 이걸 주신 의미가 무엇이고, 앞으로 어떻게 활용할지 생각해봐야겠다.

2019년 2월 13일 수요일

1차수 (5시 45분~6시 45분) : 보공과 입공을 하면서 수식관 하였다. 별다른 반응은 없다.

2차수 (9시 10분~10시) : 사운드 테라피 음악을 들으며 하단 축기하며 중단에 의식을 두다. 하단과 중단이 뜨거워진다. 브레이크 타임에 따듯한 차를 마셨다.

3차수 (10시 5분~11시 5분) : 아래 사운드 테라피를 듣다. 집중력을 높이기 위해 중간에 헤드폰을 끼고 들었다. 하얀 군복에 훈장을 잔뜩 단, 지위가 높은 장군이 보인다. 나이도 좀 있어 보이는데 서

양사람 같기도 하다. 다른 장면은 생각 안 나도 이 모습은 강렬해서 기억에 남는다.

4차수 (11시 30분~0시 27분) : 화두수련을 하다. 잡념이 살살 뜨는 바람에 집중이 덜된다. 수련을 위해서는 잡념을 줄여야 하는데 그러려면 역시 단순한 삶을 살아야겠다. 명상음악에 집중한다. 갑자기 빛과 함께 얼굴이 수직으로 셋 있는 사람?이 나타났다. 흠~ 놀라움과 당혹스러움 그리고 침착… 누군가의 머리 윗편과 앞 경치가 보이니, 그가 나를 업어서 어디로 데려가는 것인지 내가 위에 떠서 따라가는 것인지 아니면 얼굴 셋 중 위에 위치한 시선으로 바라 보는 것인지 명확치 않다. 가다 보니 하얀 천이 깔린 상위에 음식이 큰 그릇으로 여럿 차려져 있는 곳에 이르렀다. 다른 장면도 있었는데… 생각이 안 난다.

2019년 2월 14일 목요일

1차수 (5시 40분~6시 40분) 퇴근길, 전철간에서 입공한다. 책을 한 챕터 읽는 동안 기운이 일어난다. 책을 가방에 넣고 하단전에 의식을 두고 가볍게 명상한다. 걸을 때는 보공을 한다.

2차수 (7시~58분) 단전호흡하니 상단전이 상응하며 압통이 느껴진다. 중단은 의식으로 문을 여니 삼 단전이 모두 연결된다. 인당에서 빛이 보이고 조금 있다 인당이 머리 안으로 들어온다. 기운이 스르르~ 들어온다.

3차수 (8시 10분~50분) 음악명상으로 호흡을 잊고 입정에 들다… 브레이크 타임에 간단히 몸을 풀고 차를 마시다.

4차수 (9시 5분~10시 15분) 인당으로 눈부신 빛이 들어온다. 물이 담긴 큰 솥(시골의 부엌에 있는 무쇠솥 같은 모양)이 사람 손 여러 개가 떠받혀 오른다. 손들은 사라지고 솥이 그대로 떠 있다. 의식이 뒤로 그리고 아래로 이동하며 더 깊은 입정으로 들어가다.

5차수 (10시 30분~11시 17분) 의수단전 수식관 하는 동안 상단전이 파헤쳐지는 듯 아프다. 브레이크 타임에 블로그에 답글 쓰고 차를 마시다.

6차수 (11시 40분~12시 50분) 화두를 암송하다. 이것이 인당과 합체된다… 아! 이게 화두가 아니고 만트라임을 알게 되다. 아유~ 인당이 눈부시다. 백회에서 반응한다. 파란색 버티칼이 쳐져 있는 유리 천장 같은 공간이 보인다.

2019년 2월 16일 토요일

1차 수 (9시~10시 45분) 사운드 테라피 음악을 들으며 반입정 상태에 머문다. 상단전 수련이 저절로 되고 기운과 빛이 용솟음친다. 잡념이 간간이 들긴 하지만 휘둘리지 않으니 괜찮다. 브레이크 타임에 음식 먹고 머리 감고 댓글도 달며 생각한다. 상단전이 저절로 활성화되니 이를 무시할 필요가 없을 듯하다. 때가 되어 그런 것이니 어떻게 전개될지 지켜보자.

2차수 (12시 ~ 1시 15분) 음악명상을 계속하다. 비몽사몽 같은 상태가 지속되다.

3차수 (2시 ~ 50분) 삼공재 가는 전철간에서 상단전이 활성화된다. 이에 상단과 강간 그리고 송과선 부위에 의식을 교차하며 호흡하다. 후반에 고운 기운이 방사되며 오라가 형성된다

4차수 (3시 ~ 4시) 삼공재 수련 : 선생님 PC 봐드리고 수련에 임한다. 오늘은 어떻게 수련할까? 일단 의수단전. 아무것도 없다가 얼핏 뜨거운 원반, 보름달처럼 둥글고 얇은 모양의 기운이 느껴진다. 중단에 의식을 두니 그곳에도 마찬가지 둥글고 얇은 원반 모향의 기운이 보인 것인지 느껴진 것인지….

5차수 (4시 ~ 8시) 대화명상 : 뒤풀이로 빵과 커피를 먹고 장소를 옮겨 저녁식사를 했다. 초반에는 지난주처럼 기운이 빠져 피곤감이 느껴졌다. 조금 있다가 단전의 열감이 극에 달하고 중단도 이에 상응한다. 하단전의 뜨거움에 화상 입을까 괜한 걱정을 한다. 하루에 5시간 좌공으로 내공이 깊어지는 분의 이야기를 들으니 동기부여가 된다.

6차수 (9시 40분 ~ 10시 25분) 만트라를 '옴'으로 바꿔 암송하니 바로 기운이 들어온다.

7차수 (10시 55분 ~ 11시 55분) 수식관 하다가 입정에 들다. 브레이크 타임에 댓글을 보고 답글을 달다. 가볍게 몸을 좀 풀고 차도 마신다.

8차 수 (0시 10분~1시 10분) 외출하고 온 댓가로 따라온 손님을 보낸다. 빙의가 넘어올 줄 알았지만 잠복하여 있다가 밤에 머리 눌림 현상으로 나타났다. 여럿이 차례로 나타난다. 처음엔 얼굴이 없는 검은 양복 차림 등등… 선명하게 보이지는 않는다. 조금 있다가 별이 촉촉 박힌 밤하늘이 연속으로 보인다.

2019년 2월 17일 일요일

헤어컷 하러 가서 내내 의수단전하다. 일요일이니 영화라도 볼까 하고 틀었다가 이내 꺼버리고 수련에 임한다. 1차 수련으로 오후 2시부터 1시간 동안 보공하다. 2차수, 3시 반부터 한시간 동안 좌공으로 축기하다. 수식관으로 단전의 온도를 많이 높혔다.

3차수, 4시 40분부터 한시간 동안 의자에 앉아 단전호흡하다. 이때 들은 사운드 테라피, 피부를 땡땡하게 해 주는 효과가 있다는데 명상음악으로 들으니 괜찮다. 이후 20분간 와공으로 축기하다. 4차수, 6시 40분부터 40분 동안 음악명상하다. 어젯밤 입정 시 별이 빼곡한 밤하늘이 보였으니 아래 명상음악을 듣는다. 가볍게 명상하는데 백회가 찢어질 듯 아프다.

5차수, 7시 반부터 한시간 동안 보공하다. 며칠 전 입정 시 물이 담긴 무쇠솥이 가슴 높이로 떠오른 것은 중단전 수련을 하라는 의미로 최종 해석한다. 이제 솥에 담긴 물을 끓여야 한다. 그러다 보면 하늘에 쳐진 유리천장도 열리겠지… 6차수, 8시 50분부터 '얍'을 암송하며 만트라 수련을 시작하여 10시까지 하다. 의식을 하단전과 중단전에 동시에 두며 단전호흡을 한다. 가운데 중완혈에서 머리를 뒤로 넘기고 하얀 옷을 입은 단아한 여인이 몇 초간 보이다 사라진다. 하단전도 중단전도 뜨거워진다. 상단전도 상응한다. 그런데… 이거 다른 수련보다 어렵다.

2019년 2월 18일 월요일

오후, 단전의 열감이 뜨거워 깜짝 놀란다. 한참 있다가 문득 단전의 뜨거움이 통증으로 느껴지기도 한다. 1차수 (6시~50분) 퇴근하면서 만트라 수련하다. 2차수 (7시~8시) 아래 음악 들으며 중단전 수련하다. 눈에 힘을 빼고 화면을 보다가 눈을 감기도 하며 음악에 집중한다. 중단전이 뜨거워진다.

3차수 (8시 45분~9시 45분) 하단전 축기 수련하다. 상단전이 상응하더니 하단전과 하나가 된다. 빨강, 파랑, 보라 빛이 섞인 작은 구름 덩어리 같은 것이 눈 아래에 떠 있다가 인당으로 들어간다. 상단전에서 눈이 부시도록 빛이 난다. 더불어 기운도 전파된다.

4차수 (10시 10분~11시 40분) 반입정 상태에 머물다가 입정에 들었다. 인당이 간지러운 듯 아픈 듯 자극이 일기에 그곳을 바라보다가 그 안으로 들어간다. 중국 산샤댐 부근 어느 지역이 선명하게 보인다. 순간 내 마음대로 어디든 볼 수 있을 것 같다. 그런데 경치를 볼 상황이 아닌 듯하여 얼른 닫았다. 인당에서 나팔꽃 같은 것이 나와 나풀거리는 게 보인다. 시간이 지나 내 안의 낯선 나를 보고 놀랐고, 거대한 벽 같은 곳에 당도하니 강한 빛과 조우했다.

2019년 2월 19일 화요일

밤 9시 넘어 한 시간 동안 의수단전, 수식관 백번 하며 하단전 수련을 했다. 5분 정도 브레이크 타임 동안 글쓰고 차를 마신다. 이후 한 시간 동안 중단전 수련을 했다. 중반 이후 상단전과 상응한다. 차를 마시고 세번째 수련 들어간다. 이번에는 무심으로 명상한다. 입정에 들자 누군가 한 사람인지 두 사람인지 (마주 보고) 앉은 장면, 이어서 옆에서 긴머리의 선녀? 같은 차림의 여자가 ㄱ자로 몸을 구부려 가르치는 듯 보살피는 듯한 모습이 보인다. 그녀가 머리를 돌려 나를 바라본다. 헉! 얼굴에 눈코입이 없다. 하얗게 모자이크 처리가 된 듯하다. 순간 모든 것이 사라지고 빛만 남는다. 지금 생각해 보면 입정 시 보였던 존재가 얼굴이 안 보이거나 얼굴이 없는 경우가 누차 있었다. 왜 얼굴을 안 보이는 걸까? 원래 없는 것일까? 즉슨 사람이 아닌 어떤 존재의 현현인데, 그것이 디코딩이 안 되어 그렇게 보인 게 아닌가 싶다. 사람은 아는 것만 보이고 들리고 또 아는 대로 왜곡하여 받아들인다고 하니, 그 존재에 대한 인식체계가 형성되어 있지 않기 때문이라는 결론. 그녀가 나의 지도령이라는 생각이 들자 기운이 돈다.

2019년 2월 20일 수요일

간밤에 수련하다가 졸려서 침실로 이동, 누웠더니 졸음이 달아났다. 와공을 하다 보니 어느 틈에 잠 들었다. 아침 기상은 수월했고, 출근 시 전철간에서 독서를 하는데 기운이 자꾸 이는 듯하여 책을 가방에 넣고 입공하다. 퇴근길 전철간에서도 입공 수련을 가볍게 하며 귀가했다.

7시 20분부터 한시간 동안 하단전 수련하다. VAM 만트라를 틀고 하단에 집중하다. 30분쯤 되니 상단이 반응한다. 조금 있으니 곱슬머리의 곱상한 남자가 "이대로 하면 돼~" 하고 말하며 머리 뒤편에서 나타나 가슴 아래로 내려간다. 조금 있다가 "… ㅇㅇㅇㅇ 킹, ㅇㅇㅇㅇ 킹 ㅇㅇㅇㅇ 킹"이라는 소리가 들렸다. ㅇㅇㅇㅇ가 누구지? 검색해 봐도 없다. 지구에 없는 존재인가?

8시 30분부터 40분 동안 중단전 수련하다. YAM 만트라를 틀고 중단에 집중한다. 오늘 따라 "쟘~"으로 들린다. 좌골 부분이 아프기에 참고 있으니 집중이 안 된다. 침실로 가서 와공한다. 누우니 몸이 행복하다. 와공을 좀 하다가 좌선을 해야지… 했으나 수면명상에 빠지고 말았으니, 피곤했나 보다.

2019년 2월 21일 목요일

집에서 책상 앞에 앉아 수련을 많이 해서인지 좌골 통증이 생겼다. 어젯밤 2차 수련 중 통증 때문에 일찍 끝내고 침실로 이동, 누워서 휴식 겸 와공 하다가 잠들었다. 이 좌골 통증 때문에 퇴근길에 마사지 샵에 들렀다. 주변 근육이 많이 굳었다고, 고문처럼 아픈 그러나 시원한 마사지를 받고 귀가했다.

서재에서 8시부터 아래 명상음악 들으며 수련 시작. 2차 수련은 의수단전하며 수식관 100번 했다. 침실로 이동. 요 위에서 와공 자세로 상완, 중단 순으로 의식을 두고 호흡수련. 이후 좌선을 하다가 자정이 되어 다시 와공으로 전환. 상단전에 자극이 일기에 이곳을 관한다. 그러자 의식의 차원이 달라지기 시작한다...

와공 입정 중 뭔가를 봤고 수련기에 적어야지 했는데, 바로 기록하지 않아 지금 그 내용이 확실치 않다. 기억을 더듬어 보려다 미련을 두지 않기로 했다. 그렇지만 선명하게 잔상이 남은 장면… 초록색의 마을. 해안가 낮은 언덕에 위치한, 마을이라고 하기에는 규모가 크다. 전체가 초록색으로 도색된 낮은 사각형의 건물이 옹기종기 모여 있는데 멀리서 보니 장관을 이룬다. 사진이나 영상에서 본 그리스의 하얀색 마을과 유사하면서도 다르다.

2019년 2월 26일 화요일

어제 감기기운과 단전의 공방전으로 몸이 아파 일찍 잤더니 새벽에 잠이 깼다. 명상을 하며 감기 기운을 불렀다. 불러도 불러도 안 나타난다. 출근길, 전철에서 명상하다. 오후가 되니 몸의 컨디션이 완전 회복되었다.

『청바지를 입은 부처』를 읽기 시작하다. 완벽한 애인의 조건 편에서 인용할 만한 부분이 있다. p.27. 원만한 관계를 위해서 종교가 같은 상대가 필요한 것이 아니라 원만한 관계가 각자의 영성 계발을 위한 지렛대가 된다는 점을 이제야 깨달았다. 불교가 인간관계의 기본은 아니다. 사랑, 배려, 애정, 존중, 정직 등과 같은 인간관계의 기본 요건들이 바로 불자의 밑거름인 것이다.

어디 불자뿐이랴! 사랑, 배려, 애정, 존중, 정직 외에도 겸손, 성의, 미소, 인사, 유머 등 인간관계를 따듯하게 만드는 요건은 다른 모든 종교신자에게도 아니 인간 모두에 적용된다. 그럼에도 많은 사람들이 그렇게 하지 못하는 이유를 여기서 논할 계제는 아니다. 그저 오욕칠정, 편견, 관념으로 오염된 영혼을 닦고 마음이 정화되는 수행을 하다 보니 인간관계까지 좋아지더라는 말을 하고 싶을 뿐이다.

8시 반쯤부터 서재에서 수식관 하며 단전호흡을 시작한다. 50회쯤에서 단전이 따듯해졌고 80회쯤 되니 상단전이 상응한다. 조금 있다가 인당으로 기운이 들어온다. 따듯한 차를 마시고 이번에는 명상음악 들으며 중단과 하단에 집중한다. 문득 영상이 보이고 사라지는데 그 속도가 빠르다. 11시쯤, 침실로 이동하여 좌공으로 임한다. 수련 침체기에 접어들은 듯하다. 다시 상승곡선을 탈 때까지 묵묵히 정진할 뿐.

2019년 2월 27일 수요일

퇴근길. 수식관하며 단전호흡하다. 귀가하여 저녁식사 단식, 바로 수련 시작한다. 아래 명상음악을 들으며 7개 차크라 수련을 하다. 여섯번째 차크라인 상단전에서 일곱번째 차크라 백회 위를 의식을 옮기니 기운의 공이 커지고 몸 안으로 기운이 함박눈처럼 내린다. 연꽃 같기도 한 기운의 공을 하늘 위로 올리니 길죽하게 연기처럼 쭉~ 길어지며 끝없이 갈 것 같다. 헉! 다음에.

차크라 수련하는 동안 어떤 나이든 남자의 찡그린 얼굴이 스르르 돌며 위로 사라졌다. 조금 후 누구한테 뭐라고 말하는 하얀 옷 입은 이가 한참 보였다. 말을 걸어 보니 모르는 척 댓구를 안 한다. 둘다 모르는 사람이다. 차크라 수련이 익숙해지니 임맥 혹은 독맥 유통과 유사함을 알겠다.

다음으로 음악명상을 했다. 대개는 음악을 들으며 명상을 하는데, 음악 혹은 소리에 초집중하면 상단전이 활성화된다. 소리와 하나가 되면서 호흡을 잊는다. 인당에서 빛이 나고 얼굴 끝이 스르르 안으로 밀려들어오고 의식의 차원이 달라진다. 뭔가 일어날 것 같은데 그럴 때마다 의념이 작용하는 것인지, 누가 개입하는지 순간의 잡념 또한 그 흐름을 깬다.

2019년 2월 28일 목요일

재택근무라 미세먼지를 뚫고 출근할 필요가 없으니 이것만으로 행복하다. 침실에서 수식관 수련하고 서재로 이동.

『내가 만난 내 영혼의 성자들』을 다시 읽고 있다. 조금씩… 읽으니 공명 운기가 된다. p.252. 내 인생에서 리틀 조와 보낸 이 기간 동안 나는 헌신에 대해 아주 많은 것을 배웠다. 우리는 주기 위해 여기 있다. 우리의 삶은 주기 위한 것이다. 우리는 자기 자신을 위해 여기 존재하는 것이 아니다. 우리는 모든 사람들을 위해 여기 있다. 리틀 조는 말한다. "다른 길은 없다. 오직 이 한 길밖에는…"

그렇다면 내가 남한테 주거나 도움이 될 수 있는 게 무엇인지 나열해 본다. 자비, 사랑, 관심, 정, 즐거움, 웃음, 지혜, 지식, 교훈, 어드바이스, 모범, 경청, 상담, 위로, 격려, 동기부여, 용기, 용서, 감사, 존경심, 기운, 빛… 나열해 보니 하나같이 수준이 낮다. 공부와 수행을 더 해야 한다. 그런데 내가 주고 싶어도 상대방이 받을 마음이 없거나 상황이 안되면 소용없으니, 모두가 때와 인연이 맞아야 할 듯하다.

저녁 6시 15분쯤부터 기수련 시작. 어제 들었던 차크라 명상음악을 들으며 7개 차크라 수련을 하다. 어제는 평소처럼 임맥 쪽으로 각 차크라에 의수했지만 이번에는 독맥 쪽으로 따라갔다. 단, 임맥 쪽과 대응하는 곳을 대맥 돌리듯 하니 처음 경험한 특별한 시간이 되었다. 내일 또 해보기로 했다.

9시부터 아래 음악을 들으며 명상하다. 기수련으로 정체된 기운을 아래로 내리는 것으로 시작했다. 의자 위에 가부좌하고 있다가 방바닥으로 이동, 방석 위에서 가부좌했다. 음악에 집중하며 호흡을 놓았다. 그래도 기운이 도는지 여기저기 진동이 일었다.

영화 〈무문관〉을 보며 의수단전하다. 좌물쇠로 잠근 선방에서 1000일 동안 묵언수행하는 과정을 그린 다큐멘타리 영화다. 계룡산의 대자암 무문관에서 실제로 3년간 수행을 하는 십여 명의 승려. 저들의 처절한 구도심에 경의를 표하며 반성도 한다.

2019년 3월 1일 금요일

미세먼지 상태가 호전되면 보공이나 야외운동을 하려 했으나 더 악화되어 오늘도 방콕이다. 이틀째 집에 쳐박혀 있으면서 갑갑함을 느끼니, 천일 동안 좁은 공간에서 묵언수행하는 무문관 수행자들이 대단하다.

『청바지를 입은 부처』를 읽다. 출가한 후 찾은 안식처 편, pp.83~84. 난 이제 의미 있는 삶을 살고 있다. 내게 의미 있는 삶이란 주변의 사람들을 돕는 데 전념할 수 있도록 마음속의 평화와 평정을 항상 유지하는 것이다. p.89. 수행자들을 위한 격언이 있다. '세 가지는 적게 하고 한 가지는 많이 한다.' 적게 해야 할 세 가지는 먹고 입고 잠자는 것이고, 많이 해야 할 한 가지는 바로 수행이다.

위 인용문 앞부분은 어제 수련기에서 언급한 '주기 위한 삶'과 관련된다. 내 마음이 평화롭고 평정이 유지되면 남을 도와주게 된다. 마음의 평화와 평정은 수행의 목적이기도 하고 효과이기도 하다. 수행자 격언의 경우, 나도 요즘 적게 먹고 옷에 신경 안 쓰고 수행을 나름 많이 하려고 한다. 단지 몸의 컨디션 유지를 위해 수면 시간을 조금 늘렸다.

7개 차크라 수련은 와공으로 한다. 삼일째 같은 명상음악을 듣는다. 대맥 유통하듯이 임맥과 독맥에 위치한 차크라 혈을 상통시킨다. 어제와 달리 천천히 기운을 돌리되 머리 부위에서는 관하기만 했다. 특히 가슴 차크라 중단에서 기운이 온몸으로 방사되었고, 6차크라 상단에서 별이 가득한 하늘과 은하수가 보였다.

2019년 3월 2일 토요일

삼공재 가는 길, 전철간에서 수련하니 중단이 뜨거워진다. 이 뜨거움을 계속 유지해야지. 삼공재 입실. 삼공 선생님께 일배하고 좌선에 들자 기운이 들어온다. 의수중단전 하니 열감이 작렬하며 상단전이 지리리~ 상응하고 하단전도 열감으로 상응한다. 이대로 무념 상태로 있어야 하는데 의념이 자꾸 작용한다. 뭘 하라고 시킨다. 시키는 대로 하다가 가만!! 이게 뭐지? 나 아닌 또 다른 나? 그것을 바라보는 나는 진정한 나인가? 나를 끌어가는 의념을 관하니 비닐처럼 투명한 존재처럼 인식된다. 그것을 잡아모아 중단전에 구겨넣는다. 이제 어떻게 되나 본다… 그런데 수련시간이 끝났다.

2019년 3월 3일 일요일

간밤에 잠자리에 들었지만 잠이 안 와서 덕분에 와공을 오래 했다. 하단전에 의식을 두고 있을 때 상단전이 상응하며 수련되는 상황과 상단전을 직접 수련하는 것을 비교했다. 아침 일찍 깨어 사운드 테라피 음악을 들으며 PC 작업을 한다.

스터디. 6시간을 쉬지 않고 강의하는 분은 에너지의 화신이다. 초반 3시간 동안 공명운기가 계속되니 영묘하다. 점심으로 김밥 한줄, 그런데 곁들인 한 컵의 오뎅 국물이 역하다. 안 먹을 수 없어 꾸역꾸역 다 먹었더니 체기가 느껴지고 운기현상도 끊겼다ㅠ 묵언수행하듯이 있다 보니 참석자 간에 대화가 그만큼 줄어 재미가 덜하다. 지난주에 단전이 뜨거웠고 오늘은 운기가 되는데도 지난주와 마찬가지로 목소리가 잠겼으니 미세먼지 때문인지 기운의 변화 때문인지 살펴봐야겠다.

귀가하여 저녁 단식하고 바로 수련 들어간다. 7개 차크라 수련. 마지막 순서는 단전에 의수하며 7차크라를 관한다. 의념이 작용하자 기운줄이 빛처럼 형성되더니 나선으로 곧장 올라간다. 어어어~ 어디까지? 순간 수성이 떠올랐다. 수성과 연결. 수성에 의식을 둔다. 인당에서 로켓트 불꽃 같은 빛이 한참 보인다. 명상을 계속하고 있으니 말하는 소리가 들린다. 마지막에 들린 말, (누구를) 잘 돌봐 주란다. 음음음…

2019년 3월 4일 월요일

미세먼지가 심한 날이다. 출근길 독서, 오전에 상담 50분, 퇴근길

입공수련, 귀가하여 스터디 관련 동영상 40분 시청,

와공하다가 깜빡 잠들었다. 눈을 뜨니 앗! 5분 전이다. 부랴부랴 옷 갈아 입고 나간다. 한달간 요가 쉬면서 게으름 피웠는데 다시 시작하는 오늘 지각이다 ㅠ 간만에 몸을 푸니 시원~하다. 끝나고 현관에서 내가 누군지 확인하는 중년의 강사. 그녀의 눈에서 내가 어떤 사람인지 파악하는 기미가 보인다.

의자에 앉아 아래 명상음악을 들으며 차크라 호흡수련 하다. 7번 차크라, 기운이 하늘로 올라가지 않도록 했다. 기운의 공이 점점 커져 나를 머금는다. 기억이 가물가물한데, 여러 색깔의 빛을 본 듯하다. 음악이 끝나 잠깐 브래이크 타임. 차를 마시고 블로그 답글 쓴다. 아! 파마한 머리, 70세쯤으로 보이는 할머니가 내 옆으로 다가와 앉아 있다가 사라진 장면이 있었다. 모르는 사람인데 왜 보였는지 궁금하지만 그냥 흘려 보낸다.

방바닥, 방석에 앉아 호흡에 신경쓰지 않은 채 명상을 하고 침실로 이동, 좌공을 계속했다. 이대로 무한정 수련하고 싶었지만 다음 날 일정을 고려하여 드러누웠다.

2019년 3월 5일 화요일

미세먼지 농도가 매우 심한 아침, 연일 계속되는 고농도의 미세먼지로 차체가 허~옇다. 운전명상하며 출근하는데 앞이 뿌~옇다. 너무하다. 한국 사람들이 불쌍하다.

저녁 일은 미세먼지 때문에 일찍 마치려고 했는데, 시계가 빨리 도는 바람에 시간을 거의 다 채웠다. 귀가하여 씻고 책상 앞에 앉으니 10시 반이다. 미세먼지로 고생한 호흡기관을 위해 아래 목 차크라 명상음악을 들으며 수련에 임한다. 3일째 수성(Mercury) 명상을 하는 셈이다.

하단전 축기부터 시작한다. 의수단전 하고 있으니 대맥 아래로 하얀빛이 동그랗게, 훌라후프 모양의 조명이 켜진 듯 보인다. 그리고 5개의 차크라가 동시에 활성화된다. 6차크라도 약하게 상응한다. 머리쪽으로는 기운 유통을 자제한다. 그리고 지금까지 철옹성 같던 목 차크라가 개통되었다. 천돌혈이 뜨거워지면서 기운이 방사된 것이다. 드디어!! 번개 치듯이 폭발하며 크게 열리기를 기대했지만, 이것만 해도 어디냐? 기쁜 한편으로 덤덤하다.

가슴 차크라는 얼마전에 조용히 개통되었으니, 이제 7개의 차크라가 전부 열렸다. 그러나 차크라는 닫히기 마련이다. 단지 수련을 통해 임의로 여는 능력이 생기는 것인데, 자칫 그 능력이 사라지니 부단히 수련해야 한다.

가이드 명상 유튜브를 들으며 입정에 든다. 이대로 밤을 새우고 싶은 마음… 그런데 피로감이 느껴진다. 어쩔까? 어쩌긴? 컨디션 유지를 위해 그만한다. 내일 계속하면 되니까.

2019년 3월 8일 금요일

어제 하루의 허탈함에서 벗어나고자 바가반 다스의 책을 다시 읽었다. 그분처럼 이 수행을 헌신하며 할 수는 없더라도 경건한 마음으로 임해야겠다고 다짐한다.

저녁단식을 하려다 운동을 고려, 저녁으로 죽을 조금 먹으니 식탐이 동하여 과자로 막는다. 운동 갈 시간까지 하우저의 첼로 연주를 들으니 기운이 요동한다. 음악에 따라 운기가 되기도 하고 안 되기도 하고 또 같은 곡도 듣는 날에 따라 운기가 되기도 하고 안 되기도 한다.

1차수 (11시부터 30분간) 사운드 테라피 음악 들으며 집중을 시도한다. 끝나고 차 한잔 마시니 졸음이 다가온다. 2차수 (11시 50분~0시 30분) 촛불 명상을 하다가 나를 잡고 있는 졸음을 관한다. 머리 어디에 있나… 송과체? 매연 덩어리처럼 시꺼먼, 사람 형체 같기도 한 게 언뜻 보였다. 그런데 피곤하다. 3차수 (0시 40분~1시 10분) 침실로 이동, 좌선을 한다. 졸음이 갑자기 탁! 치기에 깜짝 놀란다. 잠보다 피곤이 더 크게 느껴지자 그만하기로 한다.

2019년 3월 9일 토요일

눈을 뜨니 9시가 넘었다. 근래 드물게 아침잠을 많이 잤다. PC 작업을 하고 무지의 영상을 본다. 깨달은 분의 가르침을 접하면 이것에 집착하기보다 수행의 가이드 혹은 동기부여의 기회로 삼는다.

스터디 관련 영상을 시청한다. 눈을 감고 듣는데 관련 장면이 보이고 한편에 있던 문서의 일부 내용, 무슨 문양이 확대된다. 동시에 잘 안들리던 영어가 고스란히 들린다. 꿈을 꾼 건가…

지하철. 머리에 무엇을 쓴 듯 갑갑하기에 관한다. 삼공재 앞에서 천도시키고 입실한다. 선생님께 일배 드리고 정좌. 수식관 하는 중 기운이 솔~솔~ 들어온다. 곧 입정에 들 줄 알았는데 잡념이 뜬다. 이 잡념이 어떻게 생겼는지 바라보기로 했다. 그러자 잡념이 사라지고, 바라보는 위치가 올라가더니 아래 방향으로 쳐다보며 잡념이 나타나기를 기다린다.

시각이 높아지니 나를 지켜보던 그래서 부담스럽고 불편하기도 해서 사라지기를 혹은 나와 동화되길 바랬던 그 의식으로 바뀐 것 같다. 운기현상이 일어나며 갑자기 모든 것이 클리어된 것 같다. 사람에겐 의식이 하나만 있는 게 아니고 차원이 다른 여러 개가 있는데, 의식이 상승한다는 것은 다른 높은 의식으로 갈아탄다는 의미인가? 시간이 지나면 알 수 있겠지. 선생님께 일배하고 일어나는데 백회에 산탄을 맞은 듯한 통증을 느낀다.

2019년 3월 12일 화요일

수행하는 목적은 의식의 상승에 있다. 처음부터 그랬던 것은 아니다. 1990년 12월 집중력 향상, 건강을 위해서 본격적으로 단전호흡을 시작했고, 하다 보니 수련을 위해 태어난 사람으로 여겼다. 그리고 수행의 목적이 내가 진정 누구인지, 세상의 원리가 무엇인지 깨닫고 영성을 높이는 데 있는 줄 알았다.

거슬러 올라가, 삶에 대해 진지하게 생각할 무렵부터 평범하게 살고 싶지 않았다. 그리고 비과학적인 현상, 선인에 매료되어 관련 책을 닥치는 대로 읽으며 복식호흡을 했다. 그리고 무얼 하든 나를 항상 지켜보는 또 다른 내가 있어, 놀아도 재미없고 사람들과 어울려도 몰입이 안되었다. 그래서 나는 동화되지 못하는 이상한 사람 같았고 지구인이 아닌가도 싶었다.

다시 내려와, 공부가 깊어지면서 내가 비과학적인 현상이나 수련에 끌리는 이유가, 이상한 사람이어서가 아니라 의식 수준이 달라서 그렇다는 것을 알게 되었다. 이후 나의 내면에 집중하는 한편, 의식 수준을 높이는 것이 수행의 목적이 되었고 이를 위해 공부와 수련을 한다. 내공이 더 깊어지면 수행의 목적이 바뀔 수도 있겠지만…

밤 10시에 귀가. 11시부터 2시간 동안 명상하다. 초반에는 모든 것이 집중되지 않았고, 후반에는 음악에 집중하면서 호흡과 의식이 안정되었다.

2019년 3월 13일 수요일

오랫동안 수행의 목적을 영성 추구에 두었었다. 생각해 보니 영성이 무엇인지 확인해 본 적이 없다. 그저 막연히 그 뜻을 짐작하고 있었으니 이제사 사전을 찾아본다. 영성(靈性, spirituality)의 의미는

'신령한 품성이나 성질'이다. 그럼 신령하다는 것은? '보기에 신기하고 영묘한 데가 있다'는 뜻이다. 영묘하다는 '신령스럽고 기묘하다'는 뜻이니, 결국 정의 자체가 불명확함을 알 수 있다.

용어사전을 찾아보니 특정 종교마다 자의적으로 해석하는 경향이 보인다. 그래서 위키사전을 본다. 여기서는 문맥에 따라 다르게 해석된다고 전제한다. 그 중 두 번째, '자신의 존재의 에센스(정수)를 발견할 수 있게 하는 내적인 길'이라고 정의한 것이 가장 적합해 보인다.

그래서 옛부터 영성을 추구하는 활동을 '도를 닦는다'고 불렀나 보다. 지금은 수행, 수련이라고 부르는데 나는 수행을 통칭으로 삼고, 이 수행을 위한 여러 방법을 수련이라고 구분하고 싶다. 영성 추구를 위한 수행을 혼자 하느냐 종교에 귀의하느냐는 시대, 지역적인 상황에서 개인이 선택할 몫이다. 이에 대한 여정이나 방황을 소설로 써서 성공한 작가로 파울로 코엘료, 외외수 등이 있다.

오늘 요가는 근력운동 위주로 진행되었다. 그간 운동에 소홀했던 결과 그 처참한 지경을 확인하고 왔으니 모든 경우에 나는 예외가 아님이렀다. 10시 40분부터 두 시간 수련하다. 첫 타임은 단전호흡, 두번째 타임은 음악명상. 어제보다 안정되었으니 내일이 기대된다. 내일은 행복의 근원이다. ㅋ

2019년 3월 14일 일요일

스터디 하는 날이다. 강의를 듣고 있노라면 내 속에 있는 것을 다 끄집어내어 대신 말해주니 후련함을 느낀다. 마치 고향사람을 만나 다시 들어도 반가운 고향얘기 듣는 것 같기도 하다. 성격이나 관심, 지식 분야는 서로 다르더라도 의식 수준이 이렇게 유사한 사람을 만나기 참 어려운데, 함께 공부하는 분들도 영성이 뛰어나니 내공이 쌓이는 대로 곧 그렇게 될 것 같다.

수련 목표를 영성 추구에 두었다가 의식 상승으로 바꿨다고 며칠 전에 언급한 바 있다. 지금 생각해 보면 영성 추구는 목표가 아닌 기본이고, 대신 의식 상승이 자리한 셈이다. 수련하다 보면 의식이 상승하는 경우가 많으므로 이 또한 목표가 아닐 수 있다. 그렇지만 깨달음을 얻거나 항상 깨어있는 것도 의식 상승의 하나이니 목표라고 해도 맞는 말이다.

이렇게 의식이 변하면 외부의 자극으로 인한 영향이 줄어들고 생각, 마음, 언행, 습관, 기운, 건강, 만나는 사람이 달라진다. 그러다 해탈도 하고 운명도 바뀌게 되는 것이다. 만나는 사람이 달라진다고 했는데, 그동안 만나던 사람과 안 만나게 되고 혼자 있는 시간이 많아지고 또 의식이 유사하거나 높은 사람을 찾고 그들과 교류하게 된다…

귀가하자 바로 산책 나갔다. 1시간 반 동안 보공을 했다. 목요일에 보공하면서 연습했던 차크라 쉴드. 1번 차크라 위치에 이어 새로

4번 차크라 위치에서 대맥 돌리듯 연습했다. 그러다 원을 몸밖으로 확장시켜 쉴드를 형성해 보았다. 그러자 머리 위와 발 아래에도 상응하며 쉴드가 저절로 형성되어 돈다. 네 개의 쉴드가 마치 아래 유튜브 그림처럼 돌자 에너지장? 운기현상이 약하게 느껴진다.

저녁 식사 후 1시간 반 동안 산책하며 하체 근력운동과 보공을 했다. 스터디 관련 동영상을 청취하고 좌공에 임하다. 영적인 현상, 전생 탐구 같은 것은 더 이상 의미가 없고 그저 단전 축기가 답인 것 같다. 축기 상태에 따라 새로운 지평이 열릴 것이니, 원점에서 다시 출발!!

2019년 3월 19일 화요일

문득 해탈에 대해 생각나는 대로 써 봤다.

해탈한 사람은 일반 수행자와 무엇이 다른가? 의식 차원이 지극히 높을 것이다. 외부의 자극에 마음이 흔들리지 않는 상태이니, 그런 수준에서 바라보는 세상은 어떤 모습일까…?

뭐라고 어떻다고 판단하지 않는다.

판단하면 편견과 감정이 개입되어 마음이 흔들리고 희노애락에 휘둘리게 되는데, 판단을 하지 않으니 그런 현상이 생길 리 만무하다. 그럼 멍~한 거 아닌가? 이것은 사람들의 생각일 뿐이다. 남들이 뭐라고 해도 해탈한 사람은 아무렇지 않다.

세상 이치를 다 아는가?

다 알기도 하고 모르기도 한다. 안다고 해서 달라지는 것 없고, 모른다고 해서 달라지는 것 없다. 해탈한 사람은 모든 것을 다 알 걸로 여기는 이들의 기대일 뿐이다.

그럼 초능력이 있나?

있기도 하고 없기도 하다. 사람은 누구나 그런 잠재력이 있어서 개발하면 나타나게 되어 있다. 수련한다고 꼭 나타나는 것은 아니다. 그것은 근기마다 다르고 또 이런 데 집착하지 않기 때문에 무시한다. 따라서 해탈한 사람에게는 무의미한 개념일 뿐이다.

【삼공의 답신】

수련기 잘 읽었습니다. 마음이 완전히 평정심이 될 때까지 계속 밀어붙여야 합니다.

도성의 화두수련 이후 수련기

도성 김영애

여름처럼 화창하고 화사한 오후에 선생님께 수련 허락을 받고자 글을 올립니다.

아침저녁으로 날씨가 아직 쌀쌀한데 건강은 어떠신지요?

제가 선생님께서 삼공재 계시는 동안은 무슨 일이 있어도 1주일에 한번은 수련하러 가려하는데, 둘째 아이가 유학갔다가 잠깐 다니러 와서 가는 길에 공항 마중을 하게 되어 이번주는 평일에 수련하러 가지 못하였습니다. 토요일은 수련생이 많은 것을 알지만 잠깐이라도 선생님 앞에 앉아 수련을 하고 싶어 허락을 구합니다. 생식도 다 되어 가는 길에 구입하고자 하고 현묘지도 수련후의 수련일지를 함께 보내오니 읽어봐 주시면 감사하겠습니다.

2018년 12월 16일 일요일

좌선 2시간. 목소리가 그릇이 깨질 때처럼 세졌다. 기운이 바뀌고 힘조절 감정조절에 더 신중해야 할 것 같다. 요즘 수련에 푹 빠져

아이들에게 소홀했다. 반성하게 된다.

2018년 12월 17일 월요일

좌선 4시간. 아직도 현묘지도수련이 끝난 게 실감이 나지 않고 좀 멍한 상태다. 여전히 나는 내가 아직 눈에 들지 않는다. 또 다시 시작이다. 어제 온 손님이 나가지 않아 기다리다 삼공재가는 출발시간을 놓쳐버렸다. 헤이해진 게 아니고 좀 천천히 가야겠다. 『선도체험기』 다시 읽어야겠다. 대각경이 저절로 나온다. 오후수련중 11가지 호흡이 되었다. 바닥에 이마를 찧고 진동도 한다.

2018년 12월 18일 화요일

좌선 100분, 좌공 2시간.

적림 선배님 일지에 뜬금없이 댓글을 오늘도 달았다. 왜?냐고 관을 하던중 경계라는 말이 떠올랐다. 그리고 계속 관을 하니 스스로 찾으라는 답이 나왔다. 내가 계속 좋은 도반으로 인연으로 오래 교류하려면 빈대 붙으려고 하지 말고 스스로 공부하여 나아가라는 말로 들린다.

3시 수련중 단전이 뜨거워지고 몸 전체에 더운 기운이 들고, 내가 느껴지지 않았다. 대각경이 울림으로 계속 들어온다.

2018년 12월 19일 수요일

좌선 2시간. 아이들 먹거리에 신경을 쓰고 있다. 3시 삼공재 수련 중 한여름 땡볕에 민소매로 서있는 것같다. 선생님 앞으로 조금 더 가면 살이 익을 것 같다. 메일로 보내드린 나의 현묘지도 수련일지 감수하시는 중에 계속 불러주신다.

지하철 기다리는 중에도 전화로 확인하시고 왠 복인가 싶기도 하고, 사람들 많는 데서 "네, 선생님" 하고 큰소리로 말을 했다. 대각경을 지난 3년 동안 깨치고 있었다. 나의 무한한 사랑 지혜 능력 그리고 실상의 세계에 살고 있었다.

2018년 12월 20일 목요일

좌선 1시간. 가장 잘 보이는 곳에 숨어 있기. 어디에 숨어야 잘 숨을 수 있을까? 숨어 있다가 나가기도 하나?

2018년 12월 21일 금요일

좌선 1시간 40분. 어머니 병문안 다녀왔다. 핑 도는 정도가 심하다. 아침까지는 가슴에 뭐가 걸린 것 같더니 점심은 맛있다고 하신다. 둘째딸 전화에 또 핑 돈다. 수련이 발전했나 보다. 가만히 눈을 감고 앉아 백회로 나가는 걸 느낀다. 해원상생, 한마음, 한기운, 한누리, 사랑합니다.

빙의에 대한 생각 : 나를 찾아와 제자리로 가게 길을 열어주는 것

뿐만 아니라, 내 안에 그 한이 남아 다른 인연을 만들지 않게 마음을 열어야 한다.

2018년 12월 23일 일요일

좌공 2시간. 아침 일찍 아이들을 깨워 뒷산에 다녀왔다. 가족 모두 함께여서 올 한해 잘 살았습니다. 돌아가며 마음나무 안고 교감도 하고, 노래를 틀고 춤도 추고, 깔깔 웃다가 내려왔다. 큰 아이가 내 걸음이 날아가는 것처럼 가벼워 보인다고 한다. 운동량을 더 늘려야겠다.

2018년 12월 24일 월요일

책 보며 좌공 2시간. 삼공재 수련하러 가야 하는데 일이 많아 갈 수가 없다. 객실 청소하고, 안경 새로 맞춰서 호주로 택배 보냈다. 우해 선배님이 문자로 도심 언니 백회 열었다고 알려주신다. 같이 있어야 했는데 아쉽다. 일찍 온다고 해서 기다렸더니 8시가 넘어 손님들이 왔다.

2018년 12월 25일 화요일

좌선 50분 + 50분. 책 보며 좌공 2시간.

당분간은 『선도체험기』와 좌선 위주로 수련을 해야겠다. 오늘 들어온 손님이 다양하게 몸공부 기공부 마음공부를 시키고 있다. 오후

수련 중 상체가 좌우로 심하게 흔들리며 진동을 했다.

얼마 전부터 도인체조 하는 걸 아이들이 보더니 저녁에는 다 같이 붕어운동 합장합척 모관운동 자전거타기 등을 했다. 합장합척 운동을 하며 위로 빨리 올라가기 하면서 자기가 오빠 얼굴을 발로 찼었다고 얘기한다.

2018년 12월 27일 목요일

좌선 1시간 30분. 두 아이들이 어제 광명진언에 이어 금강경까지 알려주었더니 금방 외웠다. 이 아이들이 좋은 스승을 만날 때까지 수행과 연관되는 것들과 자연스럽게 접할 수 있게 해야겠다는 생각이 더 많이 든다.

현묘지도 수련을 하면서 이 소리가 관음법문이라고 확신이 들고부터 이게 뭘까 의념하고 있었는데 『선도체험기』 37권에 설명이 나온다. 그러나 내가 원하던 이거다 하는 답은 없고 좀 더 알고 싶어서 계속 생각에 넣어두고 있다. 광명진언을 외며 와공중 머리캡을 씌운 것처럼 기운이 모여 있다.

2018년 12월 28일 금요일

좌선 1시간 15분. 며칠 만에 산에 갔더니 몸살이 오는 것 같아 소금 반신욕하고 푹 잤더니 개운하고 맑다. 선생님 건강이 걱정되어 수료식이 정상적으로 이루어질 수 있을까? 글을 기다리던 중 예정대로 진행된다고 한다. 며칠전 하단전 왼쪽과 오른쪽 정강이에 붉은 반점이 생겼고 오늘은 가렵다.

2018년 12월 29일 토요일

좌선 1시간 15분. 수료식 뒤풀이 후 집에 돌아와 몸이 날라다닌다. 와~ 이렇게 다르구나!

2018년 12월 31일 월요일

좌선 1시간 20분 + 좌공 1시간.

오전수련후 와공중 잠깐 잠이 들었는데 꿈에서 호두를 두손 가득 가져와 나에게 내민다. 받았는지는 생각이 안 난다. 진심으로 뜻있는 한해를 보내게 도와주신 모든 분들께 감사하는 마음을 담아 된장을 포장하고 손글씨로 '오래된 된장이니 꼭 드셔주시고 새해에도 건강하세요'라고 써서 모든 객실 손님들께 드렸다. 3시반쯤 백회로 기운이 많이 들어오고 단전이 꽉 차고 열감이 느껴졌다.

2019년 수련 계획 : 하루 1산, 책 1권, 좌선 2시간.

2019년 1월 1일 화요일

좌선 50분 + 40분.

"건강하세요" 하고 새해 인사로 시작했다. 해가 바뀌었다. 눈물이 흘렀다. 다시 시작이다.

2019년 1월 2일 수요일

좌선 1시간 15분, 『선도체험기』 읽으며 좌공 2시간 30분.

요즘은 수련중에 수시로 11가지 호흡을 한다. 그리고 나면 허공과 하나로 들어간다. 신기하다. 11가지 호흡이 비밀의 문으로 들어가는 열려라 참깨 같다. 백회가 시원하고 아래로 기운이 내려가면서 소름이 몸 전체를 뒤덮는다. 오늘은 반복해서 일어났다. 평화로운 아침이 시작되고 있다

2019년 1월 5일 토요일

『선도체험기』 보며 좌공 3시간. 어제에 이어 좌선을 하지 않았는데 수시로 온몸으로 소름이 돋는다. 아주 가는 철사가 피부로 통해 들어온다. 관음법문이 더 고음이 되어 들린다.

2019년 1월 6일 일요일

좌선 40분 + 30분 + 1시간.

백회로 기운이 들어와 전체로 퍼졌다. 반야심경은 30분 동안 외워 보았다. 피부로 기운이 강하게 들어와 세포가 열릴 때 한기가 드는 것 같다. 선생님이 풀이해 주신 여러 가지 경전 중에 육조단경의 느낌을 기억하고 있어서, 기다리다가 46권 육조단경을 읽고 있다.

여성 도반 두분이 저녁에 도착한다는 문자를 받고 산으로 출발했다. 오르는 중 관광객들과 마주쳐서 국수산 말고 덕산으로 방향을

바뀌 다녀왔다. 수련장으로 쓰여지길 바래서 글을 올리고 어떻게 해야 하나를 고민하다가 잠이 들었고 새벽에 꿈을 꾸었다.

시골 부뚜막에 맛있게 손질된 육고기가 수북이 쌓여있었고, 냉장고를 열어보니 육고기가 또 수북이 쌓여있다. 뭔가 좋은 일이 기다리는 것 같은 느낌이 든다.

2019년 1월 8일 화요일

좌선 1시간+1시간.

도반 두 분이 다녀가시고 거의 교류 없이 수행자의 삶을 걸릴 것 없이 하다가 바다의 바람이 불 듯 여운이 남는다. 그러면서 그녀들에게 내가 어떻게 보일까, 남들에게 어떻게 보일까, 자연스럽던 모든 게 어색하게 보인다. 그냥 나는 나인데 좋아하고 하고 싶은 걸 찾아 하며 여기까지 와있는 나는 거리끼거나 불편할 것이 없는데 두 분을 통해 나를 본다. 아직도 소통과 공감이 부족하다.

2019년 1월 9일 수요일

좌선 1시간+30분+50분.

새벽 2시에 일어나 광명진언 외우며 와공하였다. 잠이 오지 않고 백회로 기운이 들어오며 의식적으로 마중물을 붓는다고 의념하였다. 선배님이 올린 마음과 정신에 대해 생각이 나면서 마음은 하늘기운, 공이고 정신은 하늘마음을 이루는 데 필요한 영대라는 생각이 들었다. 청소중에 마음은 전략이고 정신은 전술이라는 생각이 든다. 오늘로 육조단경을 3번째 읽어도 처음 그 느낌이 보이지 않는다. 내가 오만해진 건지 집중을 못하는 건지 이상하다.

2019년 1월 10일 목요일

좌선 3시간. 아이들 방학이라 느슨해져서 늦잠을 잤다. 시간이 뒤로 밀려 산에 가기 어중간한 시간에 면접을 보러갔다. 몇 년 전에 제의를 받았는데 거절했고, 며칠 전 지인이 나를 소개해서 다시 찾아가 면접을 봤고 3월부터 출근이다. 사람들과 부딪치면서 나의 모난 부분을 깍아내려 한다. 아들과 뒷산 다녀와서 손님이 일찍 나가서 객실 청소하고 삼공재 가서 수련하고 왔다.

2019년 1월 11일 금요일

좌선 1시간. 수련 계속하다가 보면 지금 하는 여러가지 의문들이 풀리겠지. 마음은 단전에 있고 피부호흡과 관음법문은 계속되고 있다. 얼굴에 열이 확 오르고 백회가 시시때때로 기운이 들어오고 단전이 심장처럼 뛰는 게 느껴졌다. 불덩이가 내려와서 사라진다.

2019년 1월 12일 토요일

좌선 1시간. 날씨가 찌뿌둥해서인지 불편해 보이는 가족이 찾아왔다. 손님은 나를 가르치는 선생님이다. 여러 사건들을 만들고 내 마음은 전해지지 않고 손님들은 계속 부르고, 감정은 올라오고 침대를 옮기고 바닥에 있는 먼지까지 닦아내어도 불만이 그치지 않는다. 정신이 맑지 않은 아버지를 모시고 젖먹이 아들과 조금 더 자란 예민한 딸을 데리고 온 신경질적인 부부였다. 표정들이 다 어둡다. 늘 고맙던 우리집이 쓰레기통이 된 기분이다. 내가 공부가 멀었음을 확인시켜주는 선생님들이었다.

2019년 1월 13일 일요일

좌선 1시간. 독맥으로 기운이 쭉 내려가면서 한기도 같이 퍼져서 팔 어깨 다리로 옮겨진다. 주말은 등산객들로 마니산이 들썩거려서 늦은 오후에 등산을 했다. 발걸음이 어제보다 훨씬 가벼웠다.

2019년 1월 14일 월요일

좌선 3시간. 12시 삼공재 전화해서 허락받고 출발. 뒤풀이에서 의문났던 것들을 선배 도반님이 시원하게 풀어주었다. 후배 도반님을 보면서 나도 그랬지. 옆에서 말없이 도와주시는 분들이 없었다면 지금 이 모습으로 있지 못 했을 것이란 생각이 들었다. 후배 도반님의 그릇은 얼마나 큰 것일까? 이제 시작한 공부가 한 획을 그을 때까지 계속되기를 마음으로 빌어주었다. 선배님의 격려가 잘 전달되어 힘차게 밀고 나갔으면 좋겠다.

저녁수련중 바로 입정. 두손이 솜방망이처럼 커지다가 엄지와 검지가 마주한 점만 남고 전체를 꽉 채우더니 돌덩이처럼 무거워져 꼼짝을 안한다. 좁은 감옥에 갇힌 것처럼 꼼짝할 수가 없다가 고개를 흔들며 풀어졌다.

2019년 1월 15일 화요일

7시부터 좌선 1시간. 나는 가운데에 있다. 나를 돕는 분들과 내가 도움을 줘야 할 중간 내가 더 그릇을 키우면 더 많은 인연을 끌어 줄 수 있다. 마니산 내려오는 중 선배님과의 대화가 생각이 났다. "언니, 자꾸 어떤 도반님을 도와주라는데 다 큰 남자 감정 날까봐 댓글 달 때 떨려요." 뭔지 잘은 모르겠는데 나의 일지를 통해 그 도반님이 알아듣기를 바라며 적습니다.

우리는 각자 지금 현재 살고 있는 그곳이 실상의 세계입니다. 쉽고 편하게 모든 일이 솔솔 풀리면 좋겠지만 어떤 이유에서든 맞닥트리고 있는 그곳이 현재이고 거기서 무한한 지혜 능력 사랑을 체험으로 알아 아상이 만들어 놓은 틀을 깨고 나오기 위해 지금 상황이 만들어진 것입니다. 바닥으로 끝까지 내려가서 거기서 능력 지혜를 안에서 끌어올려 깨어나시고 결국엔 사랑임을 아시길 바랍니다.

수련일지를 올리고 관음법문이 엄청나다.

2019년 1월 16일 수요일

좌선 1시간 20분 + 40분 + 30분.

오전수련중 내 앞 얼굴이 돌출되어 보였다. 아이들 학교 데려다주고 해안도로에 차를 세우고 2만 보를 시작했다. 4천 보쯤 걷는데 내가 공중 위를 떠서 가는 거 같았다. 잠깐 동안 마치 허공을 가르는 것 같았다. 집에 돌아와 오후 1시 30분부터 국수산과 덕산을 걸으며 2만 보를 채우고 햇살 좋은 곳에 앉아 좌선 40분 하다.

2019년 1월 17일 목요일

좌선 1시간 + 30분 + 40분 + 40분.

식사는 세끼 모두 생식을 하고, 4시간 동안 15,000보 걸었다. 오전에 부가세 신고를 홈텍스로 마쳤다. 산으로 해서 바다로 가서 계룡돈대에서 40분 좌선. 해안도로로 걸어서 집에 도착했다. 사람은 변한다. 사람은 늙는다. 그러므로 초지일관하고 있는지 늘 지켜봐야 된다. 밤공기가 너무 좋고 달은 반달, 별도 많고 밤바다를 걸었다.

2019년 1월 18일 금요일

좌선 2시간 + 2시간 + 와공 1시간.

중단이 아프더니 뜨거워지고 풀어지기를 계속된다. 오늘은 마니산 다녀왔다. 어제와 그제 두 배의 시간을 걸어도 마니산만큼 가볍지 않다.

2019년 1월 19일 토요일

좌선 30분. 어제 수련이 잘되었고 오늘은 좀 느긋하게 일어나 생식 먹고 산 입구에 도착. 벌써 차들이 꽉 찼다. 돌아갈까 잠시 고민하다가 들어오는 답답한 공기를 꾹 참고 올랐다. 어떻게 좀 피하려고 빨리도 가보고 먼저 가기를 기다려도 밀려오는 등산객을 피할 수 없어 그냥 열었다. 품고 가겠습니다.

오늘은 삼공재 도반님들이 찾아오셨다. 현묘지도 수련을 마치고 서로의 수련 이야기를 나누기 위해 시간과 공간이 만들어졌다. 4시부터 선배님과 문자를 주고받으며 준비하고 기다렸다. 누추한 곳이지만 도움이 되길 바라는 마음을 가지고 나머지는 순리대로 흐르게 맡겼다. 간단히 식사를 하고 같이 나누고 싶어 가져온 간식과 차를 준비해 오셔서 더 즐거운 모임이었다. 아무도 가라고 하지 않는 길 위에 누가 시키지도 않았는데 운명처럼 수련하며 겪게 된 여러분들의 이야기는 서로에게 공부가 되었고 감추거나 숨김없이 모든 마음을 열고 들어주고 물어주며 시간이 멈춘 것 같았고 마음을 열게 되니 기운도 함께 열려서 방안을 위해주는 훈훈함으로 가득 찬 것 같았다.

2019년 1월 20일 일요일

좌선 1시간 + 40분 + 2시간.

7시 도반님들과 등산. 관음법문이 느려지고 순해졌다. 마니산 내려오면서 중단전이 훈훈해지고 이어 하단전이 훈훈해졌다. 어제 도반님들이 오면서 진동이 온몸으로 오던 것이 마니산을 다녀와서는 더 심해져 손이 떨려 부들거렸다. 선배님이 직접 만들어주신 샐러드 빵은 많이 들어가지도 않았는데 희한하게 맛있다.

운동량이 모자라다고 하여 1주일에 6일 산행에 도보를 추가해서 하루에 4시간 이상 운동해본 결과 남자 40대와 여자 40대는 체력이 틀리며, 나는 몸에 무리가 왔다. 책을 많이 보면서 좌선 시간이 부족하다고 하여 화요일부터 『선도체험기』 읽기를 중단하고 운동과 좌선 위주로 하다가 일요일 저녁 『선도체험기』를 다시 폈다. 기운과 마음의 안정과 안에서 찾던 답을 책에서 보았다.

2019년 1월 23일 수요일

수련 30분 + 1시간.

중단이 아프다. 오전수련을 제대로 못했다. 어제 기운 소모가 많아서 쉬려한다. 와공중 대각경을 외우며 선생님께 존경하는 마음을 보내고 오전수련을 마쳤다. 며칠 전부터 손으로 기운이 많이 들어오고 있다. 며칠째 아침마다 오늘은 수련 안 하고 쉬어야지 하다가 떠오르는 밝은 해를 보면 열심이 공부해야지로 바뀐다.

2019년 1월 25일 금요일

수련 1시간 40분+좌공 3시간.

어제 오후부터 백회에 변화가 있는데 망치로 맞고 난 다음 우리한 통증이 계속된다. 하단전 중단전은 아랫목 같고 백회로 기운이 솔솔 들어오고, 인당으로 기운이 자주 들어온다.

2019년 1월 28일 월요일

좌선 1시간 20분+2시간.

선계에서 안 되는데 깨어있는 사람이 해야 할 일이 있나보다. 오전수련중 기운이 다 빠져나간 것처럼 몸이 바닥을 긴다. 어영부영하다가 산에 가는 시간을 놓쳐서 바로 삼공재로 갔다.

2019년 1월 29일 화요일

좌선 1시간+1시간.

단전에 훅 열이 들어온다. 사이사이 백회가 작동한다. 하늘기운은 내가 정선혜로 바로 서서 바로 가고 있을 때 부수입으로 생기는 거라는 생각이 든다. 비올 때 눈올 때 아플 때 그러나 마음하나 바로 세우고 앞으로 가고 가고 가다 보면 집이 보일 것 같다.

2019년 1월 30일 수요일

좌선 1시간+1시간+1시간.

하단전 중단전 임맥은 훈훈하고 인당으로 기운이 들어오고 독맥을 중심축으로 한기가 퍼져나간다. 월광 선배님의 도화에 대한 나의 관. 도화하려면 이순 귀를 열고 천명 하늘의 소리를 듣고 혜안 지혜의 눈을 뜨면 도화 순리대로 살아진다. 관이 빨라지고 있다. 그럴수록 자중하고 더 지켜본다

2019년 2월 8일 금요일

아이들 택배 보내러 나왔다가 헤매고 있는 나를 보았다. 모든 생각을 흔들어본다. 현묘지도 수련후 무엇이 바뀌었나? 카페를 나오는 건 나은 방법인가? 수련을 방해하는 힘인가? 앞으로 밀고 갈 수 있나? 정말 잘하는 건가? 정신 차리고 나를 잘 봐야한다. 나는 나와 남과 우리는 하나인데 왜 분별하고 판단하고 비판할까? 산 내려오는 중에 내일 들어오기로 한 예약이 3개가 취소되었다. 내가 잘못하고 있나 걱정중에 카페 선배님의 문자가 왔다. 전화 통화후 카페에 들어가 댓글로 인사드리고 탈퇴 버튼을 눌렀다.

2019년 2월 9일 토요일

새벽 12시 25분. 참 이렇게 홀릴 수도 있나. 앞으로 정신 바짝 차려야한다. 쫓겨난 것 같은 묘한 기분. 내가 불안하니까 꿈에서 휘둘

린다. 세옹지마 조삼모사. 마음을 보고 있다. 어제는 예약이 취소되어 속상해하고 오늘은 예약이 다시 되어 더 많은 수입이 생겼다. 어제는 카페 탈퇴가 잘못된 게 아닌가 불안하다가 오늘은 더 좋게 된 것일 수도 있겠다는 생각이 든다. 마음을 어디다 두느냐에 따라 좋았다 싫어졌다 하는 나를 본다.

하단전이 지글지글 쿵쿵. 없다. 갖고 싶은 것도 먹고 싶은 것도 재미도 없다. 사는 게 참 허무하다. 조용히 살고 싶다. 그러나 카페는 많이 그리울꺼다. 지금은 그냥 있기. 아무것도 하지 말기.

2019년 2월 10일 일요일

어젯밤 우체통에서 출판사에서 보낸 118권이 있는 걸 갖고 들어왔다. 114권부터 출판사에서 책을 바로 구입했더니 이번에도 먼저 보내주었다. 어제 입실한 사람들이 왁자지껄 밤새 소란스럽게 모임을 하여 오늘은 마음을 단단히 먹고 청소를 준비한다. 다른 주말보다 더 깨끗하게 정리하고 분리수거도 잘하고 나가서 청소는 수월했다.

오늘 사랑방 예약 취소하고 환불해줬다. 평일요금으로 예약하고 토요일 밤에 전화해서 토요일 밤 일요일 새벽 3시에 들어오겠다고 떼를 쓰니 우리 잘못도 아닌데 억울하여 고민을 하다가 환불해주었다. 자려고 누었는데 예약한 전화번호와 전화한 번호가 다르고 입금받는 이름이랑 환불계좌가 틀리다. 사기일 수도 있겠다는 생각이 들고 어떤 문제가 발생할까를 떠올려본다. 내일 새벽 3시에 들이닥칠 수도 있겠다. 그러면 미리 난방을 하고 불을 켜두어야겠다고 결정하고 잠들었다. (아무 일도 없이 지나갔다.)

그리고 아침! 세면대에서 물이 많이 샌다고 전화를 받고 나갔더니 건물 밖으로 물이 새서 얼어 고드름이 되어 있고 차는 타이어가 터졌다. 우와 이게 뭔 일인지. 수도는 해결하고 밖으로 새는 물은 계속 지켜보고 손님들 나가고 보험사에 연락해 타이어 수리했다. 정신 바짝 차려야겠다. 마음이 흔들리지 않는 것 말고는 방법이 없다.

2019년 2월 11일 월요일

좌선 2시간. 어제 청소하고 산 다녀와서 쓰레기 분리는 아침에 하려했는데 새벽부터 왼쪽머리 아랫쪽이 움직이기 힘들 정도로 아프다. 아이 밥만 차려주고 누웠다. 서울 가기 전에 산 가려는 것도 미루고 2시간 누웠다가 일어났더니 백회로 모여 있다. 설사도 하고 생식도 하고 운장주를 외워도 그대로다. 쓰레기 분리중에 차가 또 이상하여 견인 불러 확인했으나 고장이 아니라고 하여 돌려보냈다.

삼공재에 전화드려 방문 허락받고, 출발하여 읍까지 갔으나. 차 앞에서 연기가 피어오르고 있다. 가까운 카센타 가서 확인하니 라지에타를 교환해야 한다고 비용은 26만원. 오늘 서울에 다녀 와야하는데 이 상태로 다녀와서 수리해도 될까요? 안된다고 한다. 작은동생과 통화. 수리를 할 것인지, 새 중고차를 구입할 건지, 서울 가는데 괜찮을지 물어본다. 계기판과 히터 나오는 상태 확인후 출발. 연기는 계속 서면 많이 올라왔다. 삼공재까지만 갈 수 있기를 바라며 긴장하며 조심조심 삼공재까지 도착했다. 지하주차장에 주차하고 나오자, 맑은 목소리가 들려 돌아보니 언니들이다. 내가 걱정되어 다른 날보다 빨리 오셨다고~ 반가웠고 머슥했다.

수련후 차 마시며 담소후 출발했으나, 생각보다 더 막혀서 카센타에 7시 도착했다. 직원들은 퇴근하고 사장님이 기다렸다가 수리를 한다. 인상이 푸근하고, 일에 대해 프로인 것이 느껴져 안심하고 기다린다. 엔진오일도 교환하고 시운전하여 확인하고 다른 곳도 점검해준다. 다해서 현금으로 드리고 운전하며 오는데 훨씬 부드럽게 나아간다. 돌아오는 중에 작은동생이 전화해서 잘 고쳤는지 얼마 줬는지 등등 물어본다. 잘 고쳐졌고 늦게까지 기다려서 고쳐주면서 추운데도 마무리까지 신경써줘서 고맙고 미안하더라고 했고 소개해주고 걱정해줘서 고맙다고 했다. 집 앞에 도착하니 입구와 마당이 불이 켜져 있다. 시키지도 않았는데 막내가 나가서 불을 켰다고 딸아이가 얘기한다. 뒷풀이 때부터 얼굴이 노랗다는 걱정을 들었는데 집에 도착후 어실어실 춥다. 옷을 껴입고 누워 잠깐 자고 일어났는데 온몸이 아프다. 기몸살인 것 같다. 다사다난한 하루가 가고 있다.

2019년 2월 12일 화요일

좌선 3시간. 아침 잔잔한 진동과 몸살기는 있지만 움직일 만하고 좌선이 하고 싶었다. 미루지 말고 공부해야겠다. 좌선중 카페에 대하여 생각이 먼저 떠올랐다. 많이 배우고 공부의 틀을 만들어 나왔고 감사함이 더 깊어진다. 몸이 가볍다.

118권을 두 번째 순서대로 다시 읽어 내려간다. 다른 분들은 차곡차곡 정리해서 일목요연하게 비교가 된다. 좀 더 잘 정리하여 보내드릴 걸 하는 후회가 되었다. 화두 기운에 푹 빠져 있어서 미처 못 보았다. 나의 현묘지도 수련기를 읽는데 눈물이 계속 흐른다. 타고난 대로 수행하며 살겠다. 내 마음을 본다. 다 흔들어도 중심에 서 있는 내 마음은 그대로 변하지 않고 하나로 품고 가는 내 마음. 누구도 괴롭히고 싶지 않은 내 마음. 모두가 원하는 것을 이루길 바라는 마음. 모든 걸 품고 하늘로 오를 뜨거운 내 마음.

2019년 2월 13일 수요일

하루를 기운에 싸여서 보냈다. 독맥이 뜨겁고 하단전 열감이 강하고 한기처럼 수시로 기운이 온몸으로 들어온다. 머리로 실침을 맞는 것 같은 기운이 내려와 중단이 훈훈해지고 하단전까지 내려왔다. 두 번째는 인당으로 뻐근하게 들어왔다. 세 번째는 하단전이 진동을 한다. 그리고 불편하고 불안한 기운이 들어왔다.

아들과 마니산 1주일에 한번 같이 가 주기로 약속은 했는데 막상 나오니 가기가 싫었는지 말수가 줄었다. 지나는 등산객들이 꼬마가 산을 잘 오른다는 소리를 들으며 참성단까지 올랐고 내려오면서 목소리도 밝아지고 말이 많아졌다. 게임 이야기가 쉬지 않고 나오고 잘 알지 못하지만 맞장구를 쳐주니 신이 나있다. 다음에는 억지로 오지 말고 기분 좋게 가주고 싶을 때 오자고 하였다.

2019년 2월 14일 목요일

손으로 기운이 들어 팔을 지나 하단전에 모인다. 훈훈한 온기가 하단전에서 퍼져 중단까지 올라온다. 뒷머리가 둥그렇게 기운이 들고 꼬리뼈가 훈훈한 기운이 둥그렇다. 10여일 전부터 달큰한 담배 냄새가 수련중에 한두번씩 난다. 이게 향냄새인 건가? 벌써 며칠째 예약이 취소되고 채워지고 또 취소되고 채워진다. 전에는 예약 사이트를 통해 예약하면 그대로 진행이 되었는데 얼마 전부터 전화로 통화하고 예약하고 도착해서도 나를 계속 찾아온다. 인연을 만들러 오는 분들이라는 생각이 든다.

2019년 2월 15일 금요일

좌선 1시간 + 30분 + 1시간.

봄 냄새 사이에 아쉬운 듯 화사하게 마당과 바다와 산에 눈이 내렸다. 좋은 일이 기다릴 것 같은 아침이다. 눈 덮인 마니산에 제일 먼저 오르고도 싶고 책 속에 푹 빠져 있고도 싶고, 하루 종일 좌선을 하고 싶기도 하다.

2019년 2월 16일 토요일

천부경은 우주, 하늘, 땅, 사람을 풀어주고 있고, 칠팔구운 삼사성환오칠은 지구에 있는 사람에게 삶과 죽음 윤회를 이야기하고 있고 그 내용이 보이는데 내가 제대로 읽은 건지 물어볼 데가 없다. 아침에 일찍 인사동에 바람쐬러간 아이가 저녁 늦게 돌아와 후리지아 꽃다발을 내밀며 웃는다. "지나가는데 노란꽃 좋아하는 엄마가 생각나서 샀어." 늦게 돌아오지 않는 아이가 배 고플까봐 봄동겉절이하고 대저토마토 썰어놓고 기다렸는데~

2019년 2월 17일 일요일

좌선 40분+45분, 요가 1시간.

발이 가뿐할 때 1주일 한두번 정도씩 순간이동을 한 것처럼 어느 한 구간을 지난 기억이 없는데 산에 올라와 있다. 처음에는 무심코 넘겼는데 잦아져서 적어둔다.

2019년 2월 18일 월요일

좌선 45분+1시간 30분.

아침수련하고 생식 먹고 서둘러 서울로 출발했다. 병원 가는 일은 심적 부담이 커서 긴장이 너무 된다. 오늘은 삼공재 옆에 있는 치과에서 임플란트 예약이 있다. 기운이 상단전으로 엄청나게 계속 들어왔고 몸이 파김치 상태로 차를 몰아 삼공재 지하주차장에 세우고 쉬는데 몸에서 열이 계속 나서 더웠다.

1시간 쉬었다가 오곡밥 사고 언니들 만나 수련하고 나왔다. 선배님들이 여러 가지 조언과 걱정을 하여 새겨듣고 조정을 한다. 어떻게 하는 게 내 수련이 발전하는지에 대한 조언들은 속으로 들어와 자리를 잡은 것 같다. 참으로 감사했고 따뜻했다.

2019년 2월 19일 화요일

좌선 1시간+1시간, 요가 1시간.

어제가 아니고 오늘 눈이 내려 다행이다. 오늘은 아는 분이 강의를 한다고 참석을 해달라고 하여 자릿수 채워주러 눈이 펑펑 내리는데 다녀왔다. 다녀와서 아이들 오곡밥에 반찬 몇가지 해서 먹는 것까지 보고 산에 다녀왔다. 치유의 숲길로 해서 오르니 눈이 그대로 있다. 역시 등산객이 적으니 욕심껏 즐겁게 산행했다. 병원에서 처방해준 약을 먹으니 좀 붓는다. 청화스님의 『가장 행복한 공부』를 읽고 있다. 청화스님의 말씀은 까다로워서 집중을 해야 들린다. 삼한사온이란 말이 맴돈다.

2019년 2월 20일 수요일

좌공 2시간. 오전 객실 청소후 좌공. 어제 모임 다녀오고부터 계속 뭔가 먹어진다. 치과 진료후 빠른 치료를 위해 식욕이 당기나했는데 심하게 계속 먹고 있는 나를 보고 있다. 왜 이러지? 어제 모임에서 손님이 같이 따라온 거 같다. 운장주 천부경 삼일신고 시천주 주를 산에서 외웠다. 등뒤가 뜨겁고 양어깨로 열기가 퍼지고 하단전에 기운이 쌓였다.

일지 올리고 인당으로 기운이 먼저 들어오고 백회로 기운이 들어왔다. 좌공중 관음법문이 왼쪽은 꽃 같고 오른쪽은 쭉 뻗은 나무기둥 같다. 삼공재 수련후 뒤풀이에서 왜 세상에 나와 깨달음을 설하지 않느냐고 했을 때 짜여진 틀을 바꿀 수는 없다고 하고 나는 예전에 세상은 바꿀 수 없지만 내가 바뀌면 세상이 다르게 보인다고 생각했다. 그러나 지금은 거기서 좀 더 나아가 본다. 지구라는 공부방에서는 내가 어떤 마음을 먹느냐에 따라 세상은 바뀌어진다. 다만 그것이 진리와 코드를 100% 맞춘 상태에서 모두를 위하는 일이여야 한다. 그럼 그릇을 키우고 수행을 더욱 더 열심히 해야 한다는 결론만 남는다.

2019년 2월 21일 목요일

좌선 1시간 30분. 햇살이 들어오는 창가에 방석을 깔고 좌선. 행복한 아침이 시작되었다. 동그랗게 원을 만든 두 손이 솜사탕처럼 느껴지다가 느낌이 없다. 개벽후의 세상에 대해 관한다. 기운이 바뀌면 가능하겠다. 기운이 크게 바뀔 때 몸과 마음이 바뀌어보았다. 개벽시에 일어날 수 있는 일들을 관한다. 어떻게 하면 들썩이는 마음과 몸을 붙잡을까? 개벽이 지나면 아무도 알아주는 이 없이 그저 평범하게 생을 마무리되어도 스스로 후회하지 않게 노력하고 그릇을 키우고 녹여내야겠다.

2019년 2월 22일 금요일

좌선 1시간. 『선도체험기』 70권을 읽는 중 책에서 작은 투명한 방울이 페이지마다 보인다. 우리는 같이 우리는 하나. 한 사람이 한 계단을 먼저 올라 뒤따라오는 도반을 끌어올려주고 있다. 감동이 밀려왔다.

2019년 2월 23일 토요일

좌선 1시간+1시간.

3시 수련, 하단전 통증, 중단 통증, 상단전 어지럽다가 기운이 지그시 누르다가 용암이 뽀글뽀글. 내일 장거리 운전이 있어서 산은 가지 않고 테라스 물청소하고 쓰레기 분리수거하고 손님들 숯불 도와드리고 아이들 저녁 먹이고 책 보고 좌선하며 저녁시간을 보냈다.

2019년 2월 24일 일요일

산 다녀와서 객실 청소하고 서둘러 고속도로를 타고 친정에 다니러 간다. 큰 수술후 명절 지나고 생신이라 겸사겸사 내려가서 세배도 하고 성묘도 하고 아픈 곳은 어떤지 문안도 여쭐 생각이다. 기운이 쑥쑥 들어가고 빠지고 손이 얼얼하고 박하처럼 화한 느낌이다.

2019년 2월 25일 월요일

아침 일찍 일어나 좌선은 곤란할 듯하여 뒷산을 오르내렸다. 상쾌하니 즐겁다. 9시쯤 아이들과 성묘 다녀와서 인사드리고 일찍 출발하여 집으로 왔다. 뭘 아는 건지 느껴지는 건지 친정 식구들이 유난히 반겨주고 주변으로 모인다. 나 역시 아낌없이 모두 드리려고 마음을 썼다. 몸과 마음을 녹이는 치유의 음식, 먹기만 하면 건강해지는 밥상을 차리고 싶다. 기도이고 꿈이라 해도 조금씩 시작하고 배우고 성장해 나가겠다.

2019년 2월 26일 화요일

긴 여행을 다녀온 것처럼 집은 새롭고 마니산도 처음 가는 곳처럼 설레고 기운은 신선하다, 조용하고 고요한 한주를 보낸 것 같다. 생각도 줄고 말도 줄었다. 그냥 여기 있었다.

2019년 2월 27일 수요일

산 다녀와서 오후에 삼공재 수련하였다. 나는 보는 사람. 이곳과 저곳을 보고 연결하는 사람. 주문수련은 맹신하여 빠지는 게 아니고 수련의 방편이라는 생각이 들었다. 소금물을 따로 먹지 않은 지 3주가 되어 내 몸 상태를 확인하였다. 소금은 수기를 저장하고 세포를 활성화시킨다. 에너지가 뿜어져 나와 식욕이 생겼으나 지금은 체중이 줄고 균형이 잡혀간다.

12시 30분에 출발했는데 3시 30분에 삼공재에 들어갔다. 선생님께서 수련생들에게 모든 걸 쏟아붓고 계시다는 느낌이 몸으로 전해졌다. 숙연해지고 반성을 하였다. 저녁수련중 열기가 온몸을 휘감아 뜨겁다.

2019년 2월 28일 목요일

아침에 눈을 감고 친정에서 보고 지금 느끼는 것, 내가 미처 신경 쓰지 못한 것이 보였다. 완전 봄 날씨이고 내일부터 출근이라 석축에 쌓인 낙엽과 잡풀들을 정리했다. 산 아래라 해마다 하는 일이지만 시작할 때는 막막하고 마음은 빨리 끝내고 산에 갈 생각에 바쁘다.

누에에 대해서 관해보았다. 누에가 만든 꼬치는 누에가 몸이 성장할 동안의 보호막으로 누에가 만들어 그 안으로 들어갔다. 사람도 누에와 같다는 생각이다. 그리고 인연의 실타래처럼 중심과 연결된 실을 끊으면 그동안 쌓아온 모든 게 무너지고 꿈에서 깬다. 누에가 만든 실타래도 시작과 끝이 있고 엉키지 않게 살살 풀어나가면 세상 밖으로 나와 날 수 있겠구나! 하단전은 뜨겁고 상단전은 변화가 있다.

2019년 3월 1일 금요일

좌선 60분 + 60분.

출근이 4일로 미루어졌다. 사실은 수련과 집일과 아이들만으로도 바쁜데 굳이 꼭 직장생활을 또 해야 하는가에 대해 부정적인 생각이 며칠째 들었다. 그냥 가보자고 마음을 먹고 이게 좋은 길이 아니면 어떤 신호가 오겠지 했는데 날짜가 미루어졌다. 오늘은 국수산으로 운동을 나왔는데 여기도 사람이 많다. 부정적인 생각과 비판들이 나에게 계속 들어오고 그걸 지켜보고 있다. 왜 그럴까? 느려진 생활에 만족스럽지 않기 때문이다. 머리 굴리지 말고 정중동 소통이라는 말을 오후에 알아들었다. 5시 20분 하단전이 핫팩을 붙인 것처럼 뜨거워졌다.

무소의 뿔처럼 (2015년 9월)

내 앞에 펼쳐진 일들에 최선을 다하고
나를 통해 세상으로 온 나의 사랑씨들의 성장을 도울 것이며
도와 덕을 이루며 살아가며
잘 가고 있는지 늘 깨어 지켜보고 있다.
나를 지키던 큰 울타리가 태어나고 사라진 지금
나는 나의 새끼를 보호하는 울타리이며
우주는 나를 지키는 울타리이다.
그러니 무소의 뿔처럼
쉼 없이 말없이 소리 없이 간다.

2019년 3월 4일 월요일

보고 또 본다. 도망치고 싶은 나를 눌렀다가 흩어지는 마음을 다 잡는다. 본성대로 계속 살 수만 있다면… 변화를 주어야 성장한다.

오전에 일하러 마지못해 갔다. 그런데 또 날짜를 미룬다. 세 번을 미뤘으면 뭐 더 기다릴 필요가 없겠다는 생각이 들었다. 신발이 불편해서 산에 못가고 집에 돌아와 서울 가려고 전화했다가 사모님이 수요일에 오라고 하셔서 아고 오늘은 집에서 청소나 해야겠다고 옷을 갈아입었더니 다시 사모님 전화가 와서 오라고 하신다.

벤치에서 기다리다가 선배님들 만나 수련하고 뒤풀이를 하였다. 오늘 오기를 참 잘했다는 생각이 들었다. 선배님들의 조언과 미처 못 보고 놓쳤던 부분을 이야기해 주셔서 공부가 되었다. 잡념으로 흐트러졌는데 정신이 번쩍 났다.

2019년 3월 5일 화요일

선배님들의 조언을 듣고 스승님 앞에 앉아 수련하고 온 다음날 열기가 온몸을 휘감는다. 일하기로 한 곳에 문자로 정중하게 사양하는 글을 올리고, 소개하신 분에게도 나중에 밥 한번 먹자고 하고 정리를 하니 마음이 가볍다.

오전에 봄맞이 대청소를 하였다. 오후에 산에 가다가 미세먼지가 많아 돌아왔다. 오는 중에 소개하신 분에게서 전화가 왔는데 거기서 사람이 필요하다고 그냥 4일부터 나와 달라고 하는데 잘 생각해 보라고 한다.

꼬끼오 들러 수도 부속재료 사와서 수리중에 선배님 문자로 모임이 시간이 맞지 않아 미뤄졌다고 한다. 다음주 선배님과의 약속 때문에라도 굳이 가고 싶지 않았는데 참 희한하다. 그곳에서 부족한 부분을 채우고 오라는 메시지 같다. 사람들과 부딪치고 판단하고 뒷담 먹는 것 등의 불편함을 뒤로 하고 길게 수행이라 생각하고 가서 부딪치며 깨지고 나오기를 하려 한다

2019년 3월 7일 목요일

첫 출근했다. 우리 집에서 나는 우주인인데, 그곳에서는 작게만 보인다.

2019년 3월 9일 토요일

3일 만에 산을 간다. 아주 일찍 아무도 없을 때 올랐다. 아상 사이로 비치는 참나를 본다. 시간이 흘러 참나 사이로 아상이 보는 날도 기대가 된다. 아침에 소나기 같은 기운이 느껴졌다. 저녁에 발부터 시작한 약한 전기가 오르고 오른다. 마치 물결 같다.

2019년 3월 10일 일요일

이번 주부터는 무리를 하지 않으려고 아이들 도움을 받아 객실 청소를 했다. 아들은 쓰레기 빼고 바깥 쓰레기 줍고 비품 채우고,

딸은 같이 객실을 다니며 정리와 청소를 도왔다. 사춘기를 지나는 딸아이는 궁금한 게 많아져 계속 물으며 청소를 한다. 물음 사이사이에 자신에 대해 알고 싶어 한다. 집중해서 진심으로 듣고 공감할 방법을 찾고 이야기를 해 주려고 노력한다. 아이도 엄마의 이야기를 마음에 담는 게 느껴진다. 그러나 세상에 나가면 한동안 헤맬 걸 안다. 늦은 점심을 먹고 산 다녀왔다. 수시로 계단에 앉아 손을 하늘로 열고 나를 본다.

2019년 3월 11일 월요일

좌선 50분 + 60분 + 60분 + 30분.

출근을 하는 게 새롭다. 주변을 더 둘러보게 되고 알바에 맞춰 수련 계획을 세우고 행동한다. 즐겁다. 봄 냄새가 온몸으로 느껴져 설렌다. 며칠 전부터 백회와 윗머리 우측에 계속 자극이 오고 있다. 특히 바깥에 나왔을 때 더 느껴진다.

일요일부터 한 선배님께 도움을 받으라는 메시지가 들어오고 기운이 연결이 된다. 뭘 배우라는 걸까? 내가 풀지 못하고 맴돌고 있는 게 뭔지를 찾아 생각을 한다. 아무리 생각해봐도 알바하는 곳은 내가 배울 게 있어 보낸 것 같다. 거기도 일손이 필요하지 않고 나도 생계에 급하지 않고 시간도 무리하지 않게 다 나에게 맞춰져 있다.

2019년 3월 12일 화요일

좌선 60분+90분.

아이들 학교 가고 요즘의 변화를 생각해 본다. "엄마 주변에 어른이 없네." 어떤 날 큰 아이가 나를 걱정하며 했던 말이다. 인욕의 시간을 지나며 그동안의 인연이 그렇게 정리가 되었다. 그때 아이에게 "이제 엄마 주변으로 새로운 사람들이 모여들거야." 그리고 몇년이 흘렀다.

지금 나는 처음 수련을 시작했던 그 시절로 돌아간 것처럼 열정적이고 맑고 밝고 선한 사람들을 계속 만나게 된다. 저녁 좌선하려 하는데 다리가 뒤틀리며 꼬인다. 운동이 부족한 게 나타나기 시작했다. 절수련하고 좌선했다. 시간 가는 줄 모르고 있다가 아들이 데리러 와서 오늘 수련 끝.

2019년 3월 13일 수요일

좌선 60분, 좌공 60분, 좌선 60분+90분.

아침 일찍 수련하고 아이들 학교 보내고, 오늘 예약된 객실 확인하고 숯 준비해 두고 다시 둘러보고 출발하여 서울로 오는 중 핸드폰 배터리가 다되어 삼공재 지하주차장에 차를 대고 지하철을 이용하여 치과로 가서 치료를 받았다. 의사가 너무 잘 아물어 더 손 볼 곳이 없다고 스스로 감탄을 한다.

삼공재 앞에서 입실 허락받고 차에서 1시간 좌공하다가 머리가 아파오기 시작해 주변을 걸었다. 강남구청도 가보고 아파트 근처를 돌아보는데 하교시간이라 조잘거리며 교복 입은 학생들이 밀려 내려왔다.

삼공재 벤치에 앉아있다가 올라가니 유광님이 먼저 와 계신다. 잠시 후 구도자님 도착해 함께 입실. 선생님께 인사드리고 수련·카페에 있을 동안은 수련에 올인해서 마음의 부담 없이 입실을 하였지만 지지부진해지는 수련으로 죄송하여 마음이 움츠러든다. 사모님이 샌드위치를 만들어 놓고 기다리고 계셔서 다 먹고 인사하고 나왔다. 언제나 이 부담을 들 수 있을지. 나오면서 기다리신다는 문자를 확인했다.

유광님과 구도자님께 시간이 괜찮으면 제가 선배님께 가르침 받을 게 있어 뵙자고 하여 만나기로 했는데 함께 가자고 여쭈었다. 괜찮다고 하여 서둘러 갔다. 잠시 동안 만감이 교차했다. 10대에 만난 첫 번째 스승님, 20대에 만난 두 번째 스승님을 만나러 갈 때의 아련하고 새로운 것을 배운다는 설레이는 기분이 생각났다. 이 나이에 이렇게 설레며 가르침을 받을 수 있는 선생님이 있고 만날 수 있다는 것이 더없이 감사하고 기뻤다.

강남구청역에서 나오고 계신 선배님을 뵙고 인사를 올렸다. 그냥 흐르는 대로 맡기자고 했지 어디로 갈 것인지를 생각 못 하고 늘 가던 분식집에 자리를 잡고 주문도 서툴게 했다. 처음엔 엇나가는 대화가 아닐까했으나 이미 다 보고 계신 것처럼 말씀을 이어나갔다.

나의 최근 몸 기 마음의 변화가 생각이 나고, 아~ 이래서 만나라고 했다는 생각이 들었다. 한번 잡은 이야기가 틀림없이 내 안으로 흡수되게 여러 번 예를 들어가며 계속계속 입력해 주신다. 어디서도 배울 수 없는 공부였다. 얼마 전부터 가지고 있던 고집들이 스르르 계속 풀려나가고 있었고 기수련도 조금 더 나가야 하는데 자꾸 기운이 떴다. 그러면서 상기된 기운 때문인지 맡기자고 하면서도 수시로 아상이 일어나 욕심을 부리고 있었다.

집으로 오는 내내 종이 울리는 것처럼 맑은 기운이 계속 덮었다. 그러면서 이것도 저것도 그것도 풀려나가고 있었고 저녁수련에 들어서도 오래오래 계속 매듭이 풀려나가는 것 같았고 마음에서는 그동안의 묵은 때들이 청소가 되었다. 내 수련일지를 내가 읽으며 가식과 오만이 보여 부끄러웠는데 이 단계를 지나면 진정 내 안의 소리를 맑게 낼 수 있을 것 같다. 어디에서도 누구에게서도 들을 수 없었던 진솔한 가르침에 감사함과 경외하는 마음을 담아 보내본다.

2019년 3월 19일 월요일

바쁜 주말을 보내고 아이들 학교 보내고 쓰레기 정리해서 내어놓고 출근하기 전 잠깐의 시간이 꿀 같아서 마당에 앉아 좌선에 들었다. 출근을 준비하면서 몸이 으슬으슬 추워졌다. 물을 틀어놓고 하는 일이라 답답하지만 내복을 다시 꺼내 입고 출발하였다. 가는 중 차를 세우고 서로이웃 수락을 눌렀다. 잊지 않고 지켜봐주심에 감사드립니다.

집중을 해서 하면 확실히 시간이 단축되어 3시까지 하라고 준 일을 1시가 안되어 마치고 계속 몸이 추웠다. 말하자면 땡땡이. 체한 것 같아 일찍 들어가겠다고 하고 이 정도야 괜찮겠지 하고 마니산에 올랐다. 진달래가 분홍빛 몽우리를 만들어 바람에 날리고 있고 하늘은 파랗고 바람도 좋았다. 산을 즐기며 올라가 천부경을 염송하며 참성단 앞에서 한참을 앉아 있다가 내려왔다.

집에 도착해 내리려는데 허리를 바로 펼 수가 없다. 바로 반신욕을 했는데도 냉기는 그대로라 찜질팩을 배 위에 올리고 누웠다. 우와 이건 정말 최고였다. 목부터 무릎까지 얼음을 쫙 깔아주고 좀 견딜 만하면 다시 얼음이 쫙 깔렸다. 지켜보면서 아래로 내리기를 계속 하였다. 가는 쇠가 갈리는 소리는 여전히 크게 들린다. 새벽에 일어나 웃음이 나온다. 좀 살 만해졌다. 바보가 맞나보다. 몸살 중에도 사랑받고 있다는 생각이 들었다. 마음이 가벼워진 거 같다.

2019년 4월 1일 월요일

좌선 4시간, 좌공 4시간.

새벽 4시에 일어나 와공하다가 좌선 1시간 하였다. 출근전 30분 좌선중에 댓글을 쓰지 않으시는 선배님이 댓글로 잘 있냐고 하신다. 이 댓글 하나로 하루 종일 감동이 일었다. 걱정해주는 누군가가 있다는 게 마음을 훈훈하게 하였다.

현묘지도 수련을 마치고 선생님께서 도호를 알려주시고 도성이라는 큰 이름을 내게 주신 이유. 부담을 항상 안고 있었다. 아마도 선생님께서는 아이들 데리고 수련을 하겠다고 하는 나를 도와주라고 이름에 뭔가 붙여 놓으신 것 같다. 선배님들의 말씀 한마디 한마디는 나를 격려하고 응원하고 품어준다.

오늘 월급을 받았다. 수행터에서 수행을 했는데 돈도 받고 사람들이 주변으로 모여든다. 뭘 받아가려는 게 아니라 도와주고 주려고 온다. 이곳저곳에서 사랑한다고 속삭인다. 이 마음을 어떻게 다 갚을지~ 잔잔한 환희지심이 중단에서 몸 전체로 퍼지며 인연되는 선배님 후배님 수행터 사장님까지도 아껴주시는 마음이 느껴져 감동은 계속계속 잔잔하게 퍼져간다. 피부는 하루가 다르게 매끄러워지고 눈은 맑게 빛나고 목소리는 쉿소리가 나지만 편안하다. 살은 빠지고 걸음은 소리가 안 나고 가볍다. 이대로 조금만 더 쉬었으면, 이 수준으로 조금만 더 나가고 싶다.

2019년 4월 9일 화요일

좌선 2시간+3시간.

새로운 것이 보이고 느껴지고 과거의 삶이 새롭게 보이고 사람들이 다시 느껴지고, 모두 사랑하는 눈으로 다시 보였고 미련으로 아픔으로 남아있던 것마저 녹아내리고 꽃이 피듯 기운이 온몸으로 발산됨을 느꼈다. 그리고 어제 저녁부터 발산되던 기운이 단전으로 모이는 것 같다. 이제 이 기운을 단전에 모으고 아래로 아래로 의식을 내려 바닥의 끝을 볼 때까지.

며칠 동안의 감정이 들쑥날쑥할 때마다 내 기운이 변해가는 걸 느끼게 된다. 아차하면 사고를 칠 수도 있겠다는 생각에 수련하는 사람의 기본 마음자세를 생각했다. 정선혜 그리고 낮출 것, 져줄 것, 우선 피할 것.

2019년 4월 10일 수요일

좌선 2시간. 마니산 들러 삼공재 다녀왔다. 수련만하고 바로 집으로 왔다. 마음이 생기고 기운이 되고 뭉치는 걸 체험하고 있다. 그런 중에 마음의 변해가는 것과 기운이 변하는 걸 보고 있다. 수련에 더 집중하자.

2019년 4월 11일 목요일

좌선 4시간. ㅇㅇ언니와 카톡하다. 현묘지도 8단계 답이 나와서 제일 먼저 알리고 싶었다고 한다. 덩달아 나도 환희지심. 4시부터 환희지심이 시작돼 6시가 최고조. 상단전 기운이 쏟아졌다.

2019년 4월 12일 금요일

좌선 4시간. 마니산 다녀와서 인천국제공항에 둘째 마중 갔다왔다. 사람 많은 곳이라 각오하고 갔지만 어지러움이 있다. 오랜만에 가족이 다 모였다. 손님들에게만 해주던 숯불을 아이들을 위해 피우고, 셋째가 숯불을 피우고, 굽는 건 둘째가 하고, 큰아이는 편안한 노래를 틀고 저녁을 먹었다. 동생들 먹이려고 호주에서 솜사탕 같은 마시멜로를 가지고 와서 남은 숯불에 노릇하게 구워 맛있게 나눠먹었다.

정리를 하며 둘째 아이가 "엄마는 명상하다 들어올 꺼지~ 이 집은 변한 게 없네. 엄마 얼굴이 좋아져서 좋네. 잠은 방에 와서 같이 자요!"

2019년 4월 13일 토요일

좌선 4시간, 좌공 2시간.

분명했던 답이 다 흔들린다. 변화가 필요하다. 큰 파도에 휩쓸리지 않도록 내실을 쌓자. 마니산 다녀와 아이들이 늦잠을 잘 줄 알고 창가에서 좌선을 하고 있는데, 일찍 아침 먹고 나갈 준비를 하러 나온 아이가 엄마가 부처와 더 가까워졌다고 한다. 그래서 방해할 수가 없어서 조용히 다녔다고.

아이들과 여행을 왔다. 요즘 트렌드에 맞게 계획하여 따라다니며 운전하고 식사하고 이야기 듣고 있다. 꽃을 보면 생각나는 사람, 사람이 보고 싶어 찾게 되는 꽃….

2019년 4월 14일 일요일

좌선 3시간 30분, 좌공 2시간.

마음을 열고 새로운 것을 마음에 담을 때 좋고 행복한 것, 새로운 세상이 안으로 들어올 때 함께 이 만남이 끝날 때의 아쉬움도 함께 받아들일 각오를 하여야한다는 소리가 들렸다. 아이가 조용한 삶으로 훅훅 밀고 들어온다. 오전에 카페에서 아이들이 하는 게임과 놀이를 보면서 명상했다.

2019년 4월 15일 월요일

좌선 3시간 30분, 절수련.

숙제가 생겼다. 어른인데 아직 어린 둘째가 왔다. 투정과 응석... 다 큰 줄 알았는데 아이의 응석보다 받아주기가 벅차다. 선배님들 눈에 나도 이렇게 비칠까? 나를 통해 세상에 나온 아이, 때로 눈에 차지 않아도 믿어주자.

금요일 밤부터 묵직한 기운이 인당으로 들어오고, 잠시 후 중단에 자극이 온다. 이런 경험이 하루에 몇번씩 반복된다. 며칠 전부터 단전에 천둥이 친다. 이게 뭘까? 며칠째 바깥 음식을 먹고 사람 많은 곳을 다녔더니 설사를 한다.

2019년 4월 16일 화요일

좌선 4시간. 매일매일 채워라. 수련은 매일 쌓는 거다. 아침 출근 전에 2시간 좌선 채우고 저녁에 2시간 이상 채운다. 퇴근후 간단하게 저녁을 먹고 마당에서 좌선을 시작했다. 지나가던 아이가 “밥 먹고 그것만 하는데 뭐가 좋아?” 그냥 웃었다. 글쎄 뭐가 좋아서 좌선을 할까? 내가 이걸 왜 하고 있지?

일하는 중에 단전에 전기가 수시로 일어났다. 따뜻한 아랫목에 손을 처음 대고 사악 펼쳤을 때처럼. 상단전은 왼쪽 오른쪽, 인당 백회로 번갈아가며 기운이 계속 수시로 들어온다. 흘려들었는데 내가 그 근처에 와 있는 거 같다. 『선도체험기』 118권을 다시 읽었다. 내가 못 보고 놓친 것이 아직도 있었다.

2019년 4월 17일 수요일

좌선 6시간. 오늘은 1주일치 사건을 몰아서 한 거같이 긴 하루였다. 심적 행동적 밸런스 지속성 단절성, 매일 글을 찾아 읽고 공부하다. 중심을 잡고 인간적인 관계를 맺고 끊어 자유로워지면 수련이 쉬울 것 같다. 내가 헤매는 것은 오지랖. 모두에게 인정받고 다 잘하고 싶은 욕심. 산 오르는 중 불과 며칠 전에 날아올랐는데 온몸이 돌이다. 둘째가 가는 30일까지는 별 수 없다. 어제 수련이 처졌다. 아이들이 있으면 토요일에 나가는 게 쉬울 줄 알았는데 오랜만에 만나 자기들끼리 계획을 세워 밖에서 놀겠다고 한다. 어릴 때가 좋았다. 머리가 커지니 이제 내가 접고 맞춰야 한다.

삼공재 수련 가다가 BMW와 접촉사고가 났다. 예고를 했는데 흘려서 사고가 났다. 수입차를 사고 접수하는 내내 내 탓이고 어디서부터 신호가 왔는지 관하고 수습시 생길 문제와 앞으로 운전에 대해 생각했다. 마음은 흔들리지 않고 강철로 에워쌓인 것처럼 차분했고 목소리는 침착했다. 삼공재는 가야한다.… 화장실 다녀와 입실 선생님 찻물로 쓰게 담아온 마니산 약수와 사모님 드실 찐빵은 차에 두었다. 안 좋은 기운이 들어갔을까봐. 마트에서 산딸기 한 팩 사서 입실. 와인 먹고 자려했는데 단전이 끓어 일어나 좌선했다. 선생님께서 큰 기운을 주시기 전에 중단전 시험하신 게 아닐까?

2019년 4월 18일 목요일

밤새워 좌선이 되었다. 반성한다. 수련이 계속되며 마냥 좋기만 했는데 큰 손님이 온 걸 방심하여 차 사고를 내고 그 중에 관하며 배운다. 방심은 금물이다. 그래도 아직 모르는 게 많고 그저 길들여지지 않은 야생마일 뿐. 멋도 모르는 나. 말을 줄이고 숨어있으라고 하는 건 하는 말이 거칠고 과하기 때문인가. 깎아내야지 순응한 삶이 되게. 오늘은 생각이 많다. 그 다음은 뭘까? 잘 가고 있는 거 맞겠지. 주고받는 관계가 오래갈 수 있다.

2019년 4월 19일 금요일

좌선 1시간. 오늘 아침 무심이다. 기운도 마음도 없다. 공한 상태인데 마음이 어떤 마음도 느껴지거나 생기지 않았다. 차 사고 때부터 그랬던 거 같다. 무심은 깨끗하다. 공은 시공을 벗어난 거라면 무심은 그 위에 무언가를 초월한 깨끗함이다.

2019년 4월 20일 토요일

수련 1시간+4시간.

단전이 계속 움직인다. 감기몸살이 어제 와서 오늘도 함께한다. 기침 콧물 눈물… 쌀가루를 빻아왔다. 좋은 사람이 오면 함께 먹을 음식으로 준비를 한다. 아침에 산 오르니 나의 절규 같은 오도송이 가슴으로 왔다.

죽여도 죽여도 죽어지 않는 내 마음 기운 바램 원

내가 수련하는 이유는 우주와 존재와 내가 하나임을 확인하고, 완전히 하나되어 홍익인간 이화세계를 만드는데 일조하기 위해~

사랑방 기운이 사납고 분위기는 살벌하다. 공부중이다. 긴장한다. 올 때부터 거칠더니 공부중 끼리끼리 부르는 거 같다. 단전이 하루종일 끓는다. 이런 때일수록 자중하며 수련해야지.

2019년 4월 21일 일요일

마니산 2시간 좌선. 중단전이 아프고 감기로 얼굴이 부었다. 기운 들어오는 걸로 봐서 기몸살이 아닐까? 산 내려오는 중 고 2때 연 이 사명이란 생각이 든다. 그 이후로 상단전이 열렸나? 달라진 내가 있다. 단전이 호흡하면 바로 따뜻함이 느껴지고 인당과 주변머리 위, 뒤가 항상 움직인다.

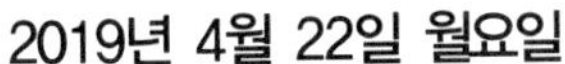

2019년 4월 22일 월요일

좌선 2시간. 바쁜 아침 세탁 분리수거 변화의 시기다. 점점 나와 우리를 보는 시야가 넓어진다. 부지런히 가르침을 받자. 글 속에 숙제와 문제와 답이 있다. 이분 뭘까? 어제와 오늘 수련이 집중 안 된다. 긴장하고 내일은 아침부터 아자!

2019년 4월 23일 화요일

좌선 2시간. 12시부터 30분 행복해지고 녹아드는 설레임. 어제는 4시부터 오래 행복했다. 내가 수행에서 독립할 수 있을까? 감사하다. 매 순간순간 이런 감동을 하게 하는 것에 감사. 수련은 매일매일 채우고 닦는 것임을 잊지 말자.

수행터 회식으로 3시 퇴근. 백련사에서 차 마시고 내려와 어느 가든에서 갈비 먹고 오다가 급하게 설사했다. 몸이 바뀐 게 확인되었다. 그리고 사람 많은 곳에서 빙의와 몸 상태를 다시 확인했다. 기운 뺏기고 간암 환자처럼 얼굴이 떴다.

2019년 4월 24일 수요일

삼공재 1시간, 좌선 2시간.

천성이 고운 분과 끝까지 겸손하신 분 때문에 뻗어가던 기운이 내려간다. 참는 게 아니고 그냥 맡겨지는 대로 살아봐야지. 고집이 아집이 올라 올 때 잘 지켜볼 것. 그래 나도 잘 살고 남도 잘 살고 우리는 결국 하나. 그들이 불편하면 나도 불편하니 그들을 불편하지 않게 해주자. 쓰레기 배출 때문에 오전에 면사무소와 아랫집 사람들 만나 대화를 했더니 중단이 아프고 떨림이 심하다.

2019년 4월 26일 금요일

좌선 3시간. 오전에 ○○선배님에게 안부 메일 올리고 답 메일 받다. 기운이 상당히 맑아졌다고 한다. 그분도 기운이 바뀌었다. 천상의 기운이다, 빼근하게 맑은 느낌이다. 읽고 종일 진동을 했다.

2019년 4월 27일 토요일

좌선 90분+4시간.

공부하게 시간이 만들어졌다. 숯불 없이 조용한 사람들이 3객실에 왔다. 취나물 데쳐놓고 부추 잘라서 전 부쳐 손님방에 갖다드렸다. 조용하고 편안한 수련이고 기운이 계속 진하게 들어온다. 내 자성이 계속 앞으로 자주 나온다. 자성에 대한 인지, 일치, 깨달음, 알아차림이 되고 있다. 두 분께 오늘도 감사한다. 깊이깊이 축기된 상태에서 바닥의 끝으로 의식을 내려라.

2019년 4월 28일 일요일

수련 1시간+1시간+30분+30분+1시간+1시간.

시간이 어떻게 가는지 모르겠다. 그만큼 사는 게 재미있다. 아침

마니산 오르며 ㅇㅇ선배님과 2시간 넘게 통화했다. 얼마 전부터 중단전 아픈 걸 말했더니 언니와 나 둘 원한이 있는 사람이 보내는 거라고 했다. 집에 와 좌선 중 또 그렇다. 내 생각에 ㅇㅇ님인 것 같다. 마음으로 편지를 써 보냈다.

손가락 끝을 보지 말고 달을 보세요. 어렵게 말을 한 우리 말고 무슨 말인지 다시 기억해 보세요. ㅇㅇ님이 내 기운을 품겠습니까? 아니면 내가 ㅇㅇ님 기운을 품겠습니까? 아이가 아니고 어른이면 애들 장난 같은 이 기운 그만 걷어 가시고 수련에 더 집중하십시오.

단전 아래 의식의 끝닿는 수련. 문자로 알려준 첫 글을 읽고 좀 더 깊게 내리기 위해 방법을 바꾸어보았다. 호흡이 새끼줄이라 생각하고 한 호흡할 때마다 한손을 잡고 번갈아 내린다. 의념하며 호흡하여 내리니 계속 편하게 아래로 끊기지 않고 내려가진다.

2019년 4월 29일 월요일

좌선 1시간 + 1시간 + 40분 + 40분.

마음에서 나오다. 기운이 또 바뀌었다. 중단이 열이 난다. 어제는 중단 하단 사이가 열감이 있었다. 이게 삼매인가 어제부터 푹 빠져 다른 세계에 다녀온 거 같다. 상단전 기운이 벌집 같다. 하단전 기운이 계속 채워지고 있다. 다리가 비비꼬여 집중이 안 된다. 왜 이러지

2019년 4월 30일 화요일

할 일이 많다. 아침밥 차려주느라 오전수련 못 하고, 학교 데려다 주느라 산 못가고, 쓰레기 분리수거하고 좌선 30분 후에 공항 간다. 인당으로 기운이 와서 하단전에서 ㅇㅇ선배님 하단전으로 보냈다. 훈훈함이 계속 된다. 상단전이 계속 변화가 있고 의식의 끝으로 수련 중 유체이탈을 하였다.

둘째 아이가 갔다. 내 아픈 손가락이 가기 싫다고 하면서 갔다. 차를 태우고 공항 가는 중 아이의 불안함이 중단전으로 느껴졌고 아이는 식은땀이 나고 덥다고 했다. 잘 할꺼란 걸 안다. 그 잘하기 위해 마음을 얼마나 졸일지 안다. 나의 새끼 아픈 내 새끼. 잘 살아라. 훨훨 날 때까지 수없이 날개짓을 하겠지만. 그래도 끝까지 날아올라 최고로 멋진 너를 알기를… 사랑한다. 내 새끼. 와인 한 컵을 마시고 펑펑 울며 수련했다.

2019년 5월 1일 수요일

수련 1시간+1시간 30분+1시간.

아기가 점점 성장하여 몸이 다 자랄 때까지 아이는 잘 먹고 잘 자고를 반복한다. 나도 지금 그렇다. 기수련이 계속되고 할 수 있는 건 잘 받고 써고 변화중에 마음과 몸을 잘 관리하는 것. 순리를 따라 기운이 제 모습을 찾을 때까지.

근로자의 날이라 휴무 없이 오픈하여 손님이 아주 많았다. 점심을 못 먹나 했는데 4시에 점심을 먹었다. 게눈 감추듯 먹고 나가며 주방을 보게 되었다. 산더미같이 쌓여있는 그릇들에 숨이 턱 막히고 질릴 것 같은데 이걸 이 사람들이 어떻게 다할까하는 안쓰러운 마음이 생겼다. 수행터에 와 오늘 일 마무리하고 사장님에게 전화로 설거지를 하고 가고 싶다고 허락을 받고 1시간정도 큰 것들 빼주고 집으로 왔다. 오면서 행복하고 아늑한 기운에 싸였고 몇 시간 온몸이 뜨거웠다. 뜨거운 국을 먹고 시원한 것 같은 기운이 몸을 감았다.

애들 밥 먹는 거 보고 청소해야 하는데 1시간을 좌공하다가 청소하고 1시간 좌선하고 쉬었다. 둘째 아이 호주 도착. 어제 그렇게 울었는데 오늘은 홀가분하다. 마음에서 나오고 마음 안에서 있던 감정이 허공으로 사라졌다. 이리 허전할 수가. 앞으로의 수련은 바닥의 끝으로 향하는 거고 매일매일 채운다.

2019년 5월 2일 목요일

수련 1시간 + 50분 + 2시간.

어제 식당 설거지하고 손님이 많이 왔는지 몸이 무겁다. 아침저녁이 버겁다. 사람과 사람의 만남에 대해 생각한다. 처음으로 안부 메일을 보내고 작년 그리고 그 전해 ㅇㅇ님과의 인연을 떠올렸다. 조금 더 천천히 만났다면 좀 여유 있게 마음 조절이 되었을 텐데 그때가 아니면 안되었나 보다. 또 다른 세상과 세계가 보인다.

겸손. 고수는 모두 겸손이 몸에 배이나보다. 오늘 블로그에서 고

수를 만났다. 나는 아직 햇병아리라는 걸, 단전 백회 기운이 들어오고 쌓인다. 막힌 곳이 풀리며 쥐가 풀리는 것 같은 백회에, 단전이 봉긋이 열이 오른다. 자성 51% 확인.

며칠 전부터 화식을 하면 불편하다. 식사량도 줄여야겠다. 다들 어디로 가는 걸까? 중심을 잡고 가는 사람을 보기 힘들다. 하나가 되려면 계속 큰 그림을 읽는 사람들이 많아져야 하는데 잡혀있다. 그래서 답답하다.

전에도 나는 큰 나무 옆에서 꽃으로 나비로 주변을 맴돌았나 보다. 지금 나비로 꽃으로 큰 마당을 가볍게 날으는 걸 보면, 때로는 길들여지지 않고 하늘과 땅 사이를 날고 또 때로 곁에 머무르기도 하고 이렇게 살 수 있어 참 좋습니다.

나의 수련을 어디까지 허락하실까?

사람을 알아보고 이어줄 수 있을 만큼.

2019년 5월 3일 금요일

수련 좌선 1시간 + 30분 + 1시간.

내일 삼공재 가기 전 수련일지 정리. 막내를 데리러 오라고 해서 1시에 퇴근해 집에 오니 화색이 돌고 개떡 먹고 잘 논다. 기회다 싶어 선생님께 보낼 일지 정리했다. 그러면서 그동안의 기록을 확인했고 전보다 훨씬 체계가 잡혀있음을 봤다. 그 전 것은 애들 장난 같다.

2019년 5월 4일 토요일

○○는(은) 자신을 있는 그대로 인정하고 상생하는 길을 찾은 것 같아 기쁘다. ○○는(은) 나와 자신을 부정하고 시선을 부정적으로 해석하고 자신에 대해서도 인정하지 못하고 괴롭힌다. 머리는 ○○가 훨씬 좋은데 스스로를 가두었다. 좌선중 어제부터 하단전에만 햇빛이 내리쪼이는 것 같다. 눈을 떠 확인하면 그늘에 해가 들지 않았다. 삼공재 다녀왔다. 기적이 일어난 날.

2019년 5월 5일 일요일

수련 1시간 30분+1시간 30분.

마니산 5시 30분 출발. 2시쯤 깨었다. 중단전에 뭉친 기운이 들어와 오랫동안 설레었다. 감사 그러나 그래도 감사. 진심과 정성 고마움만 전달이 되었으면 좋겠다. 가득 찬 기운이 마음되어 아이들과 손님들에게 전해진다. 들은 이야기 분위기 보호받는 편안함 기운 그리고 감사와 충전. 오전과 오후 자동충전 시간이 길어졌다. 삼합진공 안착. 그런 거 같다.

선생님이 메일을 읽을 때 하단전에 햇살이 들어왔다. 이틀 동안 큰 글자로 "오십시오"라고 써준 답장에 날랐다. 그렇게 늘 사랑하고 사랑받으며 살아야 신이 난다. 뜸을 들여라. 이번 주 숙제다. 뜸 안 들고 팔랑거리며 철없이 맑게 살고 싶다. 그러나 성숙된 어른이 되려면 이제 응석부리며 행복해 하는 나를 조금씩 내려놓아야겠다.

2019년 5월 6일 월요일

2시까지 수련했다. 아침 반야심경이 안으로 들어와 빛났다. 어제 소나무 아래에 앉아 좌선중 눈 감은 상태에서 아지랑이 같은 빛을 보았다. 노래 없이 조용히 호흡할 때 더 편했다. 하화중생한다 생각하고 설거지 집중해서 5시간하고 퇴근. 4시부터 6시까지 녹아드는 기운이 나를 채워주었다. 이렇게 아껴주시니 마음이 빠져나오질 못한다.

2019년 5월 7일 화요일

수련 1시간. 어제부터 밀린 일이 오늘도 밀린다. 오늘 또 설거지하게 되면 어쩌나 걱정을 했는데 어버이날이라고 꽃과 상품권을 받았다. ○○언니와 통화를 2시간 하고 나중에 기운 소모가 심해서 도반들이 피하는 거라고 말해주려는데 이미 알고 있었다. 그리고 속상했던 걸 말하는데 엄청 미안했다. 어찌해야 다 좋을까? 축기를 해서 자력수행이 되어야 하는데, 수련을 하지 않은 것만 못하게 될까 걱정이다. 자신의 생각에 잡혀있다.

2019년 5월 8일 수요일

수련 1시간, 삼공재 1시간, 좌선 5시간.

중단전 열기가 뿜뿜. 구름 타고 산을 오르니 내가 신선인가? 바람이 좋다. 이렇게 팔랑거리며 조잘대어도 받아주고 웃어넘기는 대인들 사이에서 행복하고 즐겁다. 수행자가 각각이듯 진리를 찾아가는 길은 수만 가닥이고 한 가닥을 잡고 오르고 오르면 몸이 피와 살로 연결되듯이 하나로 만나진다. 사람을 만나고 도반을 만나며 느끼는 것은 음식을 먹듯 사람의 의식을 먹고 몸에 필요한 건 소화하고 소화가 안 되는 껍데기는 대소변 땀으로 내보내면 될 것 같다. 그 사람이 이 사람이 평가할 필요가 없다. 가끔 나를 뚫어줘야 한다.

점심을 먹다. 마음에 점을 찍다. 중심을 다잡다. 이 뭐꼬 관으로 풀기. 한 의문이 났다. 꼬리를 잡듯이 생각이 올라온다. 한 바퀴를 돌고 다시 반복되며 계속 물고 늘어지면 원이 만들어진다. 그러다가 툭 튕겨져 답이 나오고 자성에서 감응이 온다. 그렇게 관으로 풀기를 했다. 누가 시킨 것도 아닌데 숙제가 늘 찾아왔다. 피하지 않고 타협하지 않고 정면에서 맞닥트렸다.

2019년 5월 9일 목요일

수련 2시간 30분 + 4시간.

바닥의 끝 풀다. 하단전 아래 의식의 끝은 계속 진행중. ㅇㅇ언니가 사명 천도의 굴레에서 꼭 나오길 그러나 못 나온다고 해도 즐기고 편해지길 바란다. 걱정이 점점 부정적이 되어가서 도움이 필요한데 고집이 생겨 생각을 잡고 있다. 득보다 실이 많아져 걱정이 된다. 심성이 변하지 않길 바란다.

2019년 5월 10일 금요일

수련 1시간+1시간+30분.

뿌리 깊은 나무의 역주행. 깊은 땅속에서 돌과 흙과 어둠속에서 하늘로 오르다 드디어 땅에서 나온 나무. 아마도 나는 뿌리 깊은 것 같다. 그리고 다양한 나무들을 본다. 뿌리가 대가 없고 잔뿌리만 있는데 꽃이 확 핀 나무와 나보다 더 굵게 자리를 잡은 나무. 껍질이 너무 두꺼워 자기가 나무인지도 모르고 올라와 있는 나무. 이제 나는 나의 근본 뿌리를 찾아 다시 땅속여행을 한다.

2019년 5월 11일 토요일

수련 1시간+1시간+3시간.

아침 5시 마니산 행. 사람이 없어 조용하고 마니산 기운이 더 많이 느껴짐. 기운이 예민하게 느끼는 사람들은 참 신기하다. ㅇㅇ선배님 걱정이 된다. 단전이 완전히 비어있다.

소나무 아래서 1시간. 중단전에 햇빛이 들어온다. 머릿속에 사람들의 잡념이 너무 많아졌다. 수련할 시간과 기운을 헛으로 쓰면 안되는데 내가 바로 서 있어야 남을 제대로 도울 수 있다.

2019년 5월 12일 일요일

4시에 일어나 와공. 마니산 다녀와 김밥 싸주고 좌선 1시간+3시간.

오늘 남은 된장 3개를 다 드렸다. ㅇㅇ님이 보낸 글을 계속 보고 생각한다. 참으로 고마운 분이다. 이렇게 기운줄을 연결해주시니 공부를 게을리 할 수가 없다, 항아리 옆에서 좌선하니 된장냄새가 솔솔 옮겨와 참 좋다. 오후수련중 하단전에 햇빛이 들고 중단전으로 갔다가 인당까지 햇빛이 들어서 한참 머문다. 저녁수련도 그렇다. 바닥으로 의식은 횟수가 좀 더 늘었다.

어제 ○○선배님과 통화후 많이 피곤하여 11시쯤 자고 아침 4시에 깨어 산에 올랐다. 몸이 현저히 무거웠다. 오전에 기운이 많이 빠져나간다. 주말에는 나도 힘든데 본인이 좀 조절을 하여 천도를 줄여주지 종일 기운이 빠지니 몸은 맥을 못 추고 얼굴색이 검게 변했다. 이게 무슨 남을 위하는 하와중생이란 말인가. 종일 이걸로 관을 했다. ○○선배님께 주는 마지막 기회인 거 같다. 내 기운을 마중물 삼아 스스로 기운을 만들지 않으면 휘둘린다. 이미 많이 진행되어있다.

2019년 5월 13일 월요일

수련 90분+2시간 30분.

아침에 반야심경이 듣기 좋았다. 무명배우라는 노래가 나 갈더니 조금씩 멀어진다. 마음이 내려가는 거 같다. 금강님이 보내준 책을 찾다가 못 찾고 『선도체험기』 읽다.

2019년 5월 14일 화요일

수련 좌선 90분 + 30분 + 1시간 + 1시간.

금강님이 보내준 『선의 나침반』 찾고 금방 시간이 지났다. 책 지금 꼭 보라고 한다. 며칠 전부터 집중이 잘된다. 자세도 좋고 오래 유지된다. 퇴근후 마니산. 기운이 종일 쏟아졌다. 오전에 ㅇㅇ님 기운 들어오다. 여리고 애기 같은 기운이 삐쳐있고 약간의 섭섭함. 기운이 안 가나보다. 인당이 안 움직인다. 아기같이 여린 분이 힘겨운 사명을 수행하느라 고생이 많았는데 스승님들이 대책을 세워주시길 바란다.

2019년 5월 15일 수요일

좌선 2시간 + 1시간 + 2시간.

나이에 세월이 묻어 인품으로 느껴진다는 생각이 들었다. 삼공재 수련중 마음을 비우고 수련하라는 글을 떠올렸다, 카네이션 바구니와 마니산 약수 2번 증류해서 찻물로 드시라고 가져감. 삼공재 벤치에서 책 90분 읽고 금강님 만나 수련. 사모님이 주신 도너츠를 아이들이 좋아한다. 선생님께서 준비해 간 물을 뭐냐고 물으시길래 마니산에서 떠온 약수라고 말씀드렸고, 꿀꺽 꿀꺽 소리나게 드셨다. 수련하다가 기쁘게 드셔주셔서 합장하며 "감사합니다"라고 했다. 마음이 솜사탕이 되었다.

2019년 5월 16일 목요일

수련 3시간 + 1시간.

『선의 나침반』 읽고 있다. 숭산스님과 현각스님. 스승의 가르침을 제대로 이해하고 풀어낸 스님의 위대함 그리고 스승에 대한 사랑. 우리 선생님도 그런 제자가 있었으면 얼마나 좋을까. 스승의 날 즈음하여.

좌선에 재미가 난 나는 한동안 새벽과 저녁시간을 좌선으로 채웠다. 며칠 전 저녁 그냥 금강님이 한참 전에 선물해준 책이 생각이 났다. 다음날 다시 찾으니 바로 앞에 있는 걸 저녁에 보이지 않았다. 『선의 나침반』.

숭산스님과 현각스님은 조광님이 몇 번 포스팅해 사제지간이란 것은 알았다. 책을 펼치니 현각스님이 스승을 풀어놓았고 그 존경이 느껴졌다. 나는 누구인가. 항상 뒤에서 나를 지켜보며 묻고 있는 말이다. 나의 수련이 어떻게 진행되고 여기와 있는가를 관하며 읽었다.

소승 대승 선불교. 나는 잘 가고 있는가를 관하며 읽었다. 그리고 2권으로 가지 않고 현각스님이 쓴 『만행』을 폈다. 눈물과 기운. 이게 뭐지!~ 절절한 구도애, 스승에 대한 마음이 온몸으로 느껴졌다. 스승님~ 우리 스승님도 살아온 시간, 기다려온 시간에서 보람이 있기를 바라며 정 선 혜하는 수행을 다짐해본다.

출근하는 차 안. 호흡도 없고 단전의 박동도 없다. 운전을 하고 있는 의식만 있고 공이다. 현각스님의 글과 공명이 일어난 거 같다.

2019년 5월 18일 토요일

수련 2시간 + 1시간 + 1시간 + 30분.

며칠 전부터 수면 패턴이 바뀌어 새벽 3시에 일어나 좌선을 하고 책을 본다. 5시 마니산 다녀왔다. 아침 먹이고 2시간 좌선 겸 독서. 현각스님 사진을 보며 계속 피부호흡이 되며 온몸으로 전율이 느껴진다. 공감이 진동하나 보다. 구도에 대한 간절함과 스승에 대한 애정이 닮아있다. 3시 1시간 상단전에 해가 오래 들었다.

2019년 5월 19일 일요일 비

4시 기상 샤워 후 30분 좌선. 비가 조금씩 와서 모자 있는 상의를 입고 산에 갔다. 5시 출발 7시 30분 도착, 1시간 좌선. 집중이 안됨. 뜸을 들여야 한다. 보림에 더 집중하자. 움직이는 게 말하는 게 실수 투성이. 더 여러번 생각하고 말하고 행동하겠다.

곧 그칠 것 같던 비가 종일 오고 있다. 집중이 잘되고 좌선이 계속하게 되어 청소가 늦어졌다. 마음이 나오고 있다. 슬프다.

2019년 5월 20일 월요일

수련 1시간 + 1시간.

뜸 들이는 중. 자중할 것. 촐랑대지 말 것. 먼저 나서지 말 것. 주변 사람들이 편안한 게 어떤 것일까를 생각할 것.

2019년 5월 21일 화요일

4시 수련 시작 100분.

며칠째 까치가 운다. 좋은 일이 있으려나 기다려진다. 그녀의 카톡과 문자를 보며 관하다. 카톡으로 기운 교류를 부드럽게 시도했는데 나는 데이터를 꺼두어서 안 보았으니 문자로 안 좋은 불쾌한 감정을 잔뜩 실어서 보냈다. 읽으며 온몸이 소름이 돋으며 기운이 빨려나갔다. 나는 이러지 않았나 그리고 생각한다.

좀 힘든 하루 사이에 자통님 기운이 지켜주고 있다는 생각에 행복했다. 하늘이 주신 숙제라 일부로야 보내지 않아도 가는 기운은 그냥 둔다 생각하고 나에게 오는 손님들에게 나한테 왔으면 나를 통해 해원상생하시고 얍체같이 나를 통해 다른 곳으로 옮겨갈 생각으로 오는 분은 오지 말라고 주문을 걸었다. 그래야 내 생각을 읽히지 않을 것 같아서 그리고 이게 맞다. 그런데 ㅇㅇ언니가 기운을 더 가져가려고 여러 시도를 하고 있다. 그래서 오늘 몸 컨디션이 아주 저조하였다. 점점 가라앉는 컨디션 사이로 몸이 기운에 쌓여 있다.

이 감사를 어찌할까? 어찌 이리 나를 아껴주시는지… 내가 뭐라고 이렇게 안 보이게 품어주시니 잘 바로 수행해야지. 이런 노력과 정성으로 내가 만들어지고 있음을 잊지 말고 나 역시 도우며 살아야지. 계속 치우고 버리고 그래도 남들처럼 못 사는 거 같아 부끄럽다. 그러나 있는 그대로 그런 나를 본다… 나에게 집중하여 감싸안긴 그 마음 안에서 나는 소녀처럼 밝아지고 겁이 없이 든든함 속에 묻혀 행복하다. 이렇게 행복한 날이 와 있다. 엿가락 같은 기운이 백회로 들어온다.

2019년 5월 22일 수요일

수련 1시간. 온몸이 아프다. 당연하다. 관. 갈수록 정신을 차려야겠다.

다알리아. 연핑크색 하얀 꽃이 어제부터 꽃잎을 열기 시작해 오늘 아침은 두 송이가 피었다. 중단전이 햇빛이 비친다. 여러 날째 내 안에서 끓던 불이 다시 타오르기 시작했다. 흘려보내지 않고 지켜보고 있다. 잘 살려내겠다. 더 이상 휘둘리지 않고 곧게 타오르게 하겠다.

어제 ㅇㅇ언니가 샌드위치를 만들어 와서 나눠 먹었다. 왜 줄까? 내가 좋아서 10개를 줘도 한개 돌아올까? 그러나 주고 싶은 마음이 생기고 정성들여 준비하는 동안 즐거우니까 한다. 의심이 들어와 사이를 벌여놓는다. 바른 의심으로 나의 공부를 도우라고 의심에게 말했다. '휩쓸리지 않게 옳고 그름에 늘 깨어있자'

삼공재 나오면서 댓글이 달려서 확인. 글에서 기운을 느끼는 게 어렵나? 대주천을 일찍 했다면서 마음문이 그렇게 좁을 수 있나? 어떻게 혼자만 잘 살면 된다고 생각을 하며 하늘 공부를 한다는 건지. 벌써 몇번째 이런 사람을 만났다. 수련하는 대부분이 그렇다. 도대체 사람은 어디 있는 건지. 이런 사람들과 무얼 할 수 있나? 생각이 많은 저녁이다. 그래도 나는 오늘도 수련하고 뜸 들이는 중. 더 맛있어져라.

2019년 5월 23일 목요일

좌선 1시간 + 2시간.

몸살이 심해서 4시에 깨었다가 5시부터 반야심경을 들으며 와공. 6시에 좌선 1시간. 선생님과 조광님, 자통님이 새삼 더 귀하게 느껴지고 이분들과 함께할 수 있어 참 다행이라는 생각이 들었다.

선생님 기운으로 꽉 찼다. 모아모아서 하단전 축기. 타산지석 똑바로 가자. 흐트러지지 않는지 계속 지켜보고 반성하며 나가자. 나도 스승님들이 잡아주지 않았다면 아집에서 헤매고 있을 거다.

대주천. 기운을 강하게 하는 것보다 마음을 열고 있는 게 더 중요한 거 같다. 자통님이 일반인들 중에 고수가 많다고 한 말은 아마 이런 맥락이지 않나?

물김치를 담았다. 무 양파 배를 갈아 즙을 내어 국물을 내기위해 간을 맞췄다. 그때 이렇게 좀 하지. 이 정도 여유가 그때는 왜 없었을까? 잘하고 싶은 마음만 가득해서 늘 쫓기던 시간이었다.

사람이 아니 내가 이렇게 바뀔 수 있다는 게 놀랍다. 그리고 지금 생기고 있는 변화들, 선명하게 현실로 보이는 것들, 수련 수행을 선택한 나를 본다. 더 넓게 펴고 세상을 안자. 다른 건 보지도 보려고도 말고 우주 속으로 한점이 될 때까지.

2019년 5월 24일 금요일

수련 3시간+1시간+1시간.

일 다녀와 사랑방 주변 정리, 풀 깎기 그리고 놀았다. 이제 아이들은 내가 마당 어디에서 명상을 해도 당황하지 않고 본인들의 용건만 전달하고 잘 피해간다. 자연스러운 일상이 되었다.

주는 거에 야박해지지 말아야지. 때로 욕심에 가득 차 뺏기는 것 같을 때 똑같이 해주고 싶은 좋지 않은 마음이 훅 들어온다. 그러나 내가 받았고 받고 있는 많은 것을 생각하면 모른 척 그냥 줘도 내게 큰 피해가 가지 않는다. 이런 사람들은 큰 거 놓치는 걸 모르고 작은 거에 집착한다. 내가 줄 수 있고 주려고 한 걸 알면 아마 아까울 꺼다. 바보. 내 손이 짧아지게 하는 말. 나는 이러지 않았나 공부한다.

2019년 5월 25일 토요일

내 생각 속으로 들어온 손님. 어떤 분한테서 어제부터 손님이 무더기로 왔다. 그리고 오늘 내일도 무더기로 내려주고 빠져나가서 잘 나가던 수련이 고전했다. 몇주 동안. 휘둘리지 말자. 이런 비웃고 있는 손님한테 휘말려 여러 일들을 만들었었다. 잘 지켜보며 해원상생 행동도 이러해야 한다. 나를 지켜주는 분들이 있음에 감사한다.

2019년 5월 26일 일요일

마니산 수련 4시간+좌선 4시간.

터미널까지 모셔다드리고 계속 기운에 쌓여 좌선. 오늘 중에만 청소하려고 미뤘다. 꿈같은 시간이었다. 대화를 생각하며 되새긴다.

2019년 5월 27일 월요일

수련 3시간 + 2시간 + 2시간.

어제 모임에서 실수가 많았다. 잘 보이려고 했고 드러나려고 했다. 부끄러웠다. 잔꾀 아상 거짓말… 손님에게 휘둘린 걸 생각하면 아직도 멀었다. 대맥유통으로 집터를 정화할 것. 숙제다.

2019년 5월 28일 화요일

수련 2시간.

있지도 않은 마음을 갖겠다고 욕심을 부린 나를 봤다.

2019년 5월 29일 수요일

3시 30분 기상. 청소후 108배, 수련 2시간 + 2시간.

마음에서 나오고 사람을 이해하는 게 이렇게 편안하게 빠르게 바뀐다는 게 섭섭할 정도다. 선생님을 또 다르게 이해하게 되었다. 먼저 나와서 지켜주고 바라봐 주고 받아주어 나는 내가 잡고 있던 굴레를 얼굴에 묻은 거미줄 걷어내듯 거둬내고 있다. 자성이 하는 일을 아상이 알아차릴 때 맑은 글이 올라온다. 깊은 산속 옹달샘처럼.

셋째 아이 왈, 엄마는 고수는 아니지만 고수를 알아보잖아

2019년 5월 30일 목요일

수련 1시간 30분+1시간.

좌선 시간이 빨리 지나간다. 모임 이후 관. 100% 자성. 주변을 편안하게 본인도 편안하게. 나는 들쑥날쑥 아직 더 공부해야 한다. 이분들은 나를 공부시키러 오시는 것 같다. 감사합니다. 칭찬이 약이 되기도 독이 되기도 한다. 그런데 나에게 칭찬은 독이다. 사탕 맛을 알아버린 어린아이처럼 칭찬을 기다리는 나를 봤다. 어디서 들어온 손님이 강하게 감정을 긁고 있다. 나를 손가락질하는 것처럼 독선과 아집이 가득 찬 나쁘고 지저분한 사람으로 나를 폄하하고 있다. 그저 관. 한 생각이 지나고 또 다른 생각. 내용은 나는 나쁜 사람. 소파에 앉으니 백회 인당 장심으로 시원한 기운이 빽빽하게 들어온다. 감정기복이 계속 되고 있고 모든 게 다 마음이 만든다. 모임 이후 생각이 꼬리에 꼬리를 물고 부정적이다. 품지 못해서 토해낸 걸 다시 받아 잘 풀어야 한다.

2019년 5월 31일 금요일

3시 일어나 생식, 수련.

좌공하며 『선의 나침반』에 읽혀졌던 전생의 나를 찾았다.

(『선도체험기』 120권에 계속됨)

저자 약력

경기도 개풍 출생
1963년 포병 중위로 예편
1966년 경희대학교 영어영문학과 졸업
코리아 헤럴드 및 코리아 타임즈 기자생활 23년
1974년 단편 『산놀이』로 《한국문학》 제1회 신인상 당선
1982년 장편 『훈풍』으로 삼성문예상 당선
1985년 장편 『중립지대』로 MBC 6.25문학상 수상

저서로는 단편집 『살려놓고 봐야죠』(1978년), 대일출판사, 민족미래소설 『다물』(1985년), 정신세계사, 장편 『소설 환단고기』(1987년), 도서출판 유림, 『인민군』 3부작(1989년), 도서출판 유림, 『소설 단군』 5권(1996년), 도서출판 유림, 소설선집 『산놀이』 ①(2004년), 『가면 벗기기』 ②(2006년), 『하계수련』 ③(2006년), 지상사, 『선도체험기』 시리즈 등이 있다.

선도체험기 119권

2019년 11월 11일 초판 인쇄
2019년 11월 20일 초판 발행

지 은 이 김 태 영
펴 낸 이 한 신 규
본문디자인 안 혜 숙
표지디자인 이 은 영
펴 낸 곳 글터
주소 05827 서울특별시 송파구 동남로 11길 19(가락동)
전화 070- 7613- 9110 Fax 02- 443- 0212
등록 2013년 4월 12일(제25100- 2013- 000041호)
E-mail geul2013@naver.com

ISBN 979- 11- 88353- 17- 0 03810 정가 15,000원